Roger van der Weyden Anbetender König

*Selma Lagerlöf*

# Christus Legenden

Geschmückt mit 77 Bildern
alter und neuer Meister

Aus dem Schwedischen
übersetzt von Marie Franzos

KOMET

Lizenzausgabe für KOMET MA-Service
und Verlagsgesellschaft mbH, Köln
Umschlagmotiv: Archiv für Kunst und Geschichte, Berlin
Satz & Layout: Bernhard Heun, Rüssingen



ISBN 3-89836-325-2

# Inhalt

## Christuslegenden



## Andere Legenden

# Die Heilige Nacht

Als ich fünf Jahre alt war, hatte ich einen großen Kummer. Ich weiß kaum, ob ich seitdem einen größeren gehabt habe.

Das war, als meine Großmutter starb. Bis dahin hatte sie jeden Tag auf dem Ecksofa in ihrer Stube gesessen und Märchen erzählt.

Ich weiß es nicht anders, als dass Großmutter dasaß und erzählte, vom Morgen bis zum Abend, und wir Kinder saßen still neben ihr und hörten zu. Das war ein herrliches Leben. Es gab keine Kinder, denen es so gut ging wie uns.

Ich erinnere mich nicht an sehr viel von meiner Großmutter. Ich erinnere mich, dass sie schönes, kreideweißes Haar hatte und dass sie sehr gebückt ging und dass sie immer dasaß und an einem Strumpfe strickte.

Dann erinnere ich mich auch, dass sie, wenn sie ein Märchen erzählt hatte, ihre Hand auf meinen Kopf zu legen pflegte, und dann sagte sie: „Und das alles ist so wahr, wie dass ich dich sehe und du mich siehst."

Ich entsinne mich auch, dass sie schöne Lieder singen konnte, aber das tat sie nicht alle Tage. Eines dieser Lieder handelte von einem Ritter und einer Meerjungfrau, und es hatte einen Kehrreim: „Es weht so kalt, es weht so kalt, wohl über die weite See."

Dann entsinne ich mich eines kleinen Gebets, das sie mich lehrte, und eines Palmverses.

Von allen den Geschichten, die sie mir erzählte, habe ich nur eine schwache, unklare Erinnerung. Nur an eine einzige von ihnen erinnere ich mich so gut, dass ich sie erzählen könnte. Es ist eine kleine Geschichte von Jesu Geburt.

Seht, das ist beinahe alles, was ich noch von meiner Großmutter weiß, außer dem, woran ich mich am besten erinnere, nämlich dem großen Schmerz, als sie dahinging.

Ich erinnere mich an den Morgen, an dem das Ecksofa leer stand und es unmöglich war, zu begreifen, wie die Stunden des Tages zu Ende gehen sollten. Daran erinnere ich mich. Das vergesse ich nie.

Und ich erinnere mich, dass wir Kinder hingeführt wurden, um die Hand der Toten zu küssen. Und wir hatten Angst, es zu tun, aber da sagte uns jemand, dass wir nun zum letzten Mal Großmutter für alle die Freude danken könnten, die sie uns gebracht hatte.

Und ich erinnere mich, wie Märchen und Lieder vom Hause wegfuhren, in einen langen, schwarzen Sarg gepackt, und niemals wiederkamen.

Ich erinnere mich, dass etwas aus dem Leben verschwunden war. Es war, als hätte sich die Tür zu einer ganzen schönen, verzauberten Welt geschlossen, in der wir früher frei aus und ein gehen durften. Und nun gab es niemand mehr, der sich darauf verstand, diese Tür zu öffnen.

Und ich erinnere mich, dass wir Kinder so allmählich lernten, mit Spielzeug und Puppen zu spielen und zu leben wie andere Kinder auch, und da konnte es ja den Anschein haben, als vermissten wir Großmutter nicht mehr, als erinnerten wir uns nicht mehr an sie.

Aber noch heute, nach vierzig Jahren, wie ich da sitze und die Legenden über Christus sammle, die ich drüben im Morgenland gehört habe, wacht die kleine Geschichte von Jesu Geburt, die meine Großmutter zu erzählen pflegte, in mir auf. Und ich bekomme Lust, sie noch einmal zu erzählen und sie auch in meine Sammlung mit aufzunehmen.

* *
*

Es war an einem Weihnachtstag, alle waren zur Kirche gefahren, außer Großmutter und mir. Ich glaube, wir beide waren im ganzen Hause allein. Wir hatten nicht mitfahren können, weil die eine zu jung und die andere zu alt war. Und alle beide waren wir betrübt, dass wir nicht zum Mettegesang fahren und die Weihnachtslichter sehen konnten.

Aber wie wir so in unserer Einsamkeit saßen, fing Großmutter zu erzählen an.

„Es war einmal ein Mann“, sagte sie, „der in die dunkle Nacht hinausging, um sich Feuer zu leihen. Er ging von Haus zu Haus und klopfte an. ‚Ihr lieben Leute, helft mir!‘, sagte er. ‚Mein Weib hat eben ein Kindlein geboren, und ich muss Feuer anzünden, um sie und den Kleinen zu erwärmen.‘

Aber es war tiefe Nacht, sodass alle Menschen schliefen, und niemand antwortete ihm.

Der Mann ging und ging. Endlich erblickte er in weiter Ferne einen Feuerschein. Da wanderte er dieser Richtung zu und sah, dass das Feuer im Freien brannte. Eine Menge weiße Schafe lagen rings um das Feuer und schliefen, und ein alter Hirt wachte über die Herde.

Als der Mann, der Feuer leihen wollte, zu den Schafen kam, sah er, dass drei große Hunde zu Füßen des Hirten ruhten und schliefen. Sie erwachten alle drei bei seinem Kommen und sperrten ihre weiten Rachen auf, als ob sie bellen wollten, aber man vernahm keinen Laut. Der Mann sah, dass sich die Haare auf ihrem Rücken sträubten, er sah, wie ihre scharfen Zähne funkelnd weiß im Feuerschein leuchteten und wie sie auf ihn losstürzten. Er fühlte, dass einer von ihnen nach seinen Beinen schnappte und einer nach seiner Hand und dass einer sich an seine Kehle hängte. Aber die Kinnlade und die Zähne, mit denen die Hunde beißen wollten, gehorchten ihnen nicht, und der Mann litt nicht den kleinsten Schaden.

Nun wollte der Mann weitergehen, um das zu finden, was er brauchte. Aber die Schafe lagen so dicht nebeneinander, Rücken an Rücken, dass er nicht vorwärts kommen konnte. Da stieg der Mann auf die Rücken der Tiere und wanderte über sie hin dem Feuer zu. Und keins von den Tieren wachte auf oder regte sich."

So weit hatte Großmutter ungestört erzählen können, aber nun konnte ich es nicht lassen, sie zu unterbrechen. „Warum regten sie sich nicht, Großmutter?", fragte ich.

„Das wirst du nach einem Weilchen schon erfahren", sagte Großmutter und fuhr mit ihrer Geschichte fort.

„Als der Mann fast beim Feuer angelangt war, sah der Hirt auf. Es war ein alter, mürrischer Mann, der unwirsch und hart gegen alle Menschen war. Und als er einen Fremden kommen sah, griff er nach einem langen, spitzigen Stabe, den er in der Hand zu halten pflegte, wenn er seine Herde hütete, und warf ihn nach ihm. Und der Stab fuhr zischend gerade auf den Mann los, aber ehe er ihn traf, wich er zur Seite und sauste, an ihm vorbei, weit über das Feld."

Als Großmutter so weit gekommen war, unterbrach ich sie abermals. „Großmutter, warum wollte der Stock den Mann nicht schlagen?" Aber Großmutter ließ es sich nicht einfallen, mir zu antworten, sondern fuhr mit ihrer Erzählung fort.

„Nun kam der Mann zu dem Hirten und sagte zu ihm: ‚Guter Freund, hilf mir und leih mir ein wenig Feuer. Mein Weib hat eben ein Kindlein geboren, und ich muss Feuer machen, um sie und den Kleinen zu erwärmen.‘

Der Hirt hätte am liebsten nein gesagt, aber als er daran dachte, dass die Hunde dem Mann nicht hatten schaden können, dass die Schafe nicht vor ihm davongelaufen waren und dass sein Stab ihn nicht fällen wollte, da wurde ihm ein wenig bange, und er wagte es nicht, dem Fremden das abzuschlagen, was er begehrte.

‚Nimm, so viel du brauchst‘, sagte er zu dem Manne.

Aber das Feuer war beinahe ausgebrannt. Es waren keine Scheite und Zweige mehr übrig, sondern nur ein großer Gluthaufen, und der Fremde hatte weder Schaufel noch Eimer, worin er die roten Kohlen hätte tragen können.

Als der Hirt dies sah, sagte er abermals: ‚Nimm, so viel du brauchst!‘ Und er freute sich, dass der Mann kein Feuer wegtragen konnte. Aber der Mann beugte sich hinunter, holte die Kohlen mit bloßen Händen aus der Asche und legte sie in seinen Mantel. Und weder versengten die Kohlen seine Hände, als er sie berührte, noch versengten sie seinen Mantel, sondern der Mann trug sie fort, als wenn es Nüsse oder Äpfel gewesen wären.“

Aber hier wurde die Märchenerzählerin zum dritten Mal unterbrochen. „Großmutter, warum wollte die Kohle den Mann nicht brennen?“

„Das wirst du schon hören“, sagte Großmutter, und dann erzählte sie weiter.

„Als dieser Hirt, der ein so böser, mürrischer Mann war, dies alles sah, begann er sich bei sich selbst zu wundern: ‚Was kann dies für eine Nacht sein, wo die Hunde die Menschen nicht beißen, die Schafe nicht erschrecken, die Lanze nicht tötet und das Feuer nicht brennt?‘ Er rief den Fremden zurück und sagte zu ihm: ‚Was ist dies für eine Nacht? Und woher kommt es, dass alle Dinge dir Barmherzigkeit erzeigen?‘

Da sagte der Mann: ‚Ich kann es dir nicht sagen, wenn du selber es nicht siehst.‘ Und er wollte seiner Wege gehen, um bald ein Feuer anzünden und Weib und Kind wärmen zu können.

Aber da dachte der Hirt, er wolle den Mann nicht ganz aus dem Gesicht verlieren, bevor er erfahren hätte, was dies alles bedeute. Er stand auf und ging ihm nach, bis er dorthin kam, wo der Fremde daheim war.

Da sah der Hirt, dass der Mann nicht einmal eine Hütte hatte, um darin zu wohnen, sondern er hatte sein Weib und sein Kind in einer Berggrotte liegen, wo es nichts gab als nackte, kalte Steinwände.

Aber der Hirt dachte, dass das arme unschuldige Kindlein vielleicht dort in der Grotte erfrieren würde, und obgleich er ein harter Mann war, wurde er davon doch ergriffen und beschloss, dem Kinde zu helfen. Und er löste sein Ränzel von der Schulter und nahm daraus ein weiches, weißes Schaffell hervor. Das gab er dem fremden Manne und sagte, er möge das Kind darauf betten.

Aber in demselben Augenblick, in dem er zeigte, dass auch er barmherzig sein konnte, wurden ihm die Augen geöffnet, und er sah, was er vorher nicht hatte sehen, und hörte, was er vorher nicht hatte hören können.

Er sah, dass rund um ihn ein dichter Kreis von kleinen, silberbeflügelten Englein stand. Und jedes von ihnen hielt ein Saitenspiel in der Hand, und alle sangen sie mit lauter Stimme, dass in dieser Nacht der Heiland geboren sei, der die Welt von ihren Sünden erlösen solle.

Da begriff er, warum in dieser Nacht alle Dinge so froh waren, dass sie niemand etwas zu Leide tun wollten.

Und nicht nur rings um den Hirten waren Engel, sondern er sah sie überall. Sie saßen in der Grotte und sie saßen auf dem Berge und sie flogen unter dem Himmel. Sie kamen in großen Scharen über den Weg gegangen, und wie sie vorbeikamen, blieben sie stehen und warfen einen Blick auf das Kind.

Es herrschte eitel Jubel und Freude und Singen und Spiel, und das alles sah er in der dunklen Nacht, in der er früher nichts zu gewahren vermocht hatte. Und er wurde so froh, dass seine Augen geöffnet waren, dass er auf die Knie fiel und Gott dankte."

Aber als Großmutter so weit gekommen war, seufzte sie und sagte: „Aber was der Hirte sah, das könnten wir auch sehen, denn die Engel fliegen in jeder Weihnachtsnacht unter dem Himmel, wenn wir sie nur zu gewahren vermögen."

Und dann legte Großmutter ihre Hand auf meinen Kopf und sagte: „Dies sollst du dir merken, denn es ist so wahr, wie dass ich dich sehe und du mich siehst. Nicht auf Lichter und Lampen kommt es an, und es liegt nicht an Mond und Sonne, sondern was Not tut, ist, dass wir Augen haben, die Gottes Herrlichkeit sehen können."

## Der Brunnen der weisen Männer

In dem alten Lande Juda zog die Dürre umher, hohläugig und herb wanderte sie über gelbes Gras und verschrumpfte Disteln.

Es war Sommerszeit. Die Sonne brannte auf schattenlose Bergrücken, und der leiseste Wind wirbelte dichte Wolken aus Kalkstaub aus dem weißgrauen Boden, die Herden standen in den Tälern um die versiegten Bäche geschart.

Die Dürre ging umher und prüfte die Wasservorräte. Sie wanderte zu Salomos Teichen und sah seufzend, dass ihre felsigen Ufer noch eine Menge Wasser umschlossen. Dann ging sie hinunter zu dem berühmten Davidsbrunnen bei Bethlehem und fand auch dort Wasser. Hierauf wanderte sie mit schleppenden Schritten über die große Heerstraße, die von Bethlehem nach Jerusalem führt.

Als sie ungefähr auf halbem Wege war, sah sie den Brunnen der weisen Männer, der dicht am Wegsaume liegt, und sie merkte also gleich, dass er nahe am Versiegen war. Die Dürre setzte sich auf die Brunnenschale, die aus einem einzigen großen ausgehöhlten Steine besteht, und sah in den Brunnen hinunter. Der blanke Wasserspiegel, der sonst ganz nahe der Öffnung sichtbar zu werden pflegte, war tief hinabgesunken, und Schlamm und Morast vom Grunde machten ihn unrein und trübe.

Als der Brunnen das braun gebrannte Gesicht der Dürre sich auf seinem matten Spiegel malen sah, ließ er ein Plätschern der Angst hören.

„Ich möchte wohl wissen, wann es mit dir zu Ende gehen wird", sagte die Dürre, „du kannst wohl dort unten in der Tiefe keine Wasserader finden, die käme und dir neues Leben gäbe? Und von Regen kann Gott sei Dank vor zwei, drei Monaten keine Rede sein."

„Du magst ruhig sein", seufzte der Brunnen. „Nichts kann mir helfen. Da wäre zum Mindesten ein Quell vom Paradiese vonnöten."

„Dann will ich dich nicht verlassen, bevor alles aus ist", sagte die Dürre. Sie sah, dass der alte Brunnen in den letzten Zügen lag, und nun wollte sie die Freude haben, ihn Tropfen für Tropfen sterben zu sehen.

Sie setzte sich wohlgemut auf dem Brunnenrande zurecht und freute sich zu hören, wie der Brunnen in der Tiefe seufzte. Sie hatte auch großes Wohlgefallen daran, durstige Wanderer herankommen zu sehen, zu sehen, wie sie den Eimer hinuntersenkten und ihn mit nur wenigen Tropfen schlammvermengten Wassers aus dem Grunde heraufzogen.

So verging der ganze Tag, und als die Dunkelheit anbrach, sah die Dürre wieder in den Brunnen hinunter. Es blinkte noch ein wenig Wasser dort unten. „Ich bleibe hier, die ganze Nacht über", rief sie, „spute dich nur nicht. Wenn es so hell ist, dass ich wieder in dich hinabsehen kann, ist es sicherlich zu Ende mit dir."

Die Dürre kauerte sich auf dem Brunnendache zusammen, während die heiße Nacht, die noch grausamer und qualvoller war als der Tag, sich auf das Land Juda herniedersenkte. Hunde und Schakale heulten ohne Unterlass, und durstige Kühe und Esel antworteten ihnen aus ihren heißen Ställen. Wenn sich zuweilen der Wind regte, brachte er keine Kühlung, sondern war heiß und schwül wie die keuchenden Atemzüge eines großen schlafenden Ungeheuers.

Aber die Sterne leuchteten im allerholdesten Glanz, und ein kleiner, flimmernder Neumond warf ein schönes grünblaues Licht über die grauen Hügel. Und in diesem Schein sah die Dürre eine große Karawane zum Hügel heraufziehen, auf dem der Brunnen der weisen Männer lag.

Die Dürre saß und blickte auf den langen Zug und frohlockte aufs Neue bei dem Gedanken an allen den Durst, der zum Brunnen heraufzog und keinen Tropfen Wasser finden würde, um gelöscht zu werden. Da kamen so viele Tiere und Führer, dass sie den Brunnen hätten leeren können, selbst wenn er ganz voll gewesen wäre. Plötzlich wollte es sie bedünken, dass es etwas Ungewöhnliches, etwas Gespenstisches um diese Karawane wäre, die durch die Nacht daherzog. Alle Kamele kamen erst auf einem Hügel zum Vorschein, der gerade hinauf zum Horizont ragte; es war, als wären sie vom Himmel herniedergestiegen. Sie sahen im Mondlicht größer aus als gewöhnliche Kamele und trugen allzu leicht die ungeheuren Bürden, die auf ihnen lasteten.

Aber sie konnte doch nichts anderes glauben, als dass sie ganz wirklich wären, denn sie sah sie ja ganz deutlich. Sie konnte sogar unterscheiden, dass die drei vordersten Tiere Dromedare waren, mit grauem, glänzendem Fell, und dass sie reich gezäumt, mit befransten Schabracken gesattelt waren und schöne, vornehme Reiter trugen.

Der ganze Zug machte beim Brunnen Halt, die Dromedare legten sich mit dreimaligem scharfem Einknicken auf den Boden und ihre Reiter stiegen ab. Die Packkamele blieben stehen, und wie sich ihrer immer mehr versammelten, schienen sie eine unübersehbare Wirrnis von hohen Hälsen und Buckeln und wunderlich aufgestapelten Bepackungen zu bilden.

Die drei Dromedarreiter kamen sogleich auf die Dürre zu und begrüßten sie, indem sie die Hand an Stirn und Brust legten. Sie sah, dass sie blendend weiße Gewänder und ungeheure Turbane trugen, an deren oberm Rand ein klar funkelnder Stern befestigt war, der leuchtete, als sei er geradewegs vom Himmel genommen.

„Wir kommen aus einem fernen Lande", sagte der eine der Fremdlinge, „und wir bitten dich, sag uns, ob dies wirklich der Brunnen der weisen Männer ist."

„Er wird heute so genannt", sagte die Dürre, „aber morgen gibt es hier keinen Brunnen mehr. Er wird heute Nacht sterben."

„Das leuchtet mir wohl ein, da ich dich hier sehe", sagte der Mann. „Aber ist dies denn nicht einer der heiligen Brunnen, die niemals versiegen? Oder woher hatte er sonst seinen Namen?"

„Ich weiß, dass er heilig ist", sagte die Dürre, „aber was kann das helfen? Die drei Weisen sind im Paradiese."

Die drei Wanderer sahen einander an. „Kennst du wirklich die Geschichte des alten Brunnens?", fragten sie.

„Ich kenne die Geschichte aller Brunnen und Flüsse und Bäche und Quellen", sagte die Dürre stolz.

„Mach uns doch die Freude und erzähl sie uns", baten die Fremdlinge. Und sie setzten sich um die alte Feindin alles Wachsenden und lauschten.

Die Dürre räusperte sich und rückte sich auf dem Brunnenrande zurecht wie ein Märchenerzähler auf seinem Hochsitz; dann begann sie zu erzählen.

„In Gabes in Medien, einer Stadt, die dicht am Rande der Wüste liegt und die mir daher oft eine liebe Zuflucht war, lebten vor vielen Jahren drei Männer, die ob ihrer Weisheit berühmt waren. Sie waren auch sehr arm, und das war etwas sehr Ungewöhnliches, denn in Gabes wurde das Wissen hoch in Ehren gehalten und reichlich bezahlt. Aber diesen drei Männern konnte es kaum anders gehen, denn der eine von ihnen war über die Maßen alt, einer war mit dem Aussatz behaftet, und der Dritte war ein schwarzer Neger mit wulstigen Lippen. Die Menschen hielten den Ersten für zu alt, um sie etwas lehren zu können, dem Zweiten wichen sie aus Furcht vor Ansteckung aus, und dem Dritten wollten sie nicht zuhören, weil sie zu wissen glaubten, dass noch niemals Weisheit aus Äthiopien gekommen wäre.

Die drei Weisen schlossen sich jedoch in ihrem Unglück aneinander. Sie bettelten tagsüber an derselben Tempelpforte und schliefen nachts auf demselben Dache. Auf diese Weise konnten sie sich wenigstens dadurch die Zeit verkürzen, dass sie gemeinsam über alles Wunderbare nachgrübelten, das sie an Dingen und Menschen bemerkten.

Eines Nachts, als sie Seite an Seite auf einem Dache schliefen, das dicht mit rotem, betäubendem Mohn bewachsen war, erwachte der Älteste von ihnen, und kaum hatte er einen Blick um sich geworfen, als er auch die beiden andern weckte.

‚Gepriesen sei unsere Armut, die uns nötigt, im Freien zu schlafen', sprach er zu ihnen. ‚Wacht auf und erhebt eure Blicke zum Himmel.'

Nun wohl", sagte die Dürre mit etwas milderer Stimme, „dies war eine Nacht, die keiner, der sie gesehen hat, vergessen kann. Der Raum war so hell, dass der Himmel, der zumeist doch einem festen Gewölbe gleicht, nun tief und durchsichtig erschien und mit Wogen erfüllt wie ein Meer. Das Licht wallte droben auf und nieder, und die Sterne schienen in verschiedenen Tiefen zu schwimmen, einzelne mitten in den Lichtwellen, andre auf deren Oberfläche.

Aber ganz fern, hoch oben sahen die drei Männer ein schwaches Dunkel auftauchen. Und dieses Dunkel durcheilte den Raum wie ein Ball und kam immer näher, und wie es so herankam, begann es sich zu erhellen, aber es erhellte sich so, wie Rosen – möge Gott sie alle welken lassen –, wenn sie aus der Knospe springen. Es wurde immer größer, und die dunkle Höhle darum war nach und nach gesprengt, und das Licht strahlte in vier klaren Blättern zu seinen Seiten aus. Endlich, als es so tief hernieder gekommen war wie der nächste der Sterne, machte es halt. Da bogen sich die dunklen Enden ganz zur Seite, und Blatt um Blatt entfaltete sich schönes, rosenfarbenes Licht, bis es gleich einem Stern unter Sternen strahlte.

Als die armen Männer dies sahen, sagte ihnen ihre Weisheit, dass in dieser Stunde auf Erden ein mächtiger König geboren werde, einer, dessen Macht höher steigen sollte, als die Cyrus' oder Alexanders. Und sie sagten zueinander: ‚Lasset uns zu den Eltern des Neugeborenen gehen und ihnen sagen, was wir gesehen haben. Vielleicht lohnen Sie es uns mit einem Beutel Münzen oder einem Armband aus Gold.'

Sie ergriffen ihrer langen Wanderstäbe und machten sich auf den Weg. Sie wanderten durch die Stadt und hinaus zum Stadttor, aber da standen sie einen Augenblick unschlüssig, denn jetzt breitete sich vor ihnen die große Wüste, die die Menschen verabscheuen. Da sahen sie, wie der neue Stern einen schmalen Lichtstreifen über den Wüstensand warf, und sie wanderten voll Zuversicht weiter mit dem Stern als Wegweiser.

Sie gingen die ganze Nacht über das weite Sandfeld, und auf ihrer Wanderung sprachen sie von dem jungen neugeborenen Könige, den sie in einer Wiege aus Gold schlafend finden würden, mit Edelsteinen spielend.

Sie kürzten die Stunden der Nacht, indem sie davon sprachen, wie sie vor seinen Vater, den König, und seine Mutter, die Königin, treten würden und ihnen sagen, dass der Himmel ihrem Sohne Macht und Stärke, Schönheit und Glück verheiße, größer als Salomos Glück.

Sie brüsteten sich damit, dass Gott sie erkoren hatte, den Stern zu sehen. Sie sagten sich, dass die Eltern des Neugeborenen sie nicht mit weniger als zwanzig Beuteln Gold entlohnen könnten, vielleicht würden sie ihnen sogar so viel geben, dass sie niemals mehr die Qualen der Armut zu fühlen brauchten.

Ich lag wie ein Löwe in der Wüste auf der Lauer", fuhr die Dürre fort, „um mich mit allen Qualen des Durstes auf diese Wanderer zu stürzen; aber sie entkamen mir, die ganze Nacht führte der Stern sie, und am Morgen, als der Himmel sich erhellte und die andern Sterne verblichen, blieb dieser beharrlich und leuchtete über der Wüste, bis er sie zu einer Oase geführt hatte, wo sie eine Quelle und Dattelbäume fanden. Da ruhten sie den ganzen Tag, und erst mit sinkender Nacht, als sie den Sternenstrahl wieder den Wüstensand umranden sahen, gingen sie weiter.

Nach Menschenweise zu sehen", fuhr die Dürre fort, „war es eine schöne Wanderung. Der Stern geleitete sie, dass sie weder zu hungern noch zu dürsten brauchten. Er führte sie an den scharfen Disteln vorbei, er vermied den tiefen, losen Flugsand, sie entgingen dem grellen Sonnenschein und den heißen Wüstenstürmen. Die drei Weisen sagten beständig zueinander: ‚Gott schützt uns und segnet unsere Wanderung. Wir sind seine Sendboten.'

Aber so allmählich gewann ich doch Macht über sie", erzählte die Dürre weiter, „und in einigen Tagen waren die Herzen dieser Sternenwanderer in eine Wüste verwandelt, ebenso trocken wie die, durch die sie wanderten. Sie waren mit unfruchtbarem Stolz und versengender Gier erfüllt.

‚Wir sind Gottes Sendboten', wiederholten die drei Weisen, ‚der Vater des neugeborenen Königs belohnt uns nicht zu hoch, wenn er uns eine mit Gold beladene Karawane schenkt.'

Endlich führte der Stern sie über den vielberühmten Jordanfluss und hinauf zu den Hügeln des Landes Juda. Und eines Nachts blieb er über der kleinen Stadt Bethlehem stehen, die unter grünen Olivenbäumen auf einem felsigen Hügel hervorschimmert.

Die drei Weisen sahen sich nach Schlössern und befestigten Türmen und Mauern und allem dem andern um, was zu einer Königsstadt gehört, aber davon sahen sie nichts. Und was noch schlimmer war, das Sternenlicht leitete sie nicht einmal in die Stadt hinein, sondern blieb bei einer Grotte am Wegsaum stehen. Da glitt das milde Licht durch die Öffnung hinein und zeigte den drei Wanderern ein kleines Kind, das im Schoße seiner Mutter lag und in Schlaf gesungen wurde.

Aber ob auch die drei Weisen nun sahen, dass das Licht gleich einer Krone das Haupt des Kindes umschloss, blieben sie vor der Grotte stehen. Sie traten nicht ein, um dem Kleinen Ruhm und Königreiche zu prophezeien. Sie wendeten sich, und ohne ihre Gegenwart zu verraten, flohen sie vor dem Kinde und gingen wieder den Hügel hinan.

‚Sind wir zu Bettlern ausgezogen, die ebenso arm und gering sind wie wir selber?', sagten sie. ‚Hat Gott uns hierher geführt, damit wir unseren Scherz treiben und dem Sohn eines Schafhirten alle Ehren weissagen? Dieses Kind wird nie etwas anderes erreichen, als hier im Tale seine Herden zu hüten.'"

Die Dürre hielt inne und nickte ihren Zuhörern bekräftigend zu. Hab' ich nicht Recht?, schien sie sagen zu wollen. Es gibt mancherlei, was dürrer ist als der Wüstensand. Aber nichts ist unfruchtbarer als das Menschenherz.

„Die drei Weisen waren nicht lange gegangen, als es ihnen einfiel, dass sie sich wohl verirrt hätten, dem Sterne nicht richtig gefolgt wären", fuhr die Dürre fort, „und sie hoben ihre Augen empor, um den Stern und den rechten Weg wiederzufinden. Aber da war der Stern, dem sie vom Morgenland her gefolgt waren, vom Himmel verschwunden."

Die drei Fremdlinge machten eine heftige Bewegung, ihre Gesichter drückten tiefes Leiden aus.

„Was sich nun begab", begann die Sprecherin von neuem, „ist, nach Menschenart zu urteilen, vielleicht etwas Erfreuliches. Gewiss ist, dass die drei Männer, als sie den Stern nicht mehr sahen, sogleich begriffen, dass sie gegen Gott gesündigt hatten. Und es geschah mit ihnen", fuhr die Dürre schaudernd fort, „was mit dem Boden im Herbst geschieht, wenn die Regenzeit beginnt. Sie zitterten vor Schrecken wie die Erde vor Blitz und Donner, ihr Wesen erweichte sich, die Demut spross wie grünes Gras in ihren Sinnen empor.

Drei Tage und drei Nächte wanderten sie im Lande umher, um das Kind zu finden, das sie anbeten sollten. Aber der Stern zeigte sich ihnen nicht, sie verirrten sich immer mehr und fühlten die größte Trauer und Betrübnis. In der dritten Nacht langten sie bei diesem Brunnen an, um zu trinken. Und da hatte Gott ihnen ihre Sünde verziehen, sodass sie, als sie sich über das Wasser beugten, dort tief unten das Spiegelbild des Sternes sahen, der sie aus dem Morgenland hergeführt hatte.

Sogleich gewahrten sie ihn auch am Himmelszelt, und er führte sie aufs Neue zur Grotte in Bethlehem, und sie fielen vor dem Kinde auf die Knie und sagten: ‚Wir bringen dir Goldschalen voll Räucherwerk und köstlicher Gewürze. Du wirst der größte König werden, der auf Erden gelebt hat und leben wird von ihrer Erschaffung bis zu ihrem Untergange. Da legte das Kind seine Hand auf ihre gesenkten Köpfe, und als sie sich erhoben – siehe, da hatte es ihnen Gaben gegeben, größer, als ein König sie hätte schenken können. Denn der alte Bettler war jung geworden, und der Aussätzige gesund, und der Schwarze war ein schöner, weißer Mann. Und man sagt, sie waren so herrlich, dass sie von dannen zogen und Könige wurden, jeder in seinem Reich."

Die Dürre hielt in ihrer Erzählung inne und die drei Fremdlinge priesen sie. „Du hast gut erzählt", sagten sie. „Aber es wundert mich, dass die drei Weisen nichts für den Brunnen tun, der ihnen den Stern zeigte. Sollten Sie eine solche Wohltat ganz vergessen haben?"

„Muss nicht dieser Brunnen immer da sein", sagte der zweite Fremdling, „um die Menschen daran zu erinnern, dass sich das Glück, das auf den Höhen des Stolzes entschwindet, in den Tiefen der Demut wiederfinden lässt?"

„Sind die Dahingeschiedenen schlechter als die Lebenden?", sagte der Dritte. „Stirbt die Dankbarkeit bei denen, die im Paradiese leben?"

Aber als sie dieses sagten, fuhr die Dürre mit einem Schrei empor. Sie hatte die Fremdlinge erkannt, sie sah, wer die Wanderer waren. Und sie entfloh wie eine Rasende, um nicht sehen zu müssen, wie die drei weisen

# DIE HEILIGE NACHT

Meister Francke — Die Geburt Christi

# Die Heilige Nacht

Meister von Liesborn Anbetung

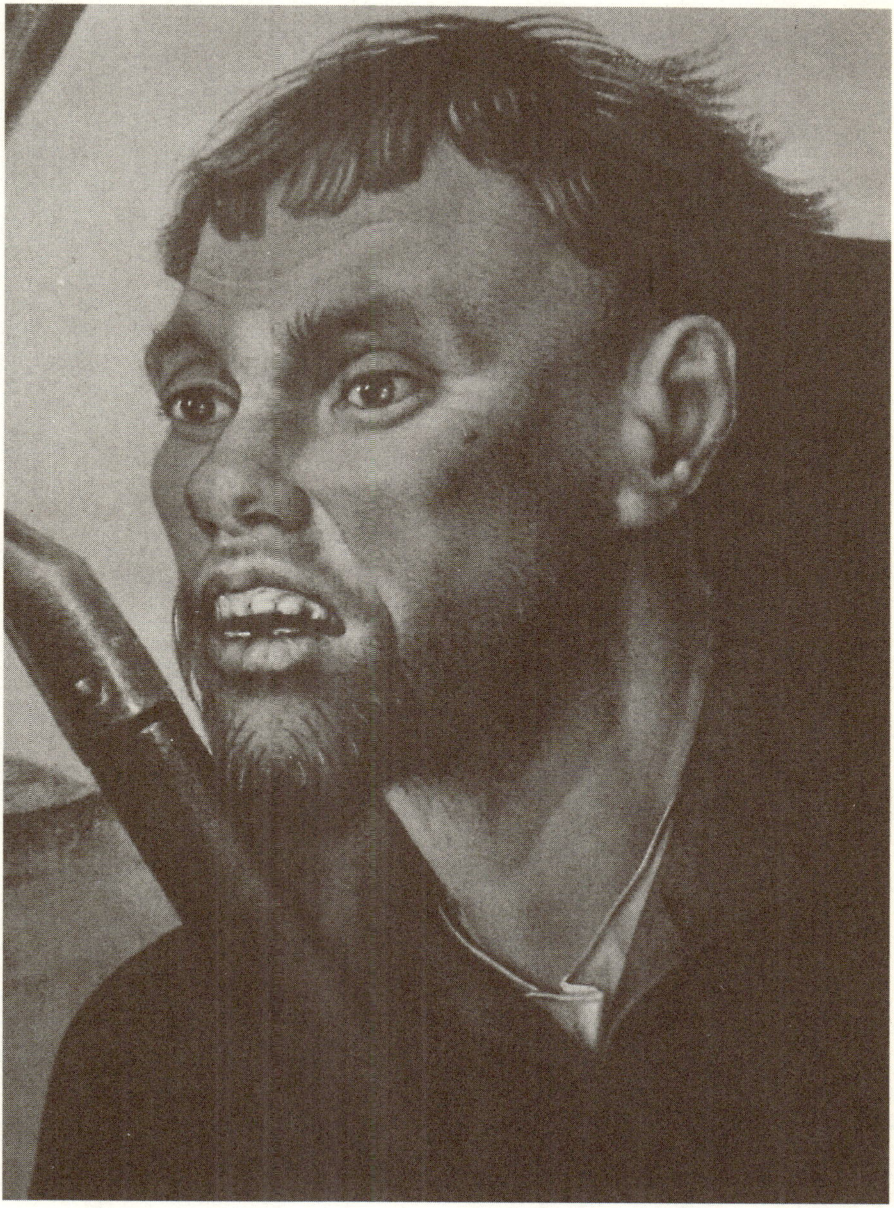

Hugo van der Goes

Kopf eines Hirten

# Die Heilige Nacht

Altdorfer — Die Heilige Nacht

# Die Heilige Nacht

Rembrandt — Verkündigung an die Hirten

# Die Heilige Nacht

Uhde — Verkündigung an die Hirten

Männer ihre Diener riefen und ihre Kamele, die alle mit Wassersäcken beladen waren, herbeiführten und den armen sterbenden Brunnen mit Wasser füllten, das sie aus dem Paradiese gebracht hatten.

## Das Kindlein von Bethlehem

Vor dem Stadttor in Bethlehem stand ein römischer Kriegsknecht Wache. Er trug Harnisch und Helm, er hatte ein kurzes Schwert an der Seite und hielt eine lange Lanze in der Hand. Den ganzen Tag stand er beinahe regungslos, sodass man ihn wirklich für einen Mann aus Eisen halten konnte. Die Stadtleute gingen durch das Tor aus und ein, Bettler ließen sich im Schatten unter dem Torbogen nieder, Obstverkäufer und Weinhändler stellten ihre Körbe und Gefäße auf den Boden neben den Kriegsknecht hin, aber er gab sich kaum die Mühe, den Kopf zu wenden, um ihnen nachzusehen.

Das ist doch nichts, um es zu betrachten, schien er sagen zu wollen. Was kümmere ich mich um euch, die ihr arbeitet und Handel treibt und mit Ölkrügen und Weinschläuchen angezogen kommt! Lasst mich ein Kriegsheer sehen, das sich aufstellt, um dem Feinde entgegenzuziehen! Lasst mich das Gewühl sehen und den heißen Streit, wenn ein Reitertrupp sich auf eine Schar Fußvolk stürzt! Lasst mich die Tapfern sehen, die mit Sturmleitern vorwärts eilen, um die Mauern einer belagerten Stadt zu ersteigen! Nichts anderes kann mein Auge erfreuen als der Krieg. Ich sehne mich danach, Roms Adler in der Luft blinken zu sehen. Ich sehne mich nach dem Schmettern der Kupferhörner, nach schimmernden Waffen, nach rot verspritzendem Blut.

Gerade vor dem Stadttor erstreckte sich ein prächtiges Feld, das ganz mit Lilien bewachsen war. Der Kriegsknecht stand jeden Tag da, die Blicke gerade auf dieses Feld gerichtet, aber es kam ihm keinen Augenblick in den Sinn, die außerordentliche Schönheit der Blumen zu bewundern. Zuweilen merkte er, dass die Vorübergehenden stehen blieben und sich an den Lilien freuten, und dann staunte er, dass sie ihre Wanderung verzögerten, um etwas so Unbedeutendes anzuschauen. Diese Menschen wissen nicht, was schön ist, dachte er.

Und wie er so dachte, sah er nicht mehr die grünenden Felder und die

Olivenhügel rings um Bethlehem vor seinen Augen, sondern er träumte sich fort in eine glühend heiße Wüste in dem sonnenreichen Libyen. Er sah eine Legion Soldaten in einer langen geraden Linie über den gelben Sand ziehen. Nirgends gab es Schutz vor den Sonnenstrahlen, nirgends einen labenden Quell, nirgends war eine Grenze der Wüste oder ein Ziel der Wanderung zu erblicken. Er sah die Soldaten, von Hunger und Durst ermattet, mit schwankenden Schritten vorwärts wandern. Er sah einen nach dem andern zu Boden stürzen, von der glühenden Sonnenhitze gefällt. Aber trotz allem zog die Truppe stetig vorwärts, ohne zu zaudern, ohne daran zu denken, den Feldherrn im Stich zu lassen und umzukehren.

Sehet hier, was schön ist!, dachte der Kriegsknecht. Seht, was den Blick eines tapfern Mannes verdient!

Während der Kriegsknecht Tag für Tag an demselben Platze auf seinem Posten stand, hatte er die beste Gelegenheit, die schönen Kinder zu betrachten, die rings um ihn spielten. Aber es war mit den Kindern wie mit den Blumen. Er begriff nicht, dass es der Mühe wert sein könnte, sie zu betrachten. Was ist dies, um sich daran zu freuen?, dachte er, als er die Menschen lächeln sah, wenn sie den Spielen der Kinder zusahen. Es ist seltsam, dass sich jemand über ein Nichts freuen kann.

Eines Tages, als der Kriegsknecht wie gewöhnlich auf seinem Posten vor dem Stadttore stand, sah er ein kleines Knäblein, das ungefähr drei Jahre alt sein mochte, auf die Wiese kommen, um zu spielen. Es war ein armes Kind, das in ein kleines Schaffell gekleidet war und ganz allein spielte. Der Soldat stand und beobachtete den kleinen Ankömmling, beinahe ohne es selbst zu merken. Das Erste, was ihm auffiel, war, dass der Kleine so leicht über das Feld lief, dass er auf den Spitzen der Grashalme zu schweben schien. Aber als er dann anfing, seine Spiele zu verfolgen, da staunte er noch mehr. „Bei meinem Schwerte“, sagte er schließlich, „dieses Kind spielt nicht wie andre! Was kann das sein, womit es sich da ergötzt?“

Das Kind spielte nur wenige Schritte von dem Kriegsknecht entfernt, sodass er darauf achten konnte, was es vornahm. Er sah, wie es die Hand ausstreckte, um eine Biene einzufangen, die auf dem Rande einer Blume saß und so schwer mit Blütenstaub beladen war, dass sie kaum die Flügel zum Fluge zu heben vermochte. Er sah zu seiner großen Verwunderung, dass die Biene sich, ohne einen Versuch, zu entfliehen, und ohne ihren

Stachel zu gebrauchen, fangen ließ. Aber als der Kleine die Biene sicher zwischen seinen Fingern hielt, lief er fort zu einer Spalte in der Stadtmauer, wo ein Schwarm Bienen seine Wohnstatt hatte, und setzte das Tierchen dort ab. Und sowie er auf diese Weise einer Biene geholfen hatte, eilte er sogleich von dannen, um einer andern beizustehen. Den ganzen Tag sah ihn der Soldat Bienen einfangen und sie in ihr Heim tragen.

Dieses Knäblein ist wahrlich törichter als irgendjemand, den ich bis heute gesehen habe, dachte der Kriegsknecht. Wie kann es ihm einfallen, zu versuchen, diesen Bienen beizustehen, die sich so gut ohne ihn helfen und die ihn obendrein mit ihrem Stachel stechen können? Was für ein Mensch soll aus ihm werden, wenn er am Leben bleibt?

Der Kleine kam Tag für Tag wieder und spielte draußen auf der Wiese, und der Kriegsknecht konnte es nicht lassen, sich über ihn und seine Spiele zu wundern. Es ist recht seltsam, dachte er, nun habe ich volle drei Jahre an diesem Tor Wache gestanden, und noch niemals habe ich etwas zu Gesicht bekommen, was meine Gedanken beschäftigt hätte, außer diesem Kinde.

Aber der Kriegsknecht hatte durchaus keine Freude an dem Kinde. Im Gegenteil, der Kleine erinnerte ihn an eine furchtbare Weissagung eines alten jüdischen Sehers. Dieser hatte nämlich prophezeit, dass einmal eine Zeit des Friedens sich auf die Erde senken würde. Während eines Zeitraums von tausend Jahren würde kein Blut vergossen, kein Krieg geführt werden, sondern die Menschen würden einander lieben wie Brüder. Wenn der Kriegsknecht daran dachte, dass etwas so Entsetzliches wirklich eintreffen könnte, dann durcheilte seinen Körper aber ein Schauder, und er umklammerte hart seine Lanze, gleichsam um eine Stütze zu suchen.

Und je mehr nun der Kriegsknecht von dem Kleinen und seinen Spielen sah, desto häufiger musste er an das Reich des tausendjährigen Friedens denken. Zwar fürchtete er nicht, dass es schon angebrochen sein könnte, aber er liebte es nicht, an etwas so Verabscheuungswürdiges auch nur denken zu müssen.

Eines Tages, als der Kleine zwischen den Blumen auf dem schönen Felde spielte, kam ein sehr heftiger Regenschauer aus den Wolken herniedergeprasselt. Als er merkte, wie groß und schwer die Tropfen waren, die auf die zarten Lilien niederschlugen, schien er für seine schönen Freundinnen besorgt zu werden. Er eilte zu der schönsten und größten unter ihnen und beugte den steifen Stängel, der die Blüten trug, zur Erde, sodass die Regentropfen die untere Seite der Kelche trafen. Und sowie er mit einer Blumenstaude in dieser Weise verfahren war, eilte er zu einer anderen und beugte ihren Stängel in der gleichen Weise, sodass die Blumenkelche sich der Erde zuwendeten. Und dann zu einer dritten und vierten, bis alle Blumen der Flur gegen den heftigen Regen geschützt waren.

Der Kriegsknecht musste bei sich lächeln, als er die Arbeit des Knaben sah. „Ich fürchte, die Lilien werden ihm keinen Dank dafür wissen“, sagte er. „Alle Stängel sind natürlich abgebrochen. Es geht nicht an, die steifen Pflanzen auf diese Art zu beugen.“

Aber als der Regenschauer endlich aufhörte, sah der Kriegsknecht das Knäblein zu den Lilien eilen und sie aufrichten. Und zu seinem unbeschreiblichen Staunen richtete das Kind ohne die mindeste Mühe die steifen Stängel gerade. Es zeigte sich, dass kein Einziger von ihnen gebrochen oder beschädigt war. Es eilte von Blume zu Blume, und alle geretteten Lilien strahlten bald in vollem Glanze auf der Flur.

Als der Kriegsknecht dies sah, bemächtigte sich seiner ein seltsamer Groll. Sieh doch an, welch ein Kindlein!, dachte er. Es ist kaum zu glauben, dass es etwas so Törichtes beginnen kann. Was für ein Mann soll aus diesem Kleinen werden, der es nicht einmal ertragen kann, eine Lilie zerstört zu sehen? Wie würde es ablaufen, wenn so einer in den Krieg müsste? Was würde er anfangen, wenn man ihm den Befehl gäbe, ein Haus anzuzünden, das voller Frauen und Kinder wäre, oder ein Schiff in Grund zu bohren, das mit seiner ganzen Besatzung über die Wellen führe?

Wieder musste er an die alte Prophezeiung denken und er begann zu fürchten, dass die Zeit wirklich angebrochen sein könnte, zu der sie in Erfüllung gehen sollte. Sintemalen ein Kind gekommen ist wie dieses, ist diese fürchterlichen Zeit vielleicht ganz nahe. Schon jetzt herrscht Friede auf der ganzen Welt, und sicherlich wird der Tag des Krieges niemals mehr anbrechen. Von nun an werden alle Menschen von derselben Gemütsart sein wie dieses Kind. Sie werden fürchten, einander zu schaden, ja, sie werden es nicht einmal übers Herz bringen, eine Biene oder eine Blume zu zerstören. Keine großen Heldentaten werden mehr vollbracht werden. Keine herrlichen Siege wird man erringen und kein glänzender Triumphator wird zum Kapitol hinanziehen. Es wird für einen tapfern Mann nichts mehr geben, was er ersehnen könnte.

Und der Kriegsknecht, der immer noch hoffte, neue Kriege zu erleben und sich durch Heldentaten zu Macht und Reichtum aufzuschwingen, war so ergrimmt gegen den kleinen Dreijährigen, dass er drohend die Lanze nach ihm ausstreckte, als er das nächste Mal an ihm vorbeilief.

An einem andern Tage jedoch waren es weder die Bienen noch die Lilien, denen der Kleine beizustehen suchte, sondern er tat etwas, was den Kriegsknecht noch viel unnötiger und undankbarer deuchte.

Es war ein furchtbar heißer Tag, und die Sonnenstrahlen, die auf den Helm und die Rüstung des Soldaten fielen, erhitzten sie so sehr, dass ihm war, als trüge er ein Kleid aus Feuer.

Für die Vorübergehenden hatte es den Anschein, als müsste er schrecklich unter der Wärme leiden. Seine Augen traten blutunterlaufen aus dem Kopfe, und die Haut seiner Lippen verschrumpfte, aber dem Kriegsknechte, der gestählt war und die brennende Hitze in Afrikas Sandwüsten ertragen hatte, deuchte es, dass dies eine geringe Sache wäre, und er ließ es sich nicht einfallen, seinen gewohnten Platz zu verlassen. Der fand im Gegenteil Gefallen daran, den Vorübergehenden zu zeigen, dass er so stark und ausdauernd war und nicht Schutz vor der Sonne zu suchen brauchte.

Während er so dastand und sich beinahe lebendig braten ließ, kam der kleine Knabe, der auf dem Felde zu spielen pflegte, plötzlich auf ihn zu. Er wusste wohl, dass der Legionär nicht zu seinen Freunden gehörte, und er pflegte sich zu hüten, in den Bereich seiner Lanze zu kommen, aber nun trat er dicht an ihn heran, betrachtete ihn lange und genau und eilte dann in vollem Laufe über den Weg. Als er nach einer Weile zurückkam, hielt er beide Hände ausgebreitet wie eine Schale und brachte auf diese Weise ein paar Tropfen Wasser mit.

Ist dies Kind jetzt gar auf den Einfall gekommen, fortzulaufen und für mich Wasser zu holen?, dachte der Soldat. Das ist doch wirklich ohne allen Verstand. Sollte ein römischer Legionär nicht ein bisschen Wärme ertragen können? Was braucht dieser Kleine herumzulaufen, um denen zu helfen, die keiner Hilfe bedürfen! Mich gelüstet nicht nach seiner Barmherzigkeit. Ich wünschte, dass er und alle, die ihm gleichen, nicht mehr auf dieser Welt wären.

Der Kleine kam sehr behutsam heran. Er hielt seine Finger fest zusammengepresst, damit nichts verschüttet werde oder überlaufe. Während er sich dem Kriegsknecht näherte, hielt er die Augen ängstlich auf das klein bisschen Wasser gehefteten, das er mitbrachte, und sah also nicht, dass dieser mit tief gerunzelter Stirn und abweisenden Blicken dastand. Endlich blieb er dicht vor dem Legionär stehen und bot ihm das Wasser.

Im Gehen waren seine schweren, lichten Locken ihm immer tiefer in die Stirn und die Augen gefallen. Er schüttelte ein paar Mal den Kopf, um das Haar zurückzuwerfen, damit er aufblicken könnte. Als ihm dies endlich gelang und er den harten Ausdruck in dem Gesichte des Kriegsknechts gewahrte, erschrak er gar nicht, sondern blieb stehen und lud ihn mit einem bezauberten Lächeln ein, von dem Wasser zu trinken, das er mitbrachte. Aber der Kriegsknecht hatte keine Lust, eine Wohltat von diesem Kinde zu empfangen, das er als seinen Feind betrachtete. Er sah nicht hinab in sein schönes Gesicht, sondern stand starr und regungslos und machte nicht Miene, als verstünde er, was das Kind für ihn tun wollte.

Aber das Knäblein konnte gar nicht fassen, dass der andere es abweisen wollte. Es lächelte noch immer ebenso vertrauensvoll, stellte sich auf die Zehenspitzen und streckte die Hände so hoch in die Höhe, als es vermochte, damit der groß gewachsene Soldat das Wasser leichter erreiche.

Der Legionär fühlte sich jedoch so verunglimpft dadurch, dass ein Kind ihm helfen wollte, dass er nach seiner Lanze griff, um den Kleinen in die Flucht zu jagen.

Aber nun begab es sich, dass gerade in demselben Augenblick die Hitze und der Sonnenschein mit solcher Heftigkeit auf den Kriegsknecht hereinbrachen, dass er rote Flammen vor seinen Augen lodern sah und fühlte, wie sein Gehirn im Kopfe schmolz. Er fürchtete, dass die Sonne ihn morden würde, wenn er nicht augenblicklich Linderung fände.

Und außer sich vor Schrecken über die Gefahr, in der er schwebte, schleuderte er die Lanze zu Boden, umfasste mit beiden Händen das Kind, hob es empor und schlürfte, soviel er konnte, von dem Wasser, das es in den Händen hielt.

Es waren freilich nur ein paar Tropfen, die seine Zunge benetzten, aber mehr waren auch nicht vonnöten. Sowie er das Wasser gekostet hatte, durchrieselte wohlige Erquickung seinen Körper, und er fühlte Helm und Harnisch nicht mehr lasten und brennen. Die Sonnenstrahlen hatten ihre tödliche Macht verloren. Seine trockenen Lippen wurden wieder weich und die roten Flammen tanzten nicht mehr vor seinen Augen.

Bevor er noch Zeit hatte, dies alles zu merken, hatte er das Kind schon zu Boden gestellt, und es lief wieder fort und spielte auf der Flur. Nun begann er erstaunt zu sich selber zu sagen: Was war dies für ein Wasser, das das Kind mir bot? Es war ein herrlicher Trank. Ich muss ihm wahrscheinlich meine Dankbarkeit zeigen.

Aber da er den Kleinen hasste, schlug er sich diese Gedanken also bald aus dem Sinn. Es ist ja nur ein Kind, dachte er, es weiß nicht, warum es so oder so handelt. Es spielt nur das Spiel, das ihm am besten gefällt. Findet es vielleicht Dankbarkeit bei den Bienen oder bei den Lilien? Um dieses Knäbleins willen brauche ich mir keinerlei Ungemach zu bereiten. Es weiß nicht einmal, dass es mir beigestanden hat.

Und er empfand womöglich noch mehr Groll gegen das Kind, als er ein paar Augenblicke später den Anführer der römischen Soldaten, die in Bethlehem lagen, durch das Tor kommen sah. Man sehe nur, dachte er, in welche Gefahr ich durch den Einfall des Kleinen geschwebt habe! Wäre Voltigius nur um ein weniges früher gekommen, er hätte mich mit einem Kinde in den Armen dastehen sehen.

Der Hauptmann schritt jedoch gerade auf den Kriegsknecht zu und fragte ihn, ob sie hier miteinander sprechen könnten, ohne dass jemand sie belauschte. Er hätte ihm ein Geheimnis anzuvertrauen. „Wenn wir uns nur zehn Schritte von dem Tore entfernen“, antwortete der Kriegsknecht, „so kann uns niemand hören.“

„Du weißt“, sagte der Hauptmann, „dass König Herodes einmal ums andre versucht hat, sich eines Kindleins zu bemächtigen, das hier in Bethlehem aufwächst. Seine Seher und Priester haben ihm gesagt, dass dieses Kind seinen Thron besteigen werde, und außerdem haben sie prophezeit, dass der neue König ein tausendjähriges Reich des Friedens und der Heiligkeit gründen werde. Du begreifst also, dass Herodes ihn gerne unschädlich machen will.“

„Freilich begreife ich es“, sagte der Kriegsknecht eifrig, „aber das muss doch das Leichteste auf der Welt sein.“

„Es wäre allerdings sehr leicht“, sagte der Hauptmann „wenn der König nur wüsste, welches von allen den Kindern hier in Bethlehem gemeint ist.“

Die Stirne des Kriegsknechts legte sich in tiefe Falten. „Es ist bedauerlich, dass seine Wahrsager ihm hierüber keinen Aufschluss geben können.“

„Jetzt aber hat Herodes eine List gefunden, durch die er glaubt, den jungen Friedensfürsten unschädlich machen zu können“, fuhr der Hauptmann fort. „Er verspricht jedem eine herrliche Gabe, der ihm hierin beistehen will.“

„Was immer Voltigius befehlen mag, es wird auch ohne Lohn oder Gabe vollbracht werden“, sagte der Soldat.

„Habe Dank“, sagte der Hauptmann. „Höre nun des Königs Plan! Er will den Jahrestag der Geburt seines jüngsten Sohnes durch ein Fest feiern, zu dem alle Knaben in Bethlehem, die zwischen zwei und drei Jahre alt sind, mit ihren Müttern geladen werden sollen. Und bei diesem Feste – – –“

Er unterbrach sich und lachte, als er den Ausdruck des Abscheus sah, der sich auf dem Gesichte des Soldaten malte.

„Guter Freund“, fuhr er fort, „du brauchst nicht zu befürchten, dass Herodes uns als Kinderwärter verwenden will. Neige nun dein Ohr zu meinem Munde, so will ich dir seine Absichten anvertrauen.“

Der Hauptmann flüsterte lange mit dem Kriegsknecht, und als er ihm alles mitgeteilt hatte, fügte er hinzu:

„Ich brauche dir wohl nicht erst zu sagen, dass die strengste Verschwiegenheit nötig ist, wenn nicht das ganze Vorhaben misslingen soll.“

„Du weißt, Voltigius, dass du dich auf mich verlassen kannst“, sagte der Kriegsknecht.

Als der Anführer sich entfernt hatte und der Kriegsknecht wieder allein auf seinem Posten stand, sah er sich nach dem Kinde um. Das spielte noch immer unter den Blumen, und er ertappte sich bei dem Gedanken, dass es sie so leicht und anmutsvoll umschwebe wie ein Schmetterling.

Auf einmal fing der Krieger zu lachen an. „Ja, richtig“, sagte er, „dieses Kind wird mir nicht lange mehr ein Dorn im Auge sein. Es wird ja auch an jenem Abende zum Fest des Herodes geladen werden.“

Der Kriegsknecht harrte den ganzen Tag auf seinem Posten aus, bis der Abend anbrach und es Zeit wurde, die Stadttore für die Nacht zu schließen.

Als dies geschehen war, wanderte er durch schmale, dunkle Gässchen zu einem prächtigen Palaste, den Herodes in Bethlehem besaß.

Im Innern dieses gewaltigen Palastes befand sich ein großer, steingepflasterter Hof, der von Gebäuden umkränzt war, an denen entlang drei offene Galerien liefen, eine über der andern. Auf der obersten dieser Galerien sollte, so hatte es der König bestimmt, das Fest für die bethlehemitischen Kinder stattfinden.

Diese Galerie war, gleichfalls auf den ausdrücklichen Befehl des Königs, so umgewandelt, dass sie einem gedeckten Gange in einem herrlichen Lustgarten glich. Über die Decke schlangen sich Weinranken, von denen üppige Trauben herabhingen, und den Wänden und Säulen entlang standen kleine Granat- und Orangebäumchen, die über und über mit reifen Früchten bedeckt waren. Der Fußboden war mit Rosenblättern bestreut, die dicht und weich lagen wie ein Teppich, und entlang der Balustrade, den Deckengesimsen den Tischen und den niedrigen Ruhebetten, überall erstreckten sich Girlanden von weißen strahlenden Lilien.

In diesem Blumenhain standen hier und da große Marmorbassins, wo gold- und silberglitzernde Fischlein in durchsichtigem Wasser spielten. Auf den Bäumen saßen bunte Vögel aus fernen Ländern, und in einem Käfig hockte ein alter Rabe, der ohne Unterlass sprach.

Zu Beginn des Festes zogen Kinder und Mütter in die Galerie ein. Die Kinder waren gleich beim Betreten des Palastes in weiße Gewänder mit Purpurborten gekleidet worden, und man hatte ihnen Rosenkränze auf die dunkellockigen Köpfchen gedrückt. Die Frauen kamen stattlich heran in ihren roten und blauen Gewändern und ihren weißen Schleiern, die von hohen kegelförmigen Kopfbedeckungen, mit Goldmünzen und Ketten besetzt, herniederwallten. Einige trugen ihr Kind hoch auf der Schulter sitzend, andere führten ihr Söhnlein an der Hand, und einige wieder, deren Kinder scheu und verschüchtert waren, hatten sie auf ihre Arme gehoben.

Die Frauen ließen sich auf dem Boden der Galerie nieder. Sowie sie Platz genommen hatten, kamen Sklaven herbei und stellten niedrige Tischchen vor sie hin, worauf sie auserlesene Speisen und Getränke stellten, so wie es sich bei dem Feste eines Königs geziemt. Und alle diese glücklichen Mütter begannen zu essen und zu trinken, ohne jene stolze anmutvolle Würde abzulegen, die die schönste Zier der bethlehemitischen Frauen ist.

Der Wand der Galerie entlang und beinahe von Blumengirlanden und fruchtbeladenen Bäumen verdeckt, waren doppelte Reihen von Kriegsknechten in voller Rüstung aufgestellt. Sie standen vollkommen regungslos, als hätten sie nichts mit dem zu schaffen, was rund um sie vorging. Die Frauen konnten es nicht lassen, bisweilen einen verwunderten Blick auf diese Schar von Geharnischten zu werfen. „Wozu bedarf es ihrer?“, flüsterten sie. „Meint Herodes, dass wir uns nicht zu betragen wüssten? Glaubt er, dass es einer solchen Menge Kriegsknechte bedürfte, um uns im Zaume zu halten?“

Aber andre flüsterten zurück, dass es so wäre, wie es bei einem König sein müsste. Herodes selbst gäbe niemals ein Fest, ohne dass sein ganzes Haus von Kriegsknechten erfüllt wäre. Um sie zu ehren, stünden die bewaffneten Legionäre da und hielten Wacht.

Zu Beginn des Festes waren die kleinen Kinder scheu und unsicher und hielten sich still zu ihren Müttern. Aber bald begannen sie sich in Bewegung zu setzen und von den Herrlichkeiten Besitz zu ergreifen, die Herodes ihnen bot.

Es war ein Zauberland, das der König für seine kleinen Gäste geschaffen hatte. Als sie die Galerie durchwanderten, fanden sie Bienenkörbe, deren Honig sie plündern konnten, ohne dass eine einzige erzürnte Biene sie daran hinderte. Sie fanden Bäume, die mit sanftem Neigen ihre fruchtbeladenen Zweige zu ihnen heruntersenkten. Sie fanden in einer Ecke Zauberkünstler, die in einem Nu ihre Taschen voll Spielzeug zauberten, und in einem anderen Winkel der Galerie einen Tierbändiger, der ihnen ein paar Tiger zeigte, so zahm, dass sie auf ihrem Rücken reiten konnten.

Aber in diesem Paradiese mit allen seinen Wonnen gab es doch nichts, was den Sinn der Kleinen so angezogen hätte wie die lange Reihe von Kriegsknechten, die unbeweglich an der einen Seite der Galerie standen. Ihre Blicke wurden von den glänzenden Helmen gefesselt, von den strengen, stolzen Gesichtern, von den kurzen Schwertern, die in reich verzierten Scheiden staken.

Während sie miteinander spielten und tollten, dachten sie doch unablässig an die Kriegsknechte. Sie hielten sich noch fern von ihnen, aber sie sehnten sich danach, ihnen nahe zu kommen, zu sehen, ob sie lebendig wären und sich wirklich bewegen könnten.

Das Spiel und die Festesfreude steigerten sich mit jedem Augenblicke, aber die Soldaten standen noch immer regungslos. Es erschien den Kleinen unerlässlich, dass Menschen so nah bei diesen Trauben und allen diesen Leckerbissen stehen konnten, ohne die Hand auszustrecken und danach zu greifen.

Endlich konnte einer der Knaben seine Neugierde nicht länger bemeistern. Er näherte sich behutsam, zu rascher Flucht bereit, einem der Geharnischten, und da der Soldat noch immer regungslos blieb, kam er immer näher. Schließlich war er ihm so nahe, dass er nach seinen Sandalenriemen und seinen Beinschienen tasten konnte.

Da, als wäre dies ein unerhörtes Verbrechen gewesen, setzten sich mit einem Male alle diese Eisenmänner in Bewegung. In unbeschreiblicher Raserei stürzten sie sich auf die Kinder und packten sie. Einige schwangen sie über ihre Köpfe wie Wurfgeschosse und schleuderten sie zwischen den Lampen und Girlanden über die Balustrade der Galerie hinunter zu Boden, wo sie auf den Marmorfliesen zerschellten. Einige zogen ihr Schwert und durchbohrten die Herzen der Kinder, andere wieder zerschmetterten ihre Köpfe an der Wand, ehe sie sie auf den nächtlich dunklen Hof warfen.

Im ersten Augenblicke nach dem Vorfall herrschte Totenstille. Die kleinen Körper schwebten noch in der Luft, die Frauen waren vor Entsetzen versteinert. Aber auf einmal erwachten alle diese Unglücklichen zum Verständnis dessen, was geschehen war, und mit einem einzigen entsetzten Schrei stürzten sie auf die Schergen.

Auf der Galerie waren noch Kinder, die beim ersten Anfall nicht eingefangen worden waren. Die Kriegsknechte jagten sie, und ihre Mütter warfen sich vor ihnen nieder und umfassten mit bloßen Händen die blanken Schwerter, um den Todesstreich abzuwenden. Einige Frauen, deren Kinder schon tot waren, stürzten sich auf die Kriegsknechte, packten sie an der Kehle und versuchten Rache für ihre Kleinen zu nehmen, indem sie deren Mörder erdrosselten.

In dieser wilden Verwirrung, während grauenvolle Schreie durch den Palast hallten und die grausamsten Bluttaten verübt wurden, stand der Kriegsknecht, der am Stadttor Wache zu halten pflegte, ohne sich zu regen, am obersten Absatz der Treppe, die von der Galerie hinunterführte. Er nahm nicht am Kampfe und am Morden teil; nur gegen die Frauen, denen es gelungen war, ihre Kinder an sich zu reißen, und die nun versuchten, mit ihnen die Treppe hinunterzufliehen, erhob er das Schwert, und sein bloßer Anblick, wie er da düster und unerbittlich stand, war so schrecklich, dass die Fliehenden sich lieber die Balustrade hinunterstürzten oder in das Streitgewühl zurückkehrten, als dass sie sich der Gefahr ausgesetzt hätten, sich an ihm vorbeizudrängen.

Voltigius hat wahrlich Recht daran getan, mir diesen Posten zuzuweisen, dachte der Kriegsknecht. Ein junger, unbedachter Krieger hätte seinen Posten verlassen und sich in das Gewühl gestürzt. Hätte ich mich von hier fortlocken lassen, so wären mindestens ein Dutzend Kinder entwischt.

Während er so dachte, fiel sein Blick auf ein junges Weib, das ein Kind an sich gerissen hatte und jetzt in eiliger Flucht auf ihn zugestürzt kam. Keiner der Legionäre, an denen sie vorübereilen musste, konnte ihr den Weg versperren, weil sich alle in vollem Kampfe mit anderen Frauen befanden, und so war sie bis zum Ende der Galerie gelangt.

Sieh da, eine, die drauf und dran ist, glücklich zu entwischen!, dachte der Kriegsknecht. Weder sie noch das Kind ist verwundet. Stünd ich jetzt nicht hier – – –

Die Frau stürzte so rasch auf den Kriegsknecht zu, als ob sie flöge, und er hatte nicht Zeit, ihr Gesicht oder das des Kindes deutlich zu sehen. Er streckte nur das Schwert gegen sie aus, und mit dem Kinde in ihren Armen stürzte sie darauf zu. Er erwartete, sie im nächsten Augenblicke mit dem Kinde durchbohrt zu Boden sinken zu sehen.

Doch in demselben Augenblick hörte der Soldat ein zorniges Summen über seinem Haupte, und gleich darauf fühlte er einen heftigen Schmerz in einem Auge. Der war so scharf und peinvoll, dass er ganz verwirrt und betäubt war, und das Schwert fiel aus seiner Hand auf den Boden.

Er griff mit der Hand ans Auge, fasste eine Biene und begriff, dass, was ihm den entsetzlichen Schmerz verursacht hatte, nur der Stachel des kleinen Tieres gewesen war. Blitzschnell bückte er sich nach dem Schwerte, in der Hoffnung, dass es noch nicht zu spät wäre, die Fliehenden aufzuhalten.

Aber das kleine Bienlein hatte seine Sache sehr gut gemacht. In der kurzen Zeit, für die es den Kriegsknecht geblendet hatte, war es der jungen Mutter gelungen, an ihm vorüber die Treppe hinunterzustürzen, und obschon er ihr in aller Hast nacheilte, konnte er sie nicht mehr finden. Sie war verschwunden, und in dem ganzen großen Palaste konnte niemand sie entdecken.

* *
*

Am nächsten Morgen stand der Kriegsknecht mit einigen seiner Kameraden dicht vor dem Stadttore Wache. Es war früh am Tage, und die schweren Tore waren eben erst geöffnet worden. Aber es war, als ob niemand darauf gewartet hätte, dass sie sich an diesem Morgen auftun sollten, denn keine Scharen von Feldarbeitern strömten aus der Stadt, wie es sonst am Morgen der Brauch war. Alle Einwohner von Bethlehem waren so starr vor Entsetzen über das Blutbad der Nacht, dass niemand sein Heim zu verlassen wagte.

„Bei meinem Schwerte", sagte der Soldat, wie er da stand und in die enge Gasse hinunterblickte, die zu dem Tore führte, „ich glaube, dass Voltigius einen unklugen Beschluss gefasst hat. Es wäre besser gewesen, die Tore zu verschließen und jedes Haus der Stadt durchsuchen zu lassen, bis er den Knaben gefunden hätte, dem es gelang, bei dem Feste zu entkommen. Voltigius rechnet darauf, dass seine Eltern versuchen werden, ihn von hier fortzuführen, sobald sie erfahren, dass die Tore offen stehen, und er hofft auch, dass ich ihn gerade hier im Tore fangen werde. Aber ich fürchte, dass dies keine kluge Berechnung ist. Wie leicht kann es ihnen gelingen, ein Kind zu verstecken!"

Und er erwog, ob sie wohl versuchen würden, das Kind in dem Obstkorb eines Esels zu verbergen oder in einem ungeheuren Ölkrug oder unter den Kornballen einer Karawane.

Während er so stand und wartete, dass man versuche, ihn dergestalt zu überlisten, erblickte er einen Mann und eine Frau, die eilig die Gasse heraufschritten und sich dem Tore näherten. Sie gingen rasch und warfen ängstliche Blicke hinter sich, als wären sie auf der Flucht vor irgendeiner Gefahr. Der Mann hielt eine Axt in der Hand und umklammerte sie mit festem Griff, als wäre er entschlossen, sich mit Gewalt seinen Weg zu bahnen, wenn jemand sich ihm entgegenstellte.

Aber der Kriegsknecht sah nicht so sehr den Mann an als die Frau. Er sah, dass sie ebenso hoch gewachsen war wie die junge Mutter, die ihm am Abend vorher entkommen war. Er bemerkte auch, dass sie ihren Rock über den Kopf geworfen trug. Sie trägt ihn vielleicht so, dachte er, um zu verbergen, dass sie ein Kind im Arm hält.

Je näher sie kamen, desto deutlicher sah der Kriegsknecht das Kind, das die Frau auf dem Arm trug, sich unter dem gehobenen Kleide abzeichnen. Ich bin sicher, dass sie es ist, die mir gestern Abend entschlüpfte, dachte er. Ich konnte ihr Gesicht freilich nicht sehen, aber ich erkenne die hohe Gestalt wieder. Und da kommt sie nun mit dem Kinde auf dem Arm, ohne auch nur zu versuchen, es verborgen zu halten. Wahrlich, ich hatte nicht gewagt, auf einen solchen Glücksfall zu hoffen.

Der Mann und die Frauen setzten ihre hurtige Wanderung bis zum Stadttor fort. Sie hatten offenbar nicht erwartet, dass man sie hier aufhalten würde, sie zuckten vor Schrecken zusammen, als der Kriegsknecht seine Lanze vor ihnen fällte und ihnen den Weg versperrte.

„Warum verwehrst du uns, ins Feld hinaus an unsre Arbeit zu gehen?", fragte der Mann.

„Du kannst gleich gehen", sagte der Soldat, „ich muss vorher nur sehen, was dein Weib unter dem Kleide verborgen hält."

„Was ist daran zu sehen?", sagte der Mann. „Es ist nur Brot und Wein, wovon wir den Tag über leben müssen."

„Du sprichst vielleicht die Wahrheit", sagte der Soldat, „aber wenn es so ist, warum lässt sie mich nicht gutwillig sehen, was sie trägt?"

„Ich will nicht, dass du es siehst", sagte der Mann. „Und ich rate dir, dass du uns vorbeilässt."

Damit erhob der Mann die Axt, aber die Frau legte die Hand auf seinen Arm.

„Lass dich nicht in Streit ein!", bat sie. „Ich will etwas andres versuchen. Ich will ihn sehen lassen, was ich trage, und ich bin gewiss, dass er ihm nichts zu Leide tun kann."

Und mit einem stolzen und vertrauenden Lächeln wendete sie sich dem Soldaten zu und lüftete einen Zipfel ihres Kleides.

In demselben Augenblick prallte der Soldat zurück und schloss die Augen, wie von einem starken Glanze geblendet. Was die Frau unter ihrem Kleide verborgen hielt, strahlte ihm so blendend weiß entgegen, dass er zuerst gar nicht wusste, was er sah.

„Ich glaubte, du hieltest ein Kind im Arm", sagte er.

„Du siehst, was ich trage", erwiderte die Frau.

Da endlich sah der Soldat, dass, was so blendete und leuchtete, nur ein Büschel weißer Lilien war, von derselben Art, wie sie draußen auf dem Felde wuchsen. Aber ihr Glanz war viel reicher und strahlender. Er konnte es kaum ertragen, sie anzusehen.

Er steckte seine Hand zwischen die Blumen. Er konnte den Gedanken nicht loswerden, dass es ein Kind sein müsse, was die Frau da trug, aber er fühlte nur die weichen Blumenblätter.

Er war bitter enttäuscht und hätte in seinem Zornesmute gern den Mann und auch die Frau gefangen genommen, aber er sah ein, dass er für ein solches Verfahren keinen Grund ins Treffen führen konnte.

Als die Frau seine Verwirrung sah, sagte sie: „Willst du uns nicht ziehen lassen?"

Der Kriegsknecht zog stumm die Lanze zurück, die er vor die Toröffnung gehalten hatte, und trat zur Seite.

Aber die Frau zog ihr Kleid wieder über die Blumen und betrachtete gleichzeitig, was sie auf ihrem Arme trug, mit einem holdseligen Lächeln. „Ich wusste, du würdest ihm nichts zu Leide tun können, wenn du es nur sähest", sagte sie zu dem Kriegsknechte.

Hierauf eilten sie von dannen, aber der Kriegsknecht blieb stehen und blickte ihnen nach, solange sie noch zu sehen waren.

Und während er ihnen so mit den Blicken folgte, deuchte es ihn wieder ganz sicher, dass sie kein Büschel Lilien im Arm trüge, sondern ein wirkliches, lebendiges Kind.

Indes er noch so stand und den beiden Wanderern nachsah, hörte er von der Straße her laute Rufe. Es waren Voltigius und einige seiner Mannen, die herbeigeeilt kamen.

„Halte sie auf!", riefen sie. „Schließe das Tor vor ihnen! Lass sie nicht entkommen!"

Und als sie bei dem Kriegsknecht angelangt waren, erzählten sie, dass sie die Spur des entronnenen Knaben gefunden hätten. Sie hätten ihn nun in seiner Behausung gesucht, aber da wäre er wieder entflohen. Sie hätten seine Eltern mit ihm forteilen sehen. Der Vater wäre ein starker, graubärtiger Mann, der eine Axt trüge, die Mutter eine hoch gewachsene Frau, die das Kind unter den hinaufgenommenen Rockfalten verborgen hielte.

In demselben Augenblick, wo Voltigius dies erzählte, kam ein Beduine auf einem guten Pferde zum Tore hereingeritten. Ohne ein Wort zu sagen, stürzte der Kriegsknecht auf den Reiter zu. Er riss ihn mit Gewalt vom Pferde herunter und warf ihn zu Boden. Und mit einem Satze war er selbst auf dem Pferde und sprengte den Weg entlang.

* *
*

Ein paar Tage darauf ritt der Kriegsknecht durch die furchtbare Bergwüste, die sich über den südlichen Teil von Judäa erstreckt. Er verfolgte noch immer die drei Flüchtlinge aus Bethlehem, und er war außer sich, dass diese fruchtlose Jagd niemals ein Ende nahm.

„Es sieht wahrlich aus, als wenn diese Menschen die Gabe hätten, in den Erdboden zu versinken", murrte er. „Wie viele Male bin ich ihnen in diesen Tagen so nah gewesen, dass ich dem Kinde gerade meine Lanze nachschleudern wollte, und dennoch sind sie mir entkommen! Ich fange zu glauben an, dass ich sie nun und nimmer einholen werde.“

Er fühlte sich mutlos wie einer, der zu merken glaubt, dass er gegen etwas Übermächtiges ankämpfe. Er fragte sich, ob es möglich sei, dass die Götter diese Menschen vor ihm beschützten.

„Es ist alles vergebliche Mühe. Besser, ich kehre um, ehe ich vor Hunger und Durst in dieser öden Wildnis vergehe!“, sagte er einmal ums andere zu sich selber.

Aber dann packte ihn die Furcht davor, was ihn bei der Heimkehr erwartete, wenn er unverrichteter Dinge zurückkäme. Er war es, der nun schon zweimal das Kind hatte entkommen lassen. Es war nicht wahrscheinlich, dass Voltigius oder Herodes ihm so etwas verzeihen würde.

„Solange Herodes weiß, dass eins von Bethlehems Kindern noch lebt, wird er immer unter derselben Angst leiden“, sagte der Kriegsknecht. „Das Wahrscheinlichste ist, dass er versuchen wird, seine Qualen dadurch zu lindern, dass er mich ans Kreuz schlagen lässt.“

Es war eine heiße Mittagsstunde, und er litt furchtbar auf dem Ritt durch diese baumlose Felsgegend, auf einem Wege, der sich durch tiefe Talklüfte schlängelte, wo kein Lüftchen sich regte. Pferd und Reiter waren dem Umstürzen nahe.

Seit mehreren Stunden hatte der Kriegsknecht jede Spur von den Fliehenden verloren, und er fühlte sich mutloser denn je.

Ich muss es aufgeben, dachte er. Wahrlich, ich glaube nicht, dass es der Mühe lohnt, sie weiter zu verfolgen. Sie müssen in dieser furchtbaren Wüste ja so oder so zu Grunde gehen.

Während er diesen Gedanken nachhing, gewahrte er in einer Felswand, die sich nahe dem Wege erhob, den gewölbten Eingang einer Grotte.

Zugleich lenkte er sein Pferd zu der Grottenöffnung. Ich will ein Weilchen in der kühlen Felshöhle rasten, dachte er. Vielleicht kann ich dann die Verfolgung mit frischer Kraft aufnehmen.

Als er gerade in die Grotte treten wollte, wurde er von etwas Seltsamem überrascht. Zu den Seiten des Eingangs wuchsen zwei schöne Lilienstauden. Sie standen hoch und aufrecht, voller Blüten. Sie verbreiteten einen berauschenden Honigduft, und eine Menge Bienen umschwärmten sie.

# DER BRUNNEN DER WEISEN MÄNNER

Giotto — Drei Könige aus dem Morgenland verehren das Kind

Fra Angelico Anbetung der Könige

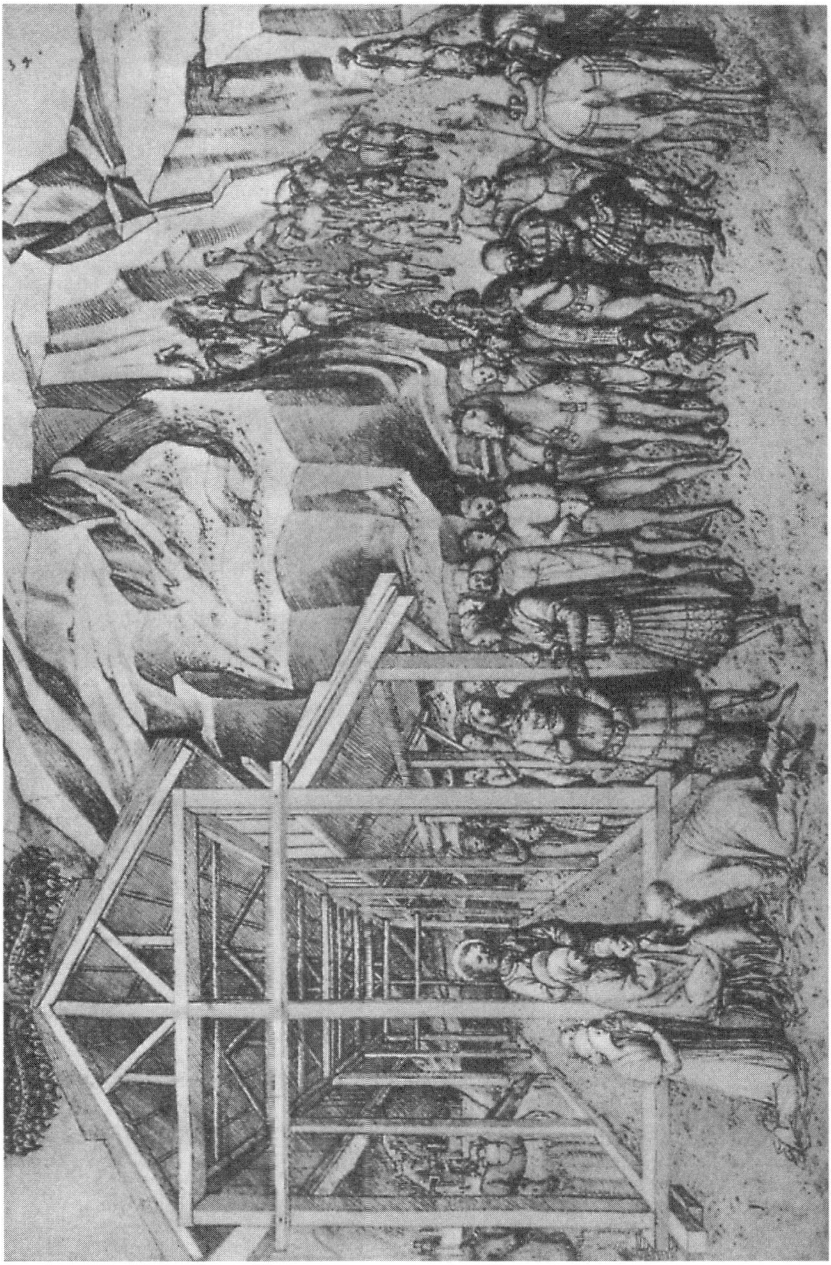

J. Bellini Ankunft des Königszuges

# Der Brunnen der weisen Männer

Roger van der Weyden — Anbetung der Könige

# Der Brunnen der weisen Männer

Mantegna Die Könige vor der Felsgrotte

# Der Brunnen der weisen Männer

Die Könige beschenken das Kind

Botticelli

# Der Brunnen der weisen Männer

Die Heiligen Drei Könige auf der Reise nach Bethlehem    Steinle

## Der Brunnen der weisen Männer

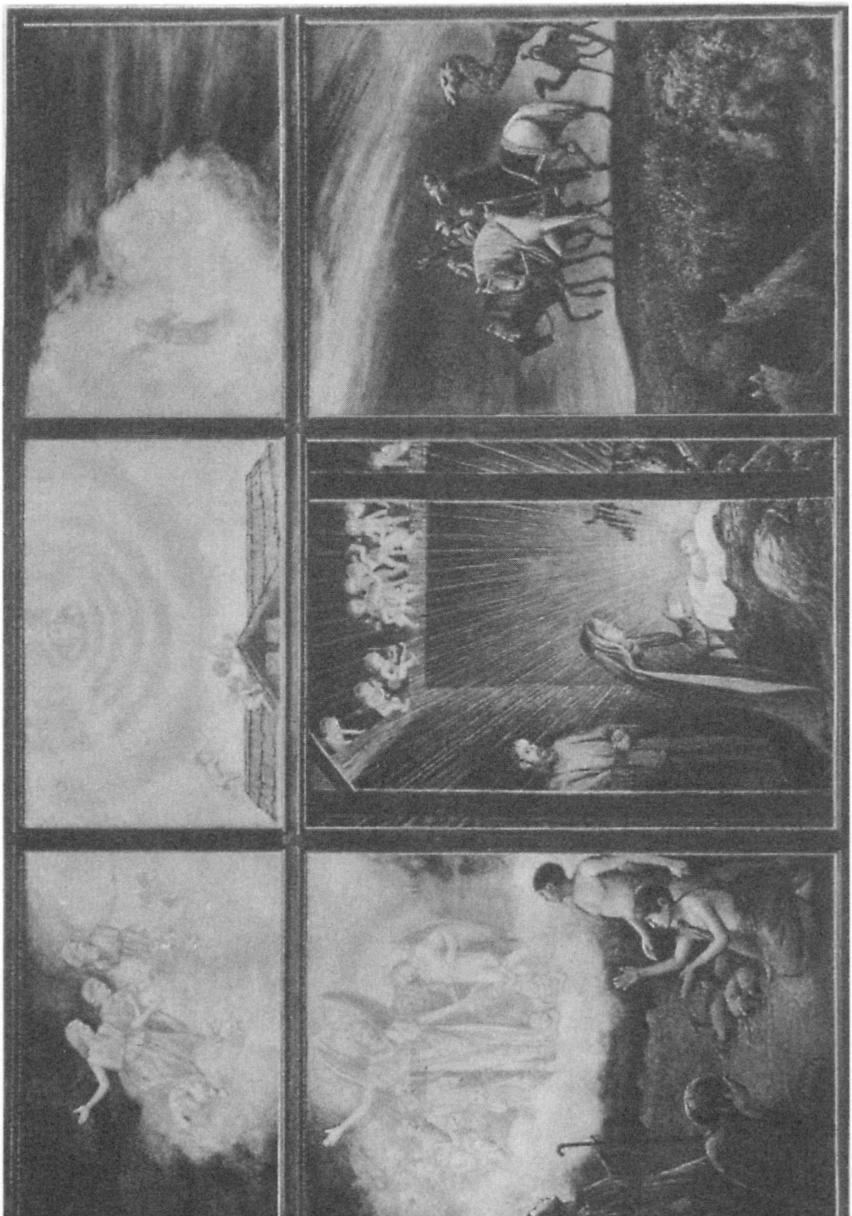



Thoma

Dies war ein so ungewohnter Anblick in dieser Wüste, dass der Kriegsknecht etwas Wunderliches tat. Er brach eine große weiße Blume und nahm sie in die Felshöhle mit.

Die Grotte war weder tief noch dunkel, und sowie er unter ihre Wölbung trat, sah er, dass schon drei Wanderer da weilten. Es waren ein Mann, eine Frau und ein Kind, die ausgestreckt auf dem Boden lagen, in tiefen Schlummer gesunken.

Niemals hatte der Kriegsknecht sein Herz so pochen fühlen wie bei diesem Anblick. Es waren gerade die drei Flüchtlinge, denen er so lange nachgejagt war. Er erkannte sie alsogleich. Und hier lagen sie schlafend, außer Stande, sich zu verteidigen, ganz und gar in seiner Gewalt.

Sein Schwert fuhr rasselnd aus der Scheide, und er beugte sich hinunter über das schlummernde Kind.

Behutsam senkte er das Schwert zu seinem Herzen und zielte genau, um es mit einem einzigen Stoße aus der Welt schaffen zu können.

Mitten im Zustoßen hielt er einen Augenblick inne, um das Gesicht des Kindes zu sehen. Nun er sich des Sieges sicher wusste, war das ihm eine grausame Wollust, sein Opfer zu betrachten.

Aber als er das Kind sah, da war seine Freude womöglich noch größer, denn er erkannte das kleine Knäblein wieder, das er mit Bienen und Lilien auf dem Felde vor dem Stadttor hatte spielen sehen.

Ja, gewiss, dachte er, das hätte ich schon längst begreifen sollen. Darum habe ich dieses Kind immer gehasst. Es ist der verheißene Friedensfürst.

Er senkte das Schwert wieder, indes er dachte: Wenn ich den Kopf dieses Kindes vor Herodes niederlege, wird er mich zum Anführer seiner Leibwache machen.

Während er die Schwertspitze dem Schlafenden immer näher brachte, sprach er voll Freude zu sich selber: „Diesmal wenigstens wird niemand dazwischenkommen und ihn meiner Gewalt entreißen!“

Aber der Kriegsknecht hielt noch die Lilie in der Hand, die er am Eingang der Grotte gepflückt hatte, und während er so dachte, flog eine Biene, die in ihrem Kelch verborgen gewesen war, zu ihm auf und umkreiste summend einmal ums andre seinen Kopf.

Der Kriegsknecht zuckte zusammen. Er erinnerte sich auf einmal der Bienen, denen das Knäblein beigestanden hatte, und ihm fiel ein, dass es eine Biene gewesen war, die dem Kinde geholfen hatte, vom Gastmahl des Herodes zu entrinnen.

Dieser Gedanke versetzte ihn in Staunen. Er hielt das Schwert still und blieb stehen und horchte auf die Biene.

Nun hörte er das Summen des kleinen Tierchens nicht mehr. Aber während er so ganz still stand, atmete er den starken süßen Duft ein, der von der Lilie ausströmte, die er in der Hand hielt.

Da musste er an die Lilien denken, denen das Knäblein beigestanden hatte, und er erinnerte sich, dass es ein Büschel Lilien war, die das Kind vor seinen Blicken verborgen und ihm geholfen hatten, durch das Stadttor zu entkommen.

Er wurde immer gedankenvoller und er zog das Schwert an sich.

„Die Bienen und die Lilien haben ihm seine Wohltaten vergolten“, flüsterte er sich selber zu.

Er musste daran denken, dass der Kleine einmal auch ihm eine Wohltat erwiesen hatte, und eine tiefe Röte stieg in sein Gesicht. „Kann ein römischer Legionär vergessen, einen empfangenen Dienst zu vergelten?“, flüsterte er.

Er kämpfte einen kurzen Kampf mit sich selbst. Er dachte an Herodes und an seine eigene Lust, den jungen Friedensfürsten zu vernichten.

„Es steht mir nicht wohl an, dieses Kind zu töten, das mir das Leben gerettet hat“, sagte er schließlich. Und er beugte sich nieder und legte sein Schwert neben das Kind, damit die Flüchtlinge beim Erwachen erführen, welcher Gefahr sie entgangen waren.

Da sah er, dass das Kind wach war. Es lag und sah ihn mit seinen schönen Augen an, die gleich Sternen leuchteten.

Und der Kriegsknecht beugte sein Knie vor dem Kinde.

„Herr, du bist der Mächtige“, sagte er. „Du bist der starke Sieger. Du bist der, den die Götter lieben. Du bist der, der auf Schlangen und Skorpione treten kann.“

Er küsste seine Füße und ging dann sacht aus der Grotte, indes der Kleine dalag und ihm mit großen, erstaunten Kinderaugen nachsah.

## Die Flucht nach Ägypten

Fern in einer der Wüsten das Morgenlandes wuchs vor vielen, vielen Jahren eine Palme, die ungeheuer alt und ungeheuer hoch war. Alle, die durch die Wüste zogen, mussten stehen bleiben und sie betrachten, denn sie war viel größer als andre Palmen, und man pflegte von ihr zu sagen, dass sie sicherlich höher werden würde als Obelisken und Pyramiden.

Wie nun diese große Palme in ihrer Einsamkeit dastand und hinaus über die Wüste schaute, sah sie eines Tages etwas, was sie dazu brachte, ihre gewaltige Blätterkrone vor Staunen auf dem schmalen Stamme hin und her zu wiegen. Dort am Wüstenrande kamen zwei einsame Menschen herangewandert. Sie waren noch in der Entfernung, in der Kamele so klein wie Ameisen erscheinen, aber es waren sicherlich zwei Menschen. Zwei, die Fremdlinge in der Wüste waren, denn die Palme kannte das Wüstenvolk, ein Mann und ein Weib, die weder Wegweiser noch Lasttiere hatten, weder Zelte noch Wassersäcke.

„Wahrlich", sagte die Palme zu sich selbst, „diese beiden sind hergekommen, um zu sterben."

Die Palme warf rasche Blicke um sich.

„Es wundert mich", fuhr sie fort, „dass die Löwen nicht schon zur Stelle sind, um diese Beute zu erjagen. Aber ich sehe keinen einzigen in Bewegung. Auch keinen Räuber der Wüste sehe ich. Aber sie kommen wohl noch."

Ihrer harret ein siebenfältiger Tod, dachte die Palme weiter. Die Löwen werden sie verschlingen, die Schlangen sie stechen, der Durst wird sie vertrocknen, der Sandsturm sie begraben, die Räuber werden sie fällen, der Sonnenstich wird sie verbrennen, die Furcht sie vernichten.

Und sie versuchte, an etwas andres zu denken. Dieser Menschen Schicksal stimmte sie wehmütig.

Aber im ganzen Umkreis der Wüste, die unter der Palme ausgebreitet lag, fand sie nichts, was sie nicht schon seit tausenden von Jahren gekannt und betrachtet hätte. Nichts konnte ihre Aufmerksamkeit fesseln. Sie musste wieder an die beiden Wanderer denken.

„Bei der Dürre und dem Sturme!", sagte sie, des Lebens gefährlichste Feinde anrufend, „was ist es, was dieses Weib auf dem Arme trägt? Ich glaube gar, diese Toren führen auch ein kleines Kind mit sich."

Die Palme, die weitsichtig war, wie es die Alten zu sein pflegen, sah wirklich richtig. Die Frau trug auf dem Arme ein Kind, das den Kopf an ihre Schulter gelegt hatte und schlief.

„Das Kind ist nicht einmal hinlänglich bekleidet", fuhr die Palme fort. „Ich sehe, dass die Mutter ihren Rock aufgehoben und es damit eingehüllt hat. Sie hat es in großer Hast aus seinem Bette gerissen und ist mit ihm fortgestürzt. Jetzt verstehe ich alles: Diese Menschen sind Flüchtlinge –"

„Aber dennoch sind sie Toren", fuhr die Palme fort. „Wenn nicht ein Engel sie beschützt, hätten Sie lieber die Feinde ihr Schlimmstes tun lassen sollen, statt sich hinaus in die Wüste zu begeben.

Ich kann mir denken, wie alles zugegangen ist. Der Mann stand bei der Arbeit, das Kind schlief in der Wiege, die Frau war ausgegangen, um Wasser zu holen. Als sie zwei Schritte vor die Tür gemacht hatte, sah sie die Feinde angestürmt kommen. Sie ist zurückgestürzt, sie hat das Kind an sich gerissen, dem Manne zugerufen, er solle ihr folgen, und ist aufgebrochen. Dann sind sie tagelang auf der Flucht gewesen, sie haben ganz gewiss keinen Augenblick geruht. Ja, so ist alles zugegangen, aber ich sage dennoch, wenn nicht ein Engel sie beschützt – – –

Sie sind so erschrocken, dass sie weder Müdigkeit noch andere Leiden fühlen können, aber ich sehe, wie der Durst aus ihren Augen leuchtet. Ich kenne doch wohl das Gesicht eines dürstenden Menschen."

Und als die Palme an den Durst dachte, ging ein krampfhaftes Zucken durch ihren langen Stamm, und die zahllosen Spitzen ihrer langen Blätter rollten sich zusammen, als würden sie über ein Feuer gehalten.

„Wäre ich ein Mensch", sagte sie, „ich würde mich nie in die Wüste hinaus wagen. Der ist gar mutig, der sich hierher wagt, ohne Wurzeln zu haben, die hinunter zu den niemals versiegenden Wasseradern dringen. Hier kann es gefährlich sein, selbst für Palmen. Selbst für eine solche Palme wie mich.

Wenn ich ihnen raten könnte, ich würde sie bitten, umzukehren. Ihre Feinde können niemals so grausam gegen sie sein wie die Wüste. Vielleicht glauben sie, dass es leicht sei, in der Wüste zu leben. Aber ich weiß, dass es selbst mir zuweilen schwer gefallen ist, am Leben zu bleiben. Ich weiß noch, wie einmal in meiner Jugend ein Sturmwind einen ganzen Berg von Sand über mich schüttete. Ich war nahe daran, zu ersticken. Wenn ich hätte sterben können, wäre dies meine letzte Stunde gewesen."

Die Palme fuhr fort, laut zu denken, wie alte Einsiedler zu tun pflegen.

„Ich höre ein wunderbar melodisches Rauschen durch meine Krone eilen", sagte sie. „Die Spitzen aller meiner Blätter müssen in Schwingungen beben. Ich weiß nicht, was mich beim Anblick dieser armen Fremdlinge durchfährt. Aber dieses betrübte Weib ist so schön. Sie bringt mir das Wunderbarste, das ich erlebt, wieder in Erinnerung."

Und während die Blätter fortfuhren, sich in einer rauschenden Melodie zu regen, dachte die Palme daran, wie einmal, vor sehr langer Zeit, zwei strahlende Menschen Gäste der Oase gewesen waren. Es war die Königin von Saba, die hierher gekommen war, mit ihr der weise Salomo. Die schöne Königin wollte wieder heimkehren in ihr Land, der König hatte sie ein Stück Weges geleitet, und nun wollten sie sich trennen. – „Zur Erinnerung an diese Stunde“, sagte da die Königin, „pflanze ich einen Dattelkern in die Erde, und ich will, dass daraus eine Palme werde, die wachsen und leben soll, bis im Lande Juda ein König ersteht, der größer ist als Salomo.“ Und als sie dieses gesagt hatte, senkte sie den Kern in die Erde, und ihre Tränen netzten ihn.

„Woher mag es kommen, dass ich just heute daran denke?“, fragte sich die Palme. „Sollte diese Frau so schön sein, dass sie mich an die herrlichste der Königinnen erinnert, an sie, auf deren Wort ich erwachsen bin und gelebt habe bis zum heutigen Tage?“

„Ich höre meine Blätter immer stärker rauschen“, sagte die Palme, „und es klingt wehmütig wie ein Totengesang. Es ist, als weissagten sie, dass jemand bald aus dem Leben scheiden müsse. Es ist gut, zu wissen, dass es nicht nur mir gilt, da ich nicht sterben kann.“

Die Palme nahm an, dass das Todesrauschen in ihren Blättern den beiden einsamen Wanderern gelten müsse. Sicherlich glaubten auch diese selbst, dass ihre letzte Stunde nahe. Man sah es an dem Ausdruck ihrer Züge, als sie an einem der Kamelskelette vorüberwanderten, die den Weg umgrenzten. Man sah es an den Blicken, die sie ein paar vorbeifliegenden Geiern nachsandten. Es konnte ja nicht anders sein. Sie waren verloren.

Sie hatten die Palme und die Oase erblickt und eilten nun darauf zu, um Wasser zu finden. Aber als sie endlich ankamen, sanken sie in Verzweiflung zusammen, denn die Quelle war ausgetrocknet. Das ermattete Weib legte das Kind nieder und setzte sich weinend an den Rand der Quelle. Der Mann warf sich neben ihr hin, er lag und hämmerte mit beiden Fäusten auf die trockene Erde. Die Palme hörte, wie sie miteinander davon sprachen, dass sie sterben müssten.

Sie hörte auch aus ihren Reden, dass König Herodes alle Kindlein im Alter von zwei und drei Jahren hatte töten lassen, aus Furcht, dass der große, erwartete König der Juden geboren sein könnte.

Es rauscht immer mächtiger in meinen Blättern, dachte die Palme. Diesen armen Flüchtlingen schlägt bald ihr letztes Stündlein.

Sie vernahm auch, dass die beiden die Wüste fürchteten. Der Mann sagte, es wäre besser gewesen, zu bleiben und mit den Kriegsknechten zu kämpfen, statt zu fliehen. Sie hätten so einen leichteren Tod gefunden.

„Gott wird uns beistehen", sagte die Frau.

„Wir sind einsam unter Raubtieren und Schlangen", sagte der Mann. „Wir haben nicht Speise und Trank. Wie sollte Gott uns beistehen können?"

Er zerriss seine Kleider in Verzweiflung und drückte sein Gesicht auf den Boden. Er war hoffnungslos wie ein Mann mit einer Todeswunde im Herzen.

Die Frau saß aufrecht, die Hände über den Knien gefaltet. Doch die Blicke, die sie über die Wüste warf, sprachen von einer Trostlosigkeit ohne Grenzen.

Die Palme hörte, wie das wehmütige Rauschen in ihren Blättern immer stärker wurde. Die Frau musste es auch gehört haben, denn sie hoben die Augen zur Baumkrone auf. Und zugleich erhob sie unwillkürlich ihre Arme und Hände.

„Oh, Datteln, Datteln!", rief sie.

Es lag so große Sehnsucht in der Stimme, dass die alte Palme wünschte, sie wäre nicht höher als der Ginsterbusch und ihre Datteln so leicht erreichbar wie die Hagebutten des Dornenstrauchs. Sie wusste wohl, dass ihre Krone voll von Dattelbüscheln hing, aber wie sollten wohl Menschen zu so schwindelnder Höhe hinaufreichen?

Der Mann hatte schon gesehen, wie unerreichbar hoch die Datteln hingen. Er hob nicht einmal den Kopf. Er bat nur die Frau, sich nicht nach dem Unmöglichen zu sehnen.

Aber das Kind, das für sich selbst umhergetrippelt war und mit Hälmchen und Gräsern gespielt hatte, hatte den Ausruf der Mutter gehört.

Der Kleine konnte sich wohl nicht denken, dass seine Mutter nicht alles bekommen könnte, was sie sich wünschte. Sowie man von Datteln sprach, begann er den Baum anzugucken. Er sann und grübelte, wie er die Datteln herunterbekommen sollte. Seine Stirne legte sich beinahe in Falten unter dem hellen Gelock. Endlich huschte ein Lächeln über sein Antlitz. Er hatte das Mittel herausgefunden. Er ging auf die Palme zu und streichelte sie mit seiner kleinen Hand und sagte mit einer süßen Kinderstimme:

„Palme, beuge dich! Palme, beuge dich!"

Aber was war das nur? Was war das? Die Palmenblätter rauschten, als wäre ein Orkan durch sie gefahren, und den langen Palmenstamm hinauf lief Schauer um Schauer. Und die Palme fühlte, dass der Kleine Macht über sie hatte. Sie konnte ihm nicht widerstehen.

Und sie beugte sich mit ihrem hohen Stamme vor dem Kinde, wie Menschen sich vor Fürsten beugen. In einem gewaltigen Bogen senkte sie sich zur Erde und kam endlich so tief hinunter, dass die große Krone mit den bebenden Blättern über den Wüstensand fegte.

Das Kind schien weder erschrocken noch erstaunt zu sein, sondern mit einem Freudenrufe kam es und pflückte Traube um Traube aus der Krone der alten Palme.

Als das Kind genug genommen hatte und der Baum noch immer auf der Erde lag, ging es wieder heran und liebkoste ihn und sagte mit der holdesten Stimme:

„Palme, erhebe dich! Palme, erhebe dich!"

Und der große Baum erhob sich still und ehrfürchtig auf seinem biegsamen Stamm, indes die Blätter gleich Harfen spielten.

„Jetzt weiß ich, für wen sie die Todesmelodie spielen", sagte die alte Palme zu sich selbst, als sie wieder aufrecht stand. „Nicht für einen von diesen Menschen."

Aber der Mann und das Weib lagen auf den Knien und lobten Gott.

„Du hast unsre Angst gesehen und sie von uns genommen. Du bist der Starke, der den Stamm der Palme beugt wie schwankendes Rohr. Vor welchem Feinde sollten wir erbeben, wenn deine Stärke uns schützt?"

Als die nächste Karawane durch die Wüste zog, sahen die Reisenden, dass die Blätterkrone der großen Palme verwelkt war.

„Wie kann das zugehen?", sagte ein Wanderer. „Diese Palme sollte ja nicht sterben, bevor sie einen König gesehen hätte, der größer wäre als Salomo."

„Vielleicht hat sie ihn gesehen", antwortete ein anderer von den Wüstenfahrern.

## In Nazareth

Einmal zu der Zeit, da Jesus erst fünf Jahre alt war, saß er auf der Schwelle vor seines Vaters Werkstatt in Nazareth und war damit beschäftigt, aus einem Klümpchen geschmeidigen Tons, das er von dem Töpfer auf der anderen Seite der Straße erhalten hatte, Tonkuckucke zu verfertigen. Er war so glücklich wie nie zuvor, denn alle Kinder des Viertels hatten Jesus gesagt, dass der Töpfer ein mürrischer Mann sei, der sich weder durch freundliche Blicke noch durch honigsüße Worte erweichen ließe, und er hatte niemals gewagt, etwas von ihm zu verlangen. Aber siehe da, er wusste kaum, wie es zugegangen war: er hatte nur auf seiner Schwelle gestanden und sehnsüchtig den Nachbar betrachtet, wie er da an seinen Formen arbeitete, und da war er aus seinem Laden gekommen und hatte ihm so viel Ton geschenkt, dass er gereicht hätte, um einen Weinkrug daraus zu fertigen.

Auf der Treppenstufe vor dem nächsten Hause saß Judas, der hässlich und rothaarig war und das Gesicht voller blauer Flecke und die Kleider voller Risse hatte, die er sich bei seinen beständigen Kämpfern mit den Gassenjungen zugezogen hatte. Für den Augenblick war er still, er reizte niemand und balgte sich nicht, sondern arbeitete an einem Stück Ton, in gleicher Weise wie Jesus. Aber diesen Ton hatte er sich nicht selbst verschaffen können: Er traute sich kaum, dem Töpfer unter die Augen zu treten, denn dieser beschuldigte ihn, dass er Steine auf sein zerbrechliches Gut zu werfen pflege, und hätte ihn mit Stockhieben verjagt; Jesus war es, der seinen Vorrat mit ihm geteilt hatte.

Wie die zwei Kinder ihre Tonkuckucke fertig machten, stellten sie sie in einem Kreise vor sich auf. Sie sahen so aus, wie Tonkuckucke zu allen Zeiten ausgesehen haben, sie hatten einen großen roten Klumpen als Füße, um darauf zu stehen, kurze Schwänze, keinen Hals und kaum sichtbare Flügel.

Aber wie das auch sein mochte, alsbald zeigte sich ein Unterschied in der Arbeit der kleinen Kameraden. Judas' Vögel waren so schief, dass sie immer umpurzelten, und wie er sich auch mit seinen kleinen harten Fingern mühte, er konnte ihre Körper doch nicht niedlich und wohlgeformt machen. Er sah zuweilen verstohlen zu Jesus hinüber, um zu sehen, wie der es anstellte, dass seine Vögel so gleichmäßig und glatt wurden wie die Eichenblätter in den Wäldern auf dem Berge Tabor.

Mit jedem Vogel, den Jesus fertig hatte, wurde er glücklicher. Einer deuchte ihn schöner als der andere, und er betrachtete sie alle mit Stolz und Liebe. Sie sollten seine Spielgefährten werden, seine kleinen Geschwister, sie sollten in seinem Bette schlafen, mit ihm Zwiesprache halten, ihm ihre Lieder singen, wenn seine Mutter ihn allein ließ. Er hatte sich nie so reich gedünkt, niemals mehr würde er sich einsam oder verlassen fühlen können.

Der hoch gewachsene Wasserträger ging vorbei, gebeugt unter seinem schweren Sack, und gleich nach ihm kam der Gemüsehändler, der mitten zwischen den großen leeren Weidenkörben auf dem Rücken seines Esel baumelte. Der Wasserträger legte seine Hand auf Jesus' blondlockigen Kopf und fragte ihn nach seinen Vögeln, und Jesus erzählte, dass sie Namen hätten und dass sie singen könnten. Alle seine kleinen Vögelchen wären aus fremden Ländern zu ihm gekommen und erzählten ihm Dinge, von denen nur sie und er wüssten. Und Jesus sprach so, dass der Wasserträger wie der Gemüsehändler lange ihre Verrichtungen vergaßen, um ihm zu lauschen.

Als sie weiterziehen wollten, wies Jesus auf Judas. „Seht, was für schöne Vögel Judas macht!", sagte er.

Da hielt der Gemüsehändler gutmütig seinen Esel an und fragte Judas, ob auch seine Vögel Namen hätten und singen könnten. Aber Judas wusste nichts hierüber, er schwieg eigensinnig und hob die Augen nicht von seiner Arbeit. Der Gemüsehändler stieß ärgerlich einen seiner Vögel mit dem Fuße weg und ritt weiter.

So verstrich der Nachmittag, und die Sonne sank so tief, dass ihr Schein durch das niedrige Stadttor hereinschreiten konnte, das sich, mit einem römischen Adler geschmückt, am Ende der Straße erhob. Dieses Sonnenlicht, das um die Neige des Tages kam, war ganz rosenrot, und als wäre es aus Blut gemischt, gab es seine Farbe allem, was ihm in den Weg kam, während es durch das schmale Gässchen rieselte. Es malte die Gefäße des Töpfers ebenso wie die Planke, die unter der Säge des Zimmermanns knirschte, und das weiße Tuch, das Marias Gesicht umgab.

Aber am allerschönsten blinkte der Sonnenschein in den kleinen Wasserpfützen, die sich zwischen den großen holprigen Steinfliesen, die die Straße bedeckten, angesammelt hatten. Und plötzlich steckte Jesus seine Hand in die Pfütze, die ihm zunächst war. Es war ihm eingefallen, dass er seine grauen Vögel mit dem glitzernden Sonnenschein anmalen wollte, der dem Wasser, den Hausmauern, kurz allem ringsum eine so schöne Farbe verliehen hatte.

Da war es dem Sonnenlicht eine Freude, sich auffangen zu lassen wie die Farbe aus einem Malertiegel, und als Jesus es über die kleinen Tonvögelchen strich, da lag es still und bedeckte sie vom Kopfe bis zum Fuße mit diamantenähnlichem Glanze.

Judas, der hier und da einen Blick hinüber zu Jesus warf, um zu sehen, ob dieser mehr und schönere Vögel mache als er, stieß einen Ausruf des Entzückens aus, als er sah, wie Jesus seine Tonkuckucke mit Sonnenschein bemalte, den er aus den Wassertümpeln der Gasse auffing. Und Judas tauchte seine Hand auch in das leuchtende Wasser und suchte das Sonnenlicht aufzufangen.

Aber das Sonnenlicht ließ sich nicht von ihm fangen. Er glitt zwischen seinen Fingern hindurch, und wie hurtig er sich auch mühte, die Hände zu regen, um es zu greifen, es entschlüpfte ihm doch, und er konnte seinen armen Vögeln kein bisschen Farbe schaffen.

„Warte, Judas!“, sagte Jesus. „Ich will kommen und deine Vögel malen.“

„Nein“, sagte Judas, „du darfst sie nicht anrühren. Sie sind gut genug, wie sie sind.“

Er stand auf, während seine Stirn sich furchte und seine Lippen sich aufeinander pressten. Und er setzte seinen breiten Fuß auf die Vögel und verwandelte sie einen nach dem anderen in kleine abgeplattete Lehmklumpen.

Als seine Vögel alle zerstört waren, ging er auf Jesus zu, der dasaß und seine kleinen Tonvögel streichelte, die wie Juwelen funkelten. Judas betrachtete sie einer Weile schweigend, aber dann hob er den Fuß und trat einen von ihnen nieder.

Als Judas den Fuß zurückzog und den ganzen kleinen Vogel in grauen Lehm verwandelt sah, empfand er eine solche Wollust, dass er zu lachen begann, und er hob den Fuß, um noch einen zu zertreten.

„Judas“, rief Jesus, „was tust du? Weißt du nicht, sie sind lebendig und können singen?“

Aber Judas lachte und zertrat noch einen Vogel.

Jesus sah sich nach Hilfe um. Judas war groß, und Jesus hatte nicht die Kraft, ihn zurückzuhalten. Er schaute nach seiner Mutter aus. Sie war nicht weit weg, aber ehe sie herankäme, konnte Judas schon alle seine

Vögel zerstört haben. Die Tränen traten Jesus in die Augen. Judas hatte schon vier seiner Vögel zertreten, es waren nur noch drei.

Er war seinen Vögeln gram, dass sie so stille standen und sich niedertreten ließen, ohne auf die Gefahr zu achten. Jesus klatscht in die Hände, um sie zu wecken, und rief ihnen zu: „Fliegt, fliegt!“

Da begannen die drei Vögel ihre kleinen Flügel zu regen, und ängstlich flatternd vermochten sie sich auf den Rand des Daches zu schwingen, wo sie geborgen waren.

Aber als Judas sah, dass die Vögel auf Jesu Wort die Flügel regten und flogen, da fing er zu weinen an. Er raufte sein Haar, wie er es die Alten hatte tun sehen, wenn sie in großer Angst und Sorge waren, und warf sich Jesus zu Füßen.

Und da lag Judas und wälzte sich vor Jesus im Staube wie ein Hund und küsste seine Füße und bat, dass er seinen Fuß erheben und in niedertreten möge, wie er es mit dem Tonvögeln getan hatte.

Denn Judas liebte Jesus und bewunderte ihn und betete ihn an und hasste ihn zugleich.

Aber Maria, die die ganze Zeit über das Spiel der Kinder mit angesehen hatte, stand jetzt auf und hob Judas empor und setzte ihn auf ihren Schoß und liebkoste ihn.

„Du armes Kind!“, sagte sie zu ihm. „Du weißt nicht, dass du etwas versucht hast, was kein Geschöpf vermag. Vermiss dich nicht mehr, solches zu tun, wenn du nicht der unglücklichste aller Menschen werden willst! Wie sollte es wohl dem von uns ergehen, der es unternehme, mit ihm zu wetteifern, der mit Sonnenschein malt und dem toten Lehm den Odem des Lebens einhaucht?“

## Im Tempel

Es waren einmal ein paar arme Leute, ein Mann, eine Frau und ihr kleines Söhnlein, die gingen in den großen Tempel in Jerusalem umher. Der Sohn war ein bildschönes Kind. Er hatte Haare, die in weichen Locken lagen, und Augen, die ganz wie Sterne leuchteten.

Der Sohn war nicht im Tempel gewesen, seit er so groß war, dass er verstehen konnte, was er sah; und jetzt gingen seine Eltern umher und zeigten ihm alle Herrlichkeiten. Da waren lange Säulenreihen, da waren vergoldete Altäre, da waren heilige Männer, die saßen und ihre Schüler unterwiesen, da war der Hohepriester mit seinem Brustschild aus Edelsteinen, da waren Vorhänge aus Babylon, die mit Goldrosen durchwebt waren, da waren die großen Kupfertore, die so schwer waren, dass es eine Arbeit für dreißig Männer war, sie in ihren Angeln hin und her zu schwingen.

Aber der kleine Knabe, der erst zwölf Jahre zählte, kümmerte sich nicht viel um das alles. Seine Mutter erzählte ihm, dass, was sie ihm zeigten, das Merkwürdigste auf der Welt sei. Sie sagte ihm, dass es wohl lange dauern würde, ehe er noch einmal so etwas zu sehen bekäme. In dem armen Nazareth, wo sie daheim waren, gab es nichts anderes anzugucken als die grauen Gassen.

Ihre Ermahnungen fruchteten aber nicht viel. Der kleine Knabe sah aus, als wäre er gerne aus dem herrlichen Tempel fortgelaufen, wenn er dafür in der engen Gasse in Nazareth hätte spielen dürfen.

Aber es war wunderlich: Je gleichgültiger der Knabe sich zeigte, desto froher und vergnügter wurden die Eltern. Sie nickten einander über seinen Kopf hinweg zu und waren eitel Zufriedenheit.

Endlich sah der Kleine so müde und erschöpft aus, dass er der Mutter leid tat. „Wir sind zu weit mit dir gegangen“, sagte sie. „Komm, du sollst dich ein Weilchen ausruhen!“

Sie ließ sich neben einer Säule nieder und sagte ihm, er solle sich auf den Boden legen und den Kopf in ihren Schoß betten. Und er tat es und schlummerte sogleich ein.

Kaum war er eingeschlafen, da sagte die Frau zu dem Mann: „Ich habe nichts so gefürchtet wie die Stunde, da er Jerusalems Tempel betreten würde. Ich glaubte, wenn er dieses Haus Gottes erblickte, würde er für alle Zeit hier bleiben wollen.“

„Auch mir hat vor dieser Fahrt gebangt“, sagte der Mann. „Zur Zeit, da er geboren wurde, geschahen mancherlei Zeichen, die darauf deuteten, dass er ein großer Herrscher werden würde. Aber was sollte ihm die Königswürde bringen als Sorgen und Gefahren? Ich habe immer gesagt, dass es das Beste für ihn wie für uns wäre, wenn er niemals etwas andres würde als ein Zimmermann in Nazareth.“

„Seit seinem fünften Jahre“, sagte die Mutter nachdenklich, „sind keine Wunder um ihn geschehen. Und er selber erinnert sich an nichts von dem, was sich in seiner frühesten Kindheit zugetragen hat. Er ist jetzt ganz wie ein Kind unter andern Kindern. Gottes Wille möge vor allem geschehen, aber ich habe fast zu hoffen begonnen, dass er in seiner Gnade einen andern für die großen Schicksale erwählen und mir meinen Sohn lassen werde."

„Was mich betrifft", sagte der Mann, „so bin ich gewiss, dass alles gut gehen wird, wenn er gar nichts von den Zeichen und Wundern erfährt, die sich in seinen ersten Lebensjahren begeben haben."

„Ich spreche nie mit ihm über etwas von diesem Wunderbaren", sagte die Frau. „Aber ich fürchte immer, dass ohne mein Hinzutun etwas geschehen könnte, was ihn erkennen lässt, wer er ist. Vor allem hatte ich Angst, ihn in diesen Tempel zu führen."

„Du kannst froh sein, dass die Gefahr nun vorüber ist", sagte der Mann. „Bald haben wir ihn wieder daheim in Nazareth."

„Ich habe mich vor den Schriftgelehrten im Tempel gefürchtet", sagte die Frau. „Ich fürchtete mich vor den Wahrsagern, die hier auf ihren Matten sitzen. Ich glaubte, wenn er ihnen unter die Augen träte, würden sie aufstehen und sich vor dem Kinde beugen und es als den König der Juden grüßen. Es ist seltsam, dass sie seiner Herrlichkeit nicht gewahr werden. Ein solches Kind ist ihnen noch niemals vor Augen gekommen."

Sie saß eine Weile schweigend und betrachtete das Kind. „Ich kann es kaum verstehen", sagte sie. „Ich glaubte, wenn er diese Richter sehen würde, die in dem heiligen Hause sitzen und die Zwiste des Volkes schlichten, und diese Lehrer, die zu ihren Jüngern sprechen, und diese Priester, die dem Herrn dienen, so würde er erwachen und rufen: ‚Hier unter diesen Richtern, diesen Lehrern, diesen Priestern zu leben bin ich geboren.'"

„Was sollte dies wohl für ein Glück sein, zwischen diesen Säulengängen eingesperrt zu sitzen?", fiel der Mann ein. „Es ist besser für ihn, auf den Hügeln und Bergen rings um Nazareth umherzuwandern."

Die Mutter seufzte ein wenig. „Er ist so glücklich bei uns daheim", sagte sie. „Wie zufrieden ist er, wenn er die Schafherden auf ihren einsamen Wanderungen begleiten darf oder wenn er über die Felder geht und der Arbeit der Landsleute zusieht! Ich kann nicht glauben, dass wir Unrecht gegen ihn handeln, wenn wir versuchen, ihn für uns zu behalten."

„Wir ersparen ihm nur das größte Leid", sagte der Mann.

Sie fuhren fort, so miteinander zu sprechen, bis das Kind aus seinem Schlummer erwachte.

„Sieh da“, sagte die Mutter, „hast du dich jetzt ausgeruht? Stehe nun auf, denn der Abend bricht an, und wir müssen heim zum Lagerplatz.“

Sie befanden sich in dem entferntesten Teil des Gebäudes, als sie die Wanderung zum Ausgang antraten.

Nach einigen Augenblicken hatten sie ein altes Gewölbe zu durchschreiten, das sich noch aus der Zeit erhalten hatte, als zum ersten Male ein Tempel an dieser Stelle errichtet worden war, und da, an einer Wand gelehnt, stand ein altes Kupferhorn von ungeheurer Länge und Schwere gleich einer Säule da, damit man es an den Mund führe und darauf blase. Es stand da, bucklig und verschrammt, innen und außen voll Staub und Spinngeweben, und von einer kaum sichtbaren Schlinge von altertümlichen Buchstaben umgeben. Tausend Jahre mochten wohl vergangen sein, seit jemand versucht hatte, ihm einen Ton zu entlocken.

Aber als der kleine Knabe das ungeheure Horn erblickte, blieb er verwundert stehen. „Was ist das?“, fragte er.

„Das ist das große Horn, das die Stimme des Weltenfürsten genannt wird“, antwortete die Mutter. „Mit ihm rief Moses die Kinder Israels zusammen, als sie in der Wüste zerstreut waren. Nach seiner Zeit hat niemand es vermocht, ihm auch nur einen einzigen Ton zu entlocken. Aber wer dies vermag, wird alle Völker der Erde unter seiner Gewalt sammeln.“

Sie lächelte über dies, was sie für ein altes Märchen hielt, aber der kleine Knabe blieb vor dem großen Horn stehen, bis sie ihn fortrief. Von allem, was er in dem Tempel gesehen, war dieses Horn das erste, was ihm wohl gefiel. Er hätte gern verweilt, um es lange und genau anzusehen.

Sie waren nicht lange gegangen, als sie in einen großen, weiten Tempelhof kamen. Hier befand sich im Berggrunde selbst eine Kluft, tief und weit, so wie sie von Urzeit an gewesen war. Diese Spalte hatte König Salomo nicht ausfüllen wollen, als er den Tempel baute. Keine Brücke hatte er darüber geschlagen, kein Gitter hatte er vor dem schwindelnden Abgrund errichtet. Statt dessen hatte er über die Kluft eine mehrere Ellen lange Klinge aus Stahl gespannt, scharf geschliffen, mit der Schneide nach oben. Und nach einer Unendlichkeit von Jahren und Wechselfällen lag die Klinge noch über dem Abgrund. Jetzt war sie doch beinahe verrostet, sie war nicht mehr sicher an ihren Endpunkten befestigt, sondern zitterte und schaukelte, sowie jemand mit schweren Schritten über den Tempelhof ging.

Als die Mutter den Knaben über einen Umweg an der Kluft vorbeiführte, fragte er sie: „Was ist dies für eine Brücke?“

„Die ist von König Salomo hingelegt worden“, antwortete die Mutter, „und wir nennen sie die Paradiesbrücke. Wenn du diese Kluft auf dieser zitternden Brücke zu überschreiten vermagst, deren Schneide dünner ist als ein Sonnenstrahl, so kannst du gewiss sein, ins Paradies zu kommen.“

Und sie lächelte und eilte weiter, aber der Knabe blieb stehen und betrachtete die schmale, bebende Stahlklinge, bis die Mutter nach ihm rief.

Als er ihr gehorchte, seufzte er, weil sie ihm diese zwei wunderbaren Dinge nicht früher gezeigt hatte, sodass er vollauf Zeit gehabt hätte, sie zu betrachten.

Sie gingen nun ohne Aufenthalt, bis sie den großen Eingangsportikus mit seinen fünffachen Säulenreihen erreichten. Hier standen in einer Ecke ein paar Säulen aus schwarzem Marmor, auf demselben Fußgestell so nahe aneinander aufgerichtet, dass man kaum einen Strohhalm dazwischen durchzuschieben vermochte. Sie waren hoch und majestätisch, mit reich geschmückten Kapitälen, um die einer Reihe seltsam geformter Tierköpfe lief. Aber nicht ein Zoll breit dieser schönen Säulen war ohne Risse und Schrammen, sie waren beschädigt und abgenützt wie nichts andres im Tempel. Sogar der Boden rings um sie war blank gescheuert und ein wenig ausgehöhlt von den Tritten vieler Füße.

Wieder hielt der Knabe seine Mutter an und fragte sie: „Was sind dies für Säulen?“

„Es sind Säulen, die unser Vater Abraham aus dem fernen Chaldäa hierher nach Palästina gebracht hat und die er die Pforte der Gerechtigkeit nannte. Wer sich zwischen ihnen durchdrängen kann, ist gerecht vor Gott und hat niemals eine Sünde begangen.“

Der Knabe blieb stehen und sah mit großen Augen die Säulen an.

„Du willst wohl nicht versuchen, dich zwischen ihnen durchzuzwängen?“, sagte die Mutter und lachte. „Du siehst, wie ausgetreten der Boden rings um sie ist, von den vielen, die versucht haben, sich durch den schmalen Spalt zu drängen, aber du kannst es mir glauben, es ist keinem gelungen. Spute dich nun! Ich höre das Donnern der Kupfertore, an die die dreißig Tempeldiener ihre Schultern stemmen, um sie in Bewegung zu setzen.“

Aber die ganze Nacht lag der kleine Knabe im Zelte wach, und er sah nichts anderes vor sich als die Pforte der Gerechtigkeit und die Paradiesesbrücke und die Stimme des Weltenfürsten. Von so wunderbaren Dingen hatte er nie zuvor gehört. Und er konnte sie sich nicht aus dem Kopf schlagen.

Und am Morgen des nächsten Tages erging es ihm ebenso. Er konnte an nichts andres denken. An diesem Morgen sollten sie die Heimreise antreten. Die Eltern hatten viel zu tun, bis sie das Zelt abgebrochen und einem großen Kamel aufgeladen hatten und bis alles andere in Ordnung kam. Sie sollten nicht allein fahren, sondern in Gesellschaft von vielen Verwandten und Nachbarn, und da so viele Leute fortziehen sollten, ging das Einpacken natürlich sehr langsam vonstatten.

Der kleine Knabe half nicht bei der Arbeit mit, sondern mitten in dem Hasten und Eilen saß er still da und dachte an die drei wunderbaren Dinge.

Plötzlich fiel ihm ein, dass er noch Zeit hatte, in den Tempel zu gehen und sie noch einmal anzusehen. Da war noch viel, was aufgeladen werden musste. Er könnte wohl noch vor dem Aufbruch vom Tempel zurückkommen.

Er eilte von dannen, ohne jemand zu sagen, wohin er sich begab. Er glaubte nicht, dass dies nötig sei. Er wollte ja bald wieder da sein.

Es währte nicht lange, so erreichte er den Tempel und trat in die Säulenhalle, wo die zwei schwarzen Geschwistersäulen aufgestellt waren.

Sowie er sie erblickte, begannen seine Augen vor Freude zu leuchten. Er setzte sich auf den Boden neben sie und starrte zu ihnen empor. Wenn er daran dachte, dass, wer sich zwischen diesen zwei Säulen durchdrängen könnte, gerecht vor Gott wäre und niemals eine Sünde begangen hätte, da deuchte es ihn, dass er niemals etwas so Wunderbares geschaut hätte.

Er dachte, wie herrlich es sein müsse, sich zwischen diesen zwei Säulen durchdrängen zu können, aber sie standen so nah beieinander, dass es unmöglich war, es auch nur zu versuchen. So saß er wohl eine Stunde regungslos vor den Säulen, aber davon wusste er nichts. Er glaubte, dass er sie nur ein paar Augenblicke betrachtet hätte.

Aber es begab sich, dass in der prächtigen Säulenhalle, in der der Knabe saß, die Richter des Hohen Rats versammelt waren, um dem Volke bei seinen Zwistigkeiten zurechtzuhelfen. Der ganze Portikus war voller Menschen, die wegen Grenzmarken klagten, die man verschoben hatte, über Schafe, die aus der Herde geraubt und mit falschen Zeichen ver-

# DAS KINDLEIN VON BETHLEHEM

Lorenzetti Madonna

Mantegna — Maria mit dem Kinde

Dürer Maria mit der angeschnittenen Birne

## Das Kindlein von Bethlehem

Rubens und J. Breughel — Die Madonna im Blumenkranz

# Das Kindlein von Bethlehem

Der Kindermord von Bethlehem

Mark Anton nach Raffael

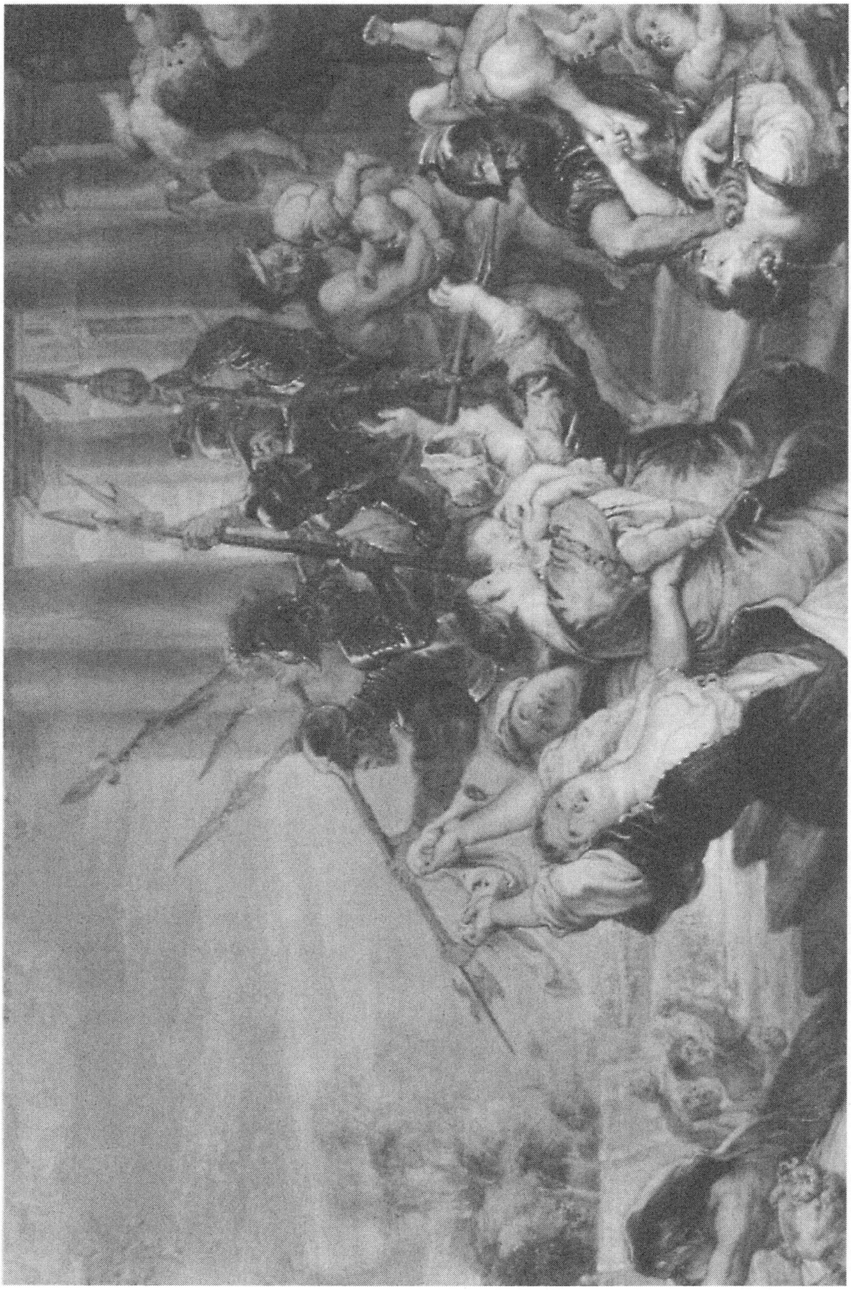

Rubens

Mordende Soldaten

# Das Kindlein von Bethlehem

Klagende Mütter

Overbeck

Flucht Josephs und Marias mit dem Kinde

Führich

sehen worden waren, über Schuldner, die ihre Schulden nicht bezahlen wollten.

Unter allen den andern kam auch ein reicher Mann, der in schleppende Purpurgewänder gekleidet war und eine arme Witwe vor den Richterstuhl führte, die ihm einige Sekel Silber schuldig sein sollte. Die arme Witwe jammerte und sagte, dass der Reiche Unrecht an ihr handle. Sie hätte ihm schon einmal ihre Schulden bezahlt, nun wolle er sie zwingen, es noch einmal zu tun, aber das vermöge sie nicht. Sie wäre so arm, dass sie, wenn die Richter sie verurteilten, zu bezahlen, gezwungen wäre, dem Reichen ihre Töchter als Sklavinnen zu geben.

Der zuhöchst auf dem Richterstuhle saß, wendete sich an den reichen Mann und sprach zu ihm: „Wagst du einen Eid darauf zu leisten, dass diese arme Frau dir das Geld noch nicht bezahlt hat?“

Da antwortete der Reiche: „Herr, ich bin ein reicher Mann. Sollte ich mir die Mühe machen, mein Geld von dieser armen Witwe zu fordern, wenn ich nicht das Recht dazu hätte? Ich schwöre dir, so gewiss niemand je durch die Pforte der Gerechtigkeit wandern wird, so gewiss ist mir diese Frau die Summe schuldig, die ich begehre.“

Als die Richter diesen Eid vernahmen, glaubten sie seinen Worten und fällten den Spruch, dass die arme Witwe ihre Töchter als Sklavinnen hingeben solle.

Aber der kleine Knabe saß dicht daneben und hörte das alles. Er dachte bei sich selbst: Wie gut wäre es doch, wenn jemand sich durch die Pforte der Gerechtigkeit drängen könnte! Dieser Reiche hat sicherlich nicht die Wahrheit gesprochen. Wie jammert mich die alte Frau, die ihre Töchter als Sklavinnen hingeben muss.

Er sprang auf das Fußgestell, von dem die beiden Säulen in die Höhe strebten, und blickte durch die Spalte.

Ach, dass es doch nicht so ganz unmöglich wäre! dachte er.

Er war so betrübt um der armen Frau willen. Nun dachte er gar nicht daran, dass, wer sich durch dieses Tor zu drängen vermöchte, gerecht und ohne Sünde wäre. Er wollte nur um des armen Weibes willen hindurchkommen.

Er stemmte seine Schulter in die Vertiefung zwischen den Säulen, gleichsam um sich einen Weg zu bahnen.

In diesem Augenblicke sahen alle Menschen, die in der Säulenhalle standen, zur Pforte der Gerechtigkeit hin. Denn es donnerte in den Gewölben, und es rauschte in den alten Säulen, und sie schoben sich zur Seite, eine nach rechts und eine nach links, und ließen einen so großen Raum frei, dass der schlanke Körper des Knaben zwischen ihnen durchschlüpfen konnte.

Da entstand großes Staunen und Aufsehen. Im ersten Augenblick wusste niemand, was er sagen sollte. Die Leute standen nur und starrten den kleinen Knaben an, der ein so großes Wunder vollbracht hatte. Der erste, der seine Fassung wiedererlangte, war der älteste unter den Richtern. Er rief, man solle den reichen Kaufmann ergreifen und ihn vor den Richterstuhl führen. Und er verurteilte ihn, sein ganzes Hab und Gut der armen Witwe zu geben, weil er falsch geschworen hatte in Gottes Tempel.

Als dies abgetan war, fragte der Richter nach dem Knaben, der die Pforte der Gerechtigkeit durchschritten hatte, aber da die Menschen sich nach ihm umsahen, war er verschwunden. Denn in demselben Augenblick, wo die Säulen auseinander glitten, war er wie aus einem Traum erwacht, und er hatte sich an seine Eltern und die Heimreise erinnert. Jetzt muss ich von hier forteilen, damit meine Eltern nicht auf mich warten, dachte er.

Aber er wusste gar nicht, dass er eine volle Stunde vor der Pforte der Gerechtigkeit zugebracht hatte, sondern er wähnte nur ein paar Minuten dort verweilt zu haben, darum meinte er, dass er wohl noch Zeit hätte, einen Blick auf die Paradiesesbrücke zu werfen, ehe er den Tempel verließe.

Und auf leichten Füßen glitt er durch die Volksmenge und kam auf die Paradiesesbrücke, die in einem ganz andern Teil des großen Tempels gelegen war.

Aber als er die scharfe Stahlklinge sah, die sich über die Kluft spannte, und daran dachte, dass der Mensch, der über diese Brücke wandern könnte, gewiss wäre, ins Paradies zu kommen, da deuchte es ihn, dass dies das Merkwürdigste wäre, was er je geschaut hätte, und er setzte sich an den Rand der Kluft, um die Stahlklinge zu betrachten.

Da saß er und dachte, wie lieblich es sein müsste, ins Paradies zu kommen, und wie gern er über diese Brücke gehen wolle. Aber zugleich sah er, dass es ganz unmöglich war, dies auch nur zu versuchen.

So saß er zwei Stunden und grübelte, aber er wusste nicht, dass so viel Zeit vergangen war. Er saß nur und dachte an das Paradies.

Aber es war so, dass auf dem Hofe, wo die tiefe Kluft sich befand, ein großer Opferaltar stand, und um ihn herum gingen weiß gekleidete Priester, die das Feuer auf dem Altar hüteten und Opfergaben in Empfang nahmen. Auf dem Hofe standen auch viele, die opferten, und eine große Menge, die dem Gottesdienste nur zusah.

Kam da auch ein armer, alter Mann gegangen, der ein Lämmchen trug, das sehr klein und mager war und obendrein noch von einem Hunde gebissen worden war, sodass es eine große Wunde hatte.

Der Mann ging mit diesem Lamme zu den Priestern und bat sie, es opfern zu dürfen, aber sie schlugen es ihm ab. Sie sagten ihm, eine so armselige Gabe könne er dem Herrn nicht darbringen. Der Alte bat, sie möchten doch um der Barmherzigkeit willen das Lamm annehmen, denn sein Sohn liege krank auf den Tod, und er besitze nichts andres, was er Gott für des Kranken Genesung opfern könnte. „Ihr müsst es mich opfern lassen", sagte er, „sonst kommt mein Gebet nicht vor Gottes Angesicht, und mein Sohn stirbt."

„Du kannst mir glauben, dass ich Mitleid mit dir habe", sagte der Priester, „aber das Gesetz verbietet uns, ein verletztes Tier zu opfern. Es ist ebenso unmöglich, deiner Bitte zu willfahren, wie es unmöglich ist, die Paradiesesbrücke zu überschreiten."

Der kleine Knabe saß so nah, dass er das alles hörte. Er dachte gleich, wie schade es doch wäre, dass niemand die Brücke zu überschreiten vermochte. Vielleicht könnte der Arme seinen Sohn behalten, wenn das Lamm geopfert würde.

Der alte Mann ging betrübt vom Tempelhofe fort, aber der Knabe erhob sich, schritt auf die zitternde Brücke zu und setzte seinen Fuß darauf.

Er dachte gar nicht daran, hinübergehen zu wollen, um des Paradieses gewiss zu sein. Seine Gedanken weilten bei dem Armen, dem er zu helfen wünschte.

Aber er zog den Fuß wieder zurück, denn er dachte: Es ist unmöglich. Sie ist gar zu alt und rostig, sie könnte mich nicht einmal tragen.

Aber noch einmal schweiften seine Gedanken zu dem Armen, dessen Sohn krank auf den Tod lag. Wieder setzte er den Fuß auf die Schwertklinge.

Da merkte er, dass sie zu zittern aufhörte und sich unter seinem Fuße breit und fest anfühlte.

Und als er den nächsten Schritt darauf machte, fühlte er, dass die Luft ringsumher ihn unterstützte, sodass er nicht fallen konnte. Sie trug ihn, als wenn er ein Vogel wäre und Flügel hätte.

Aber aus der gespannten Klinge löste sich zitternd ein holder Ton, wie der Knabe darüber hinschritt, und einer von denen, die auf dem Hofe standen, wendete sich um, da er den Ton vernahm. Er stieß einen Ruf aus, und jetzt wendeten sich auch alle die anderen, und sie gewahrten den kleinen Knaben, der über die Stahlklinge geschritten kam.

Da gerieten alle, die da standen, in große Verwunderung und Bestürzung. Die ersten, die sich fassten, waren die Priester. Sie sendeten sogleich einen Boten nach dem Armen, und als dieser zurückkam, sagten sie zu ihm: „Gott hat ein Wunder getan, um uns zu zeigen, dass er deine Gabe empfangen will. Gib dein Lamm her, wir wollen es opfern!“

Als dies geschehen war, fragten sie nach dem kleinen Knaben, der über die Kluft gewandert war. Aber als sie sich nach ihm umsahen, konnten sie ihn nicht finden.

Denn gerade, als der Knabe die Kluft überschritten hatte, hatte er an die Heimreise und die Eltern denken müssen. Er wusste nicht, dass der Morgen und der Vormittag schon verstrichen waren, sondern er dachte: Ich muss mich jetzt sputen, heimzukommen, damit sie nicht zu warten brauchen. Ich will nur erst noch forteilen und einen Blick auf die Stimme des Weltenfürsten werfen.

Und er schlich sich zwischen dem Volke durch und eilte auf leichten Sohlen nach dem halbdunkeln Säulengang, wo das Kupferhorn an die Wand gelegen stand.

Als er es sah und bedachte, dass, wer ihm einen Ton entlocken konnte, alle Völker der Erde unter seiner Herrschaft versammeln würde, da deuchte es ihn, dass er niemals etwas so Merkwürdiges gesehen hätte, und er setzte sich daneben nieder und betrachtete es.

Er dachte, wie groß es sein müsste, alle Menschen der Erde zu gewinnen, und wie sehnlich er sich wünschte, in das alte Horn blasen zu können. Aber er sah ein, dass dies unmöglich wäre, und so wagte er nicht einmal den Versuch.

So saß er mehrere Stunden, aber er wusste nicht, dass die Zeit verstrich. Er dachte nur daran, was für ein Gefühl es sein müsste, alle Menschen der Erde unter seiner Herrschaft zu sammeln.

Aber es war so, dass in diesem kühlen Säulengang ein heiliger Mann saß und seine Schüler unterwies. Und der wendete sich jetzt an einen der

Jünglinge, die zu seinen Füßen saßen, und sagte ihm, dass er ein Betrüger sei. Der Geist hätte ihm verraten, sagte der Heilige, dass dieser Jüngling ein Fremder sei und kein Israelit. Und nun fragte ihn der Heilige, warum er sich unter einem falschen Namen unter seine Jünger eingeschlichen hätte.

Da erhob sich der fremde Jüngling und sagte, er sei durch Wüsten gepilgert und über große Meere gezogen, um die wahre Weisheit und die Lehre des einzigen Gottes verkünden zu hören. „Meine Seele verschmachtet vor Sehnsucht", sagte er zu dem Heiligen. „Aber ich wusste, dass du mich nicht unterrichten würdest, wenn ich nicht sagte, dass ich ein Israelit sei. Darum belog ich dich, auf dass meine Sehnsucht gestillt würde. Und ich bitte dich, lass mich bei dir bleiben."

Aber der Heilige stand auf und streckte die Arme zum Himmel empor. „Ebenso wenig sollst du bei mir bleiben, als jemand auferstehen wird und auf dem großen Kupferhorn blasen, das wir die Stimme des Weltenfürsten nennen. Es ist dir nicht einmal gestattet, diese Stelle des Tempels zu betreten, weil du ein Heide bist. Eile von hinnen, sonst werden meine anderen Schüler sich auf dich stürzen und dich in Stücke reißen, denn deine Gegenwart schändet den Tempel."

Aber der Jüngling stand still und sprach: „Ich will nirgends hingehen, wo meine Seele keine Nahrung findet. Lieber will ich hier zu deinen Füßen sterben."

Kaum hatte er dies gesagt, als die Schüler des Heiligen aufsprangen, um ihn zu vertreiben. Und als er sich zur Wehr setzte, warfen sie ihn zu Boden und wollten ihn töten.

Aber der Knabe saß ganz nahe, sodass er alles sah und hörte, und er dachte: Dies ist eine große Hartherzigkeit. Ach, könnte ich doch in das Kupferhorn blasen, dann wäre ihm geholfen.

Er stand auf und legte seine Hand auf das Horn. In diesem Augenblick wünschte er nicht mehr, es an seine Lippen heben zu können, weil, wer dies vermöchte, ein großer Herrscher werden würde, sondern weil er hoffte, einem beistehen zu können, dessen Leben in Gefahr war.

Und er umklammerte das Kupferhorn mit seinen kleinen Händen und versuchte es zu heben.

Da fühlte er, dass das ungeheure Horn sich von selbst zu seinen Lippen hob. Und wie er nur atmete, drang ein starker klingender Ton aus dem Horn und schallte durch den ganzen großen Tempelraum.

Da wandten alle ihre Blicke hin, und sie sahen, dass es ein kleiner Knabe war, der mit dem Horn an seinen Lippen dastand und ihm Töne entlockte, die Wölbungen und Säulen erzittern ließen.

Also gleich senkten sich da alle Hände, die sich erhoben hatten, um den fremden Jüngling zu schlagen, und der heilige Lehrer sprach zu ihm:

„Komm und setzt dich hier zu meinen Füßen, wo du früher gesessen hast! Gott hat ein Wunder getan, um mir zu zeigen, dass es sein Wunsch ist, dass du in seine Anbetung eingeweiht werdest."

* *
*

Als der Tag zur Neige ging, wanderten ein Mann und ein Weib mit eiligen Schritten auf Jerusalem zu. Sie sahen erschrocken und unruhig aus, und sie riefen jedem, den sie trafen, zu: „Wir haben unseren Sohn verloren. Wir glaubten, er sei mit unseren Verwandten und Nachbarn gegangen, aber keiner von ihnen hat ihn gesehen. Ist jemand von euch unterwegs an einem einsamen Kinde vorbeigekommen?"

Die Leute, die von Jerusalem kamen, antworteten ihnen: „Nein, euren Sohn haben wir nicht gesehen, aber im Tempel haben wir das schönste Kind geschaut. Es war wie ein Engel des Himmels und es ist durch die Pforte der Gerechtigkeit gewandelt."

Sie hätten gern dies alles haarklein erzählt, doch die Eltern hatten nicht Zeit, ihnen zuzuhören.

Als sie ein Stück weitergegangen waren, trafen sie andre Menschen und befragten diese. Aber die von Jerusalem kamen, wollten nur von dem allerschönsten Kinde erzählen, das aussehe, als wäre es vom Himmel herabgestiegen, und das die Paradiesesbrücke überschritten hätte.

Sie wären gern stehen geblieben und hätten bis zum späten Abend davon gesprochen, allein der Mann und die Frau hatte nicht Zeit, ihnen zu lauschen, sondern sie eilten in die Stadt.

Sie gingen straßauf und straßab, ohne das Kind zu finden. Endlich kamen sie zum Tempel.

Als sie dort vorbeigingen, sagte die Frau: „Da wir nun hier sind, so lass uns doch eintreten und sehen, was für ein Kind das ist, von dem sie sagen, es sei vom Himmel herabgestiegen!" Sie traten ein und fragten, wo sie das Kind sehen könnten.

„Geht geradeaus, dorthin, wo die heiligen Lehrer mit ihren Schülern sitzen. Dort ist das Kind. Die alten Männer haben ihn in ihre Mitte gesetzt, sie fragen ihn, und er fragt sie, und sie verwundern sich alle über ihn. Aber alles Volk steht unten auf dem Tempelhof, um nur einen Schimmer dessen zu sehen, der die Stimme des Weltenfürsten an seine Lippen geführt hat.“

Der Mann und die Frau bahnten sich einen Weg durch den Volkshaufen, und sie sahen, dass das Kind, das unter den weisen Lehrern saß, ihr Sohn war.

Aber sowie die Frau das Kind wieder erkannte, fing sie zu weinen an.

Und der Knabe, der unter den weisen Männern saß, hörte, dass jemand weinte, und er erkannte, dass es seine Mutter war. Da stand er auf und kam zu seiner Mutter, und Vater und Mutter nahmen ihn in ihre Mitte und wanderten mit ihm aus dem Tempel fort.

Aber die ganze Zeit hörte die Mutter nicht auf zu weinen, und das Kind fragte sie: „Warum weinst du? Ich kam ja zu dir, wie ich nur deine Stimme hörte.“

„Wie sollte ich nicht weinen?“, fragte die Mutter. „Ich glaubte, du seist für mich verloren.“

Sie gingen aus der Stadt und die Dunkelheit brach an und noch immer weinte die Mutter.

„Warum weinest du?“, fragte des Kind. „Ich wusste nichts davon, dass der Tag verstrichen war. Ich glaubte, es sei noch Morgen, und ich kam zu dir, wie ich nur deine Stimme hörte.“

„Wie sollte ich nicht weinen?“, sagte die Mutter. „Ich habe dich den ganzen Tag gesucht. Ich glaubte, du seist für mich verloren.“

Sie wanderten die ganze Nacht, und immer weinte die Mutter.

Da der Morgen zu grauen begann, sagte das Kind: „Warum weinest du? Ich habe nicht nach eigenem Ruhm getrachtet, aber Gott hat mich das Wunder vollbringen lassen, weil er diesen drei armen Menschen helfen wollte. Und wie ich nur deine Stimme hörte, kam ich wieder zu dir.“

„Mein Sohn“, antwortete die Mutter, „ich weine, weil du gleichwohl für mich verloren bist. Du wirst mir nie mehr angehören. Von Stund an wird deines Daseins Streben Gerechtigkeit sein, und deine Sehnsucht das Paradies, und deine Liebe wird all die armen Menschen umfassen, die die Erde erfüllen.“

## Das Schweißtuch der heiligen Veronika

1

In einem der letzten Jahre der Regierung des Kaisers Tiberius begab es sich, dass ein armer Winzer und sein Weib sich in einer einsamen Hütte hoch oben in den Sabiner Bergen niederließen. Sie waren Fremdlinge und lebten in der größten Einsamkeit, ohne je den Besuch eines Menschen zu empfangen. Aber eines Morgens, als der Arbeiter seine Türe öffnete, fand er zu seinem Staunen, dass eine alte Frau zusammengekauert auf der Schwelle saß. Sie war in einen schlichten grauen Mantel gehüllt und sah aus, als wäre sie sehr arm. Und dennoch erschien sie ihm, als sie sich erhob und ihm entgegentrat, so Ehrfurcht gebietend, dass er daran denken musste, was die Sagen von Göttinnen erzählen, die in der Gestalt einer alten Frau die Menschen heimsuchen.

„Mein Freund", sagte die Alte zu dem Winzer, „wundere dich nicht darüber, dass ich heute Nacht auf deiner Schwelle geschlafen habe. Meine Eltern haben in dieser Hütte gewohnt, und hier wurde ich vor fast neunzig Jahren geboren. Ich hatte erwartet, sie leer und verlassen zu finden. Ich wusste nicht, dass aufs Neue Menschen Besitz davon ergriffen hatten."

„Ich wundre mich nicht, dass du glaubtest, dass eine Hütte, die so hoch zwischen diesen einsamen Felsen liegt, leer und verlassen stehen würde", sagte der Winzer. „Aber ich und mein Weib, wir sind aus einem fernen Lande, und wir armen Fremdlinge haben keine bessere Wohnstätte finden können. Und dir, die nach der langen Wanderung, die du in deinem hohen Alter unternommen hast, müde und hungrig sein muss, dürfte es willkommener sein, dass die Hütte von Menschen bewohnt ist, anstatt von den Wölfen der Sabiner Berge. Du findest jetzt doch ein Bett drinnen, um darauf zu ruhen, sowie eine Schale Ziegenmilch und einen Laib Brot, wenn du damit vorlieb nehmen willst."

Die Alte lächelte ein wenig, aber dieses Lächeln war so flüchtig, dass es den Ausdruck schweren Kummers nicht zu zerstreuen vermochte, der auf ihrem Gesicht ruhte. „Ich habe meine ganze Jugend hier oben in den Bergen verlebt", sagte sie. „Ich habe die Kunst noch nicht verlernt, einen Wolf aus seiner Höhle zu vertreiben."

Und sie sah wirklich so stark und kräftig aus, dass der Winzer nicht daran zweifelte, dass sie trotz ihres hohen Alters noch Stärke genug besäße, um es mit den wilden Tieren des Waldes aufzunehmen.

Er wiederholte jedoch sein Anerbieten und die Alte trat in die Hütte ein. Sie ließ sich zu der Mahlzeit der armen Leute nieder und nahm ohne Zögern daran teil. Aber obgleich sie sehr zufrieden damit schien, grobes, in Milch aufgeweichtes Brot essen zu dürfen, dachten doch der Mann und die Frau: Woher kann diese alte Wanderin kommen? Sie hat gewiss öfter Fasane von Silberschüsseln gespeist, als Ziegenmilch aus irdnen Schalen getrunken.

Zuweilen erhob sie die Augen vom Tische und sah sich um, als wolle sie versuchen, sich wieder in der Hütte zurechtzufinden. Die dürftige Behausung mit den nackten Lehmwänden und dem gestampften Boden war sicherlich nicht sehr verändert. Sie zeigte sogar ihren Wirtsleuten, dass an der Wand noch ein paar Spuren von Hunden und Hirschen sichtbar waren, die ihr Vater dorthin gezeichnet hatte, um seinen kleinen Kindern eine Freude zu machen. Und hoch oben auf einem Brett glaubte sie die Scherben eines Tongefäßes zu sehen, in das sie selbst einst Milch zu melken pflegte.

Aber der Mann und sein Weib dachten bei sich selbst: Es mag freilich wahr sein, dass sie in dieser Hütte geboren ist, aber sie hat doch im Leben so manches andre zu bestellen gehabt als Ziegen melken und Butter und Käse bereiten. Sie merkten auch, dass sie oft mit ihren Gedanken weit weg war und dass sie jedes Mal, wenn sie wieder zu sich selbst zurückkam, schwer und kummervoll seufzte.

Endlich erhob sie sich von der Mahlzeit. Sie dankte freundlich für die Gastfreundschaft, die sie genossen hatte, und ging auf die Tür zu.

Aber da deuchte sie dem Winzer so beklagenswert einsam und arm, dass er ausrief: „Wenn ich mich nicht irre, war es keineswegs deine Absicht, als du gestern Nacht heraufstiegst, diese Hütte so bald zu verlassen. Wenn du wirklich so arm bist, wie es den Anschein hat, dann wird es wohl deine Meinung gewesen sein, alle die Jahre, die du noch zu leben hast, hier zu bleiben. Aber jetzt willst du gehen, weil wir, mein Weib und ich, schon von der Hütte Besitz genommen haben."

Die Alte leugnete nicht, dass er richtig geraten hatte. „Aber diese Hütte, die so viele Jahre verlassen gestanden hat, gehört dir ebenso gut wie mir", sagte sie. „Ich habe kein Recht, dich von hier zu vertreiben."

„Es ist aber doch deiner Eltern Hütte", sagte der Winzer, „und du hast sicherlich mehr Anspruch darauf als ich. Wir sind überdies jung und du bist alt. Darum sollst du bleiben und wir werden gehen."

Als die Alte diese Worte hörte, war sie ganz erstaunt. Sie wendete sich auf der Schwelle um und starrte den Mann an, als wenn sie nicht verstünde, was er mit seinen Worten meinte.

Aber nun mischte sich das junge Weib ins Gespräch.

„Wenn ich mitzureden hätte“, sagte sie zu dem Manne, „würde ich dich bitten, diese alte Frau zu fragen, ob sie uns nicht als ihre Kinder ansehen und uns erlauben will, bei ihr zu bleiben und sie zu pflegen. Welchen Nutzen hätte sie davon, wenn wir ihr diese elende Hütte schenkten und sie dann allein ließen? Es wäre furchtbar für sie, einsam in der Wildnis zu hausen. Und wovon sollte sie leben? Es wäre dasselbe, als wollten wir sie dem Hungertode preisgeben.“

Aber die Alte trat auf den Mann und die Frau zu und betrachtete sie prüfend. „Warum sprecht ihr so?“, fragte sie. „Warum beweist ihr mir Barmherzigkeit? Ihr seid doch Fremde.“

Da antwortete ihr die junge Frau: „Darum, weil uns selbst einmal die große Barmherzigkeit begegnet ist.“

## 2

So kam es, dass die alte Frau in der Hütte des Winzers wohnte, und sie fasste große Freundschaft für die jungen Menschen. Aber dennoch sagte sie ihnen niemals, woher sie kam oder wer sie war, und sie begriffen, dass sie es nicht gut aufgenommen hätte, wenn sie sie danach gefragt hätten.

Aber eines Abends, als die Arbeit getan war und sie alle drei auf der großen, flachen Felsplatte saßen, die vor dem Eingang lag, und ihr Abendbrot verzehrten, erblickten sie einen alten Mann, der den Pfad heranstieg.

Es war ein hoher, kräftig gebauter Mann mit so breiten Schultern wie ein Ringer. Sein Gesicht trug einen düstern, herben Ausdruck. Die Stirn ragte über den tief liegenden Augen vor, und die Linien des Mundes drückten Bitterkeit und Verachtung aus. Er ging in gerader Haltung und mit raschen Bewegungen.

Der Mann trug ein schlichtes Gewand, und der Winzer dachte, sobald er ihn erblickt hatte: Das ist ein alter Legionär, einer, der seinen Abschied aus dem Dienste bekommen hat und nun auf der Wanderung nach seiner Heimat begriffen ist.

Als die Alte diese Worte hörte, war sie ganz erstaunt. Sie wendete sich unschlüssig stehend. Der Arbeiter, der wusste, dass der Weg ein kleines Stück oberhalb der Hütte ein Ende hatte, legte den Löffel nieder und rief ihm zu: „Hast du dich verirrt, Fremdling, dass du hierher zu dieser Hütte kommst? Niemand pflegt sich die Mühe zu machen, hier heraufzuklettern, es sei denn, er hätte eine Botschaft an einen von uns, die wir hier wohnen."

Während er so fragte, trat der Fremdling näher. „Ja, es ist so, wie du sagst", antwortete er, „ich habe den Weg verloren, und jetzt weiß ich nicht, wohin ich meine Schritte lenken soll. Wenn du mich hier ein Weilchen ruhen lässt und mir dann sagst, welchen Weg ich gehen muss, um zu einem Landgut zu kommen, will ich dir dankbar sein."

Mit diesen Worten ließ er sich auf einem der Steine nieder, die vor der Hütte lagen. Die junge Frau fragte ihn, ob er nicht an ihrer Mahlzeit teilnehmen wolle, doch dies lehnte er mit einem Lächeln ab. Hingegen zeigte sich, dass er sehr geneigt war, mit ihnen zu plaudern, indes sie aßen. Er fragte die jungen Menschen nach ihrer Lebensweise und ihrer Arbeit und sie antworteten ihm fröhlich und rückhaltlos.

Aber auf einmal wendete sich der Arbeiter an den Fremden und begann ihn auszufragen: „Du siehst, wie abgeschieden und einsam wir leben", sagte er. „Es ist wohl schon ein Jahr her, seit ich mit andern als Hirten und Winzern gesprochen habe. Kannst du, der ja wohl aus irgendeinem Feldlager kommt, uns nicht ein wenig von Rom und vom Kaiser erzählen?"

Kaum hatte der Mann dies gesagt, als die junge Frau merkte, wie die Alte ihm einen warnenden Blick zuwarf und mit der Hand das Zeichen machte, das bedeutet, man möge wohl auf seiner Hut sein mit dem, was man sage.

Der Fremdling antwortete dann aber ganz freundlich: „Ich sehe, dass du mich für einen Legionär hältst, und du hast wirklich nicht so ganz Unrecht, obgleich ich schon vor langer Zeit den Dienst verlassen habe. Unter der Regierung des Tiberius hat es nicht viel Arbeit für uns Kriegsleute gegeben. Und er war doch einmal ein großer Feldherr. Das war die Zeit seines Glückes. Jetzt hat er nichts andres im Sinn, als sich vor Verschwörungen zu hüten. In Rom sprechen alle Menschen davon, dass er vorige Woche, nur auf den allerleisesten Verdacht hin, den Senator Titius ergreifen und hinrichten ließ."

„Der arme Kaiser, er weiß nicht mehr, was er tut“, rief die junge Frau. Sie rang die Hände und schüttelte bedauernd und staunend das Haupt.

„Du hast wirklich Recht“, sagte der Fremdling, während ein Zug tiefster Düsterkeit über sein Gesicht ging. „Tiberius weiß, dass alle Menschen ihn hassen, und dies treibt ihn noch zum Wahnsinn.“

„Was sagst du da?“, rief die Frau. „Warum sollten wir ihn hassen? Wir beklagen ja nur, dass er nicht mehr ein so großer Kaiser ist wie am Anfang seiner Regierung.“

„Du irrst dich“, sagte der Fremde. „Alle Menschen verachten und hassen Tiberius. Warum sollten sie es nicht? Er ist ja nur ein grausamer, schonungsloser Tyrann. Und in Rom glaubt man, dass er es in Zukunft noch schlimmer treiben wird.“

„Hat sich denn etwas ereignet, was ihn zu einem noch ärgern Ungeheuer machen könnte, als er schon ist?“, fragte der Mann.

Als er dies sagte, merkte die Frau, dass die Alte ihm abermals ein warnendes Zeichen machte, aber so verstohlen, dass er es nicht sehen konnte.

Der Fremdling antwortete freundlich, aber gleichzeitig huschte ein eigentümliches Lächeln um seine Lippen.

„Du hast vielleicht gehört, dass Tiberius bis jetzt in seiner Umgebung einen Freund gehabt hatte, dem er vertrauen konnte und der ihm immer die Wahrheit sagte. Alle andern, die an seinem Hofe lebten, sind Glücksjäger und Heuchler, die seine bösen und hinterlistigen Handlungen ebenso preisen wie seine guten und vortrefflichen. Es hat aber doch, wie gesagt, ein Wesen gegeben, das niemals fürchtete, ihn wissen zu lassen, was seine Handlungen wert waren. Dieser Mensch, der mutiger war als Senatoren und Feldherrn, war des Kaisers alte Amme, Faustina.“

„Jawohl, ich habe von ihr reden hören“, sagte der Arbeiter. „Man sagte mir, dass der Kaiser ihr immer große Freundschaft bewiesen habe.“

„Ja, Tiberius wusste ihre Ergebenheit und Treue zu schätzen. Er hat diese arme Bäuerin, die einst aus einer elenden Hütte in den Sabiner Bergen kam, wie seine zweite Mutter behandelt. Solange er selbst in Rom weilte, ließ er sie in einem Hause auf dem Palatin wohnen, um sie immer in seiner Nähe zu haben. Keiner von Roms vornehmen Matronen ist es besser ergangen als ihr. Sie wurde in einer Sänfte über die Straße getragen und ihre Kleidung war die einer Kaiserin. Als der Kaiser nach Capreae übersiedelte, musste sie ihn begleiten, und er ließ ihr dort ein Landhaus voll Sklaven und kostbaren Hausrats kaufen.“

„Sie hat es wahrlich gut gehabt“, sagte der Mann.

Er war es nun, der das Gespräch mit dem Fremden allein weiterführte. Die Frau saß stumm und beobachtete staunend die Veränderung, die mit der Alten vorgegangen war. Seit dem Kommen des Fremden hatte sie kein Wort gesprochen. Sie hatte ihr sanftes und freundliches Aussehen ganz verloren. Die Schüssel hatte sie von sich geschoben und saß jetzt starr und aufrecht, an den Türpfosten gelehnt, und blickte mit strengem, versteinertem Gesicht gerade vor sich hin.

„Es ist des Kaisers Wille gewesen, dass sie ein glückliches Leben genieße“, sagte der Fremdling. „Aber trotz aller seiner Wohltaten hat nun auch sie ihn verlassen.“

Die alte Frau zuckte bei diesen Worten zusammen, doch die Junge legte beschwichtigend die Hand auf ihren Arm. Dann begann sie mit ihrer warmen, milden Stimme zu sprechen. „Ich kann doch nicht glauben, dass die alte Faustina am Hofe so glücklich gewesen ist, wie du sagst“, sagte sie, indem sie sich an den Fremdling wendete. „Ich bin gewiss, dass sie Tiberius so geliebt hat, als wenn er ihr eigner Sohn wäre. Ich kann mir denken, wie stolz sie auf seine edle Jugend gewesen ist, und ich kann auch begreifen, welch ein Kummer es für sie war, dass er sich in seinem Alter dem Misstrauen und der Grausamkeit überließ. Sie hat ihn sicherlich jeden Tag ermahnt und gewarnt. Es ist furchtbar für sie gewesen, immer vergeblich zu bitten. Schließlich hat sie es nicht mehr ertragen können, ihn immer tiefer und tiefer sinken zu sehen.“

Der Fremdling beugte sich überrascht ein wenig vor, als er diese Worte vernahm. Aber das junge Weib sah nicht zu ihm auf. Sie hielt die Augen niedergeschlagen und sprach sehr leise und demütig.

„Du hast vielleicht Recht mit dem, was du von der alten Frau sagst“, antwortete er. „Faustina ist am Hofe wirklich nicht glücklich gewesen. Aber es scheint doch seltsam, dass sie den Kaiser in seinem hohen Alter verließ, nachdem sie ein ganzes Menschenleben bei ihm ausgeharrt hatte.“

„Was sagst du da?“, rief der Mann. „Hat die alte Faustina den Kaiser verlassen?“

„Sie hat sich, ohne dass jemand darum wusste, von Capreae weggeschlichen“, sagte der Fremde. „Sie ist ebenso arm gegangen, wie sie gekommen war. Sie hatte nichts von allen ihren Schätzen mitgenommen.“

„Und weiß der Kaiser wirklich nicht, wohin sie gegangen ist?“, fragte die junge Frau mit ihrer sanften Stimme.

„Nein, niemand weiß mit Bestimmtheit, welchen Weg die Alte eingeschlagen hat. Man hält es jedoch für wahrscheinlich, dass sie ihre Zuflucht in ihren heimatlichen Bergen gesucht habe."

„Und der Kaiser weiß auch nicht, warum sie von ihm fortgegangen ist?", fragte die junge Frau.

„Nein, der Kaiser weiß nichts darüber. Er kann doch nicht glauben, dass sie ihn verlassen hat, weil er einmal zu ihr sagte, sie diene ihm, um Lohn und Gaben zu empfangen, sie, wie alle andern. Sie weiß doch, dass er niemals an ihrer Uneigennützigkeit gezweifelt hat. Er hoffte immer noch, dass sie freiwillig zu ihm zurückkehren würde, denn niemand weiß besser als sie, dass er jetzt ganz ohne Freunde ist."

„Ich kenne sie nicht", sagte das junge Weib, „aber ich glaube doch, dass ich dir sagen kann, warum sie den Kaiser verlassen hat. Diese alte Frau ist hier in diesen Bergen zu Einfachheit und Frömmigkeit erzogen worden, und sie hat sich immer hierher zurückgesehnt. Sicherlich hätte sie dennoch den Kaiser nie verlassen, wenn er sie nicht beleidigt hätte. Aber ich begreife, dass sie nun hiernach, da ihre Lebenstage bald zu Ende gehen müssen, das Recht zu haben meinte, an sich selbst zu denken. Wenn ich eine arme Frau aus den Bergen wäre, hätte ich vermutlich ebenso gehandelt wie sie. Ich hätte mir gedacht, dass ich genug getan hätte, wenn ich meinem Herrn ein ganzes Leben lang gedient habe. Ich wäre schließlich von Wohlleben und Kaisergunst fortgegangen, um meine Seele Ehre und Gerechtigkeit kosten zu lassen, ehe sie sich von mir scheidet, um die lange Fahrt anzutreten."

Der Fremdling blickte die junge Frau betrübt und schwermütig an. „Du bedenkst nicht, dass des Kaisers Treiben jetzt schrecklicher werden wird denn je. Jetzt gibt es keinen mehr, der ihn beruhigen könnte, wenn Misstrauen und Menschenverachtung sich seiner bemächtigen. Denke dir dies", fuhr er fort und bohrte seine düstern Blicke tief in die des jungen Weibes, „in der ganzen Welt gibt es jetzt keinen, den er nicht hasste, keinen, den er nicht verachtete, keinen."

Als er diese Worte bitterer Verzweiflung aussprach, machte die Alte eine hastige Bewegung und wendete sich ihm zu, aber die Junge sah ihm fest in die Augen und antwortete: „Tiberius weiß, dass Faustina wieder zu ihm kommt, wann immer er es wünscht. Aber zuerst muss sie wissen, dass ihre alten Augen nicht mehr Laster und Schändlichkeit an seinem Hofe schauen müssen."

Sie hatten sich bei diesen Worten alle erhoben, aber der Winzer und seine Frau stellten sich vor die Alte, gleichsam um sie zu schützen.

Der Fremdling sprach keine Silbe mehr, aber er betrachtete die Alte mit fragenden Blicken. Ist das auch dein letztes Wort?, schien er sagen zu wollen. Die Lippen der Alten zitterten und die Worte wollten sich nicht von ihnen lösen.

„Wenn der Kaiser seine alte Dienerin geliebt hat, so möge er ihr auch die Ruhe ihre letzten Tage gönnen“, sagte die junge Frau.

Der Fremde zögerte noch, aber plötzlich erhellte sich sein düsteres Gesicht. „Meine Freunde“, sagte er, „was man auch von Tiberius sagen mag, es gibt doch eines, was er besser gelernt hat als andre, und das ist: verzichten. Ich habe euch nur noch eines zu sagen: Wenn diese alte Frau, von der wir gesprochen haben, diese Hütte aufsuchen sollte, so nehmet sie gut auf! Des Kaisers Gunst ruht über jedem, der ihr beisteht.“

Er hüllte sich in seinen Mantel und entfernte sich auf demselben Wege, den er gekommen war.

## 3

Nach diesem Vorfall sprachen der Winzer und sein Weib nie mehr mit der alten Frau vom Kaiser. Untereinander wunderten sie sich darüber, dass sie in ihrem hohen Alter die Kraft gehabt hatte, allem dem Reichtum und der Macht zu entsagen, an die sie gewöhnt war. Ob sie nicht doch bald zu Tiberius zurückkehren wird?, fragten sie sich. Sie liebt ihn sicherlich noch. In der Hoffnung, dass dies ihn zur Besinnung bringen und ihn bewegen werde, sich von seiner bösen Handlungsweise zu bekehren, hat sie ihn verlassen.

„Ein so alter Mann wie der Kaiser wird niemals mehr ein neues Leben beginnen“, sagte der Arbeiter. „Wie willst du seine große Verachtung der Menschen von ihm nehmen? Wer könnte vor ihn hintreten und ihn lehren, sie zu lieben? Bevor dies geschieht, kann er nicht von seinem Argwohn und seiner Grausamkeit geheilt werden.“

„Du weißt, dass es einen gibt, der dies in Wahrheit vermöchte“, sagte die Frau. „Ich denke oft daran, wie es wäre, wenn diese beiden sich begegneten. Aber Gottes Wege sind nicht unsre Wege.“

Die alte Frau schien ihr früheres Leben gar nicht zu entbehren. Nach einiger Zeit gebar das junge Weib ein Kind, und als die Alte nun dieses zu pflegen hatte, schien sie so zufrieden zu sein, dass man glauben konnte, sie hätte alle ihre Sorgen vergessen.

Jedes halbe Jahr einmal pflegte sie sich in den langen grauen Mantel zu hüllen und nach Rom hinunterzuwandern. Aber dort suchte sie keine Menschenseele auf, sondern ging geradeswegs zum Forum. Hier blieb sie vor einem kleinen Tempel stehen, der sich auf der einen Seite des herrlich geschmückten Platzes erhob.

Dieser Tempel bestand eigentlich nur aus einem außergewöhnlich großen Altar, der unter offenem Himmel und auf einem marmorgepflasterten Hofe stand. Auf der Höhe des Altars thronte Fortuna, die Göttin des Glücks, und an seinem Fuße sah man eine Bildsäule des Tiberius. Rund um den Hof erhoben sich Gebäude für die Priester, Vorratskammern für Brennholz und Ställe für die Opfertiere.

Die Wanderung der alten Faustina erstreckte sich niemals weiter als bis zu diesem Tempel, den die aufzusuchen pflegten, die um Glück für Tiberius beten wollten. Wenn sie einen Blick hineingeworfen und gesehen hatte, dass die Göttin und die Kaiserstatue mit Blumen bekränzt waren, dass das Opferfeuer loderte und Scharen ehrfürchtiger Anbeter vor dem Altar versammelt waren, und wenn sie vernommen hatte, dass die leisen Hymnen der Priester ringsumher erklangen, dann kehrte sie um und begab sich wieder in die Berge.

So erfuhr sie, ohne einen Menschen fragen zu müssen, dass Tiberius noch unter den Lebenden weilte und dass es ihm wohl erging.

Als sie diese Wanderung zum dritten Mal antrat, harrte ihrer eine Überraschung. Als sie sich dem kleinen Tempel näherte, fand sie ihn verödet und leer. Kein Feuer flammte vor dem Bilde, und kein einziger Anbeter war davor zu sehen. Ein paar trockne Kränze hingen noch an der einen Seite des Altars, aber dies war alles, was von seiner früheren Herrlichkeit zeugte. Die Priester waren verschwunden, und die Kaiserstatue, die ohne Hütte dastand, war beschädigt und mit Schmutz beworfen.

Die alte Frau wendete sich an den ersten Besten, der vorüberging. „Was hat dies zu bedeuten?“, fragte sie. „Ist Tiberius tot? Haben wir einen andern Kaiser?“

„Nein“, antwortete der Römer, „Tiberius ist noch Kaiser, aber wir haben aufgehört, für ihn zu beten. Unsere Gebete können ihm nicht mehr frommen.“

„Mein Freund“, sagte die Alte, „ich wohne weit von hier in den Bergen,

# DIE FLUCHT NACH ÄGYPTEN

Fra Angelico

Die Flucht nach Ägypten

# Die Flucht nach Ägypten

Schongauer — Die Palme beugt ihre Krone nieder

## Die Flucht nach Ägypten

Cranach

Ruhe der Heiligen Familie

## Die Flucht nach Ägypten

Huber

Auf der Flucht

Rembrandt

Rast

## Die Flucht nach Ägypten

Runge Ruhe auf der Flucht

# Die Flucht nach Ägypten

Thoma Flucht der Heiligen Familie

# Die Flucht nach Ägypten

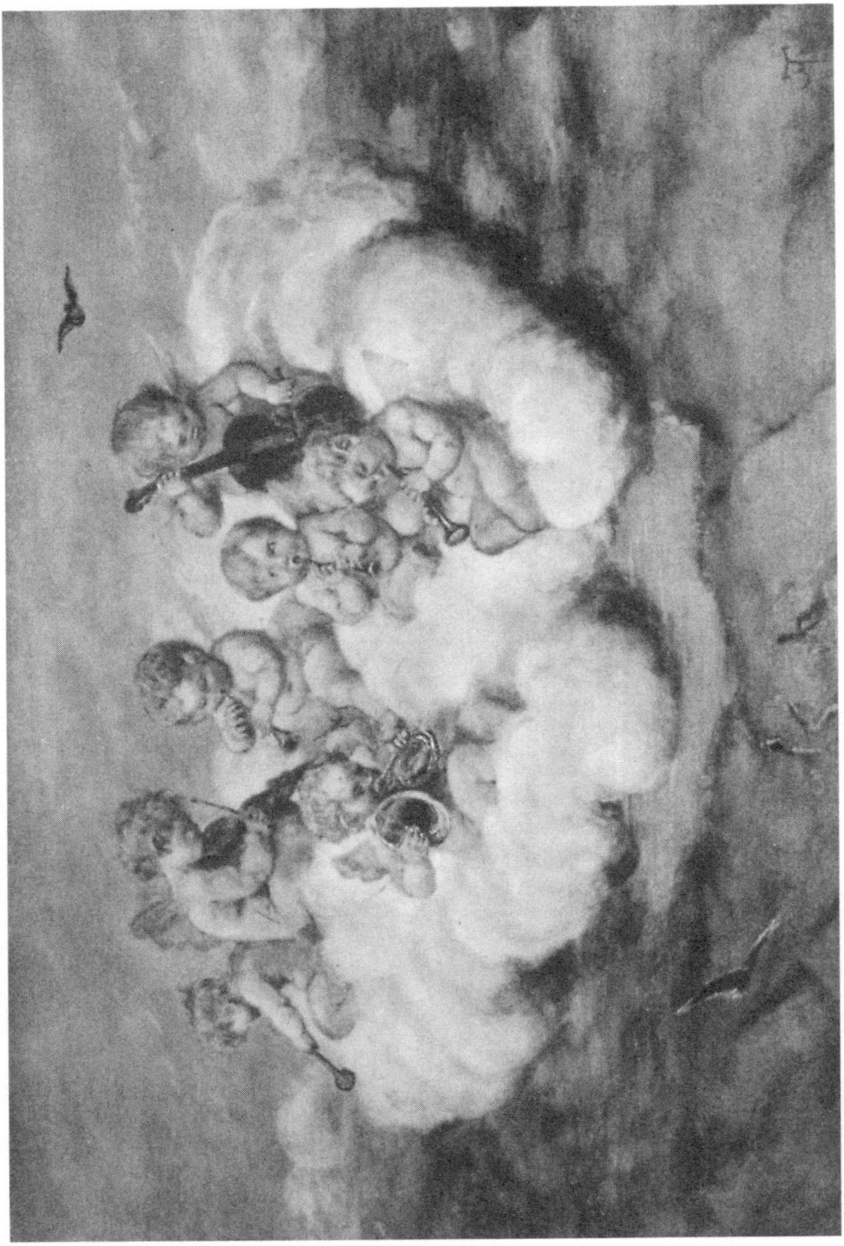

Thoma
Engelswolke

wo man nichts davon erfährt, was sich draußen in der Welt zuträgt. Willst du mir nicht sagen, welches Unglück den Kaiser getroffen hat?“

„Das furchtbarste Unglück“, erwiderte der Mann. „Er ist von einer Krankheit befallen worden, die bisher in Italien unbekannt war, die aber im Morgenlande häufig sein soll. Seit diese Seuche über den Kaiser gekommen ist, hat sich sein Gesicht verwandelt, seine Stimme ist wie die Stimme eines grunzenden Tieres und seine Zehen und Finger werden zerfressen. Und gegen diese Krankheit soll es kein Mittel geben. Man glaubt, dass er in ein paar Wochen tot sein wird; wenn er aber nicht stirbt, so muss man ihn absetzen, denn ein so kranker, elender Mann kann nicht weiterregieren. Du begreifst also, dass sein Schicksal besiegelt ist. Es nützt nichts, die Götter um Glück für ihn anzuflehen. Und es lohnt sich auch nicht“, fügte er mit leisem Lächeln hinzu. „Niemand hat von ihm noch etwas zu fürchten oder zu hoffen. Warum sollten wir uns also um seinetwillen Mühe machen?“

Er grüßte und ging, doch die Alte blieb wie betäubt stehen.

Zum ersten Mal in ihrem Leben brach sie zusammen und sah aus wie eine, die das Alter besiegt hat. Sie stand mit gebeugtem Rücken und zitterndem Kopfe da und mit Händen, die kraftlos in der Luft tasteten.

Sie sehnte sich, von dieser Stelle fortzukommen, aber sie hob die Füße nur langsam und bewegte sich strauchelnd vorwärts. Sie sah sich um, um etwas zu finden, was sie als Stab gebrauchen könnte.

Nach einigen Augenblicken gelang es ihr doch, mit ungeheurer Willensanstrengung die Mattigkeit zurückzudrängen. Sie richtete sich wieder empor und zwang sich, mit festen Schritten durch die menschenerfüllten Gassen zu gehen.

## 4

Eine Woche später wanderte die alte Faustina die steilen Abhänge der Insel Capreae hinan. Es war ein heißer Tag, und das furchtbare Gefühl des Alters und der Mattigkeit überkam sie wieder, während sie die geschlängelten Pfade und die in die Felsen gehauenen Stufen erklomm, die zu der Villa des Tiberius führten.

Dieses Gefühl steigerte sich noch, als sie zu merken anfing, wie sehr sich alles während der Zeit, die sie fern gewesen war, verändert hatte. Früher waren immer große Scharen von Menschen diese Treppe hinauf-

und heruntergeeilt. Es hatte hier von Senatoren gewimmelt, die sich von riesigen Libyern tragen ließen; von Sendboten aus den Provinzen, die von langen Sklavenzügen geleitet ankamen; von Stellensuchenden und von vornehmen Männern, die eingeladen waren, an den Festen des Kaisers teilzunehmen.

Aber heute waren diese Treppen und Gänge ganz verödet. Die graugrünen Eidechsen waren die einzigen lebenden Wesen, die die alte Frau auf ihrem Wege bemerkte.

Sie staunte, dass alles bereits zu verfallen schien. Die Krankheit des Kaisers konnte höchstens ein paar Monate gedauert haben, und doch war schon Unkraut in den Spalten zwischen den Marmorfliesen emporgewuchert. Edle Gewächse in schönen Vasen waren schon vertrocknet, und mutwillige Zerstörer, denen niemand Einhalt getan hatte, hatten an ein paar Stellen die Balustrade niedergebrochen.

Aber am allerseltsamsten deuchte sie doch die völlige Menschenleere. Wenn es auch Fremdlingen verboten war, sich auf der Insel sehen zu lassen, so mussten sie doch wohl noch da sein, diese unendlichen Scharen von Kriegsknechten und Sklaven, von Tänzerinnen und Musikanten, von Köchen und Tafeldeckern, von Palastwachen und Gartenarbeitern, die zum Haushalt des Kaisers gehörten.

Erst als Faustina die oberste Terrasse erreichte, erblickte sie ein paar alte Sklaven, die auf den Treppenstufen vor der Villa saßen. Als sie sich ihnen näherte, erhoben sie sich und neigten sich vor ihr.

„Sei gegrüßt, Faustina“, sagte der eine. „Ein Gott schickt dich, um unser Unglück zu lindern.“

„Was ist dies, Milo?“, fragte Faustina. „Warum ist es hier so öde? Man hat mir doch gesagt, dass Tiberius noch auf Capreae weile?“

„Der Kaiser hat alle seine Sklaven vertrieben, weil er den Verdacht hegt, einer von uns habe ihm vergifteten Wein zu trinken gegeben, und dies habe die Krankheit hervorgerufen. Er hätte auch mich und Tito fortgejagt, wenn wir uns nicht geweigert hätten, ihm zu gehorchen. Und du weißt doch, dass wir unser ganzes Leben lang dem Kaiser und seiner Mutter gedient haben.“

„Ich frage nicht nur nach Sklaven“, sagte Faustina. „Wo sind die Senatoren und Feldherrn? Wo sind des Kaisers Vertraute und alle schmeichelnden Speichellecker?“

„Tiberius will sich nicht mehr vor Fremden zeigen“, sagte der Sklave.

„Der Senator Lucius und Macro, der Anführer der Leibwache, kommen jeden Tag her und nehmen seine Befehle entgegen. Sonst darf sich ihm niemand nahen."

Faustina hatte die Treppe erstiegen, um in das Landhaus einzutreten. Der Sklave schritt ihr voran, und im Gehen fragte sie ihn:

„Was sagen die Ärzte über die Krankheit des Tiberius?"

„Keiner von ihnen versteht diese Krankheit zu behandeln. Sie wissen nicht einmal, ob sie rasch oder langsam tötet. Aber eins kann ich dir sagen, Faustina, dass Tiberius sterben muss, wenn er sich weiter weigert, Nahrung zu sich zu nehmen, aus Furcht, dass sie vergiftet sein könnte. Und ich weiß, dass ein kranker Mann es nicht aushalten kann, Tag und Nacht zu wachen, wie der Kaiser tut, aus Angst, im Schlafe ermordet zu werden. Wenn er dir vertrauen will wie in früheren Tagen, wird es dir vielleicht gelingen, ihn zum Essen und Schlafen zu bewegen. Damit kannst du sein Leben um viele Tage verlängern."

Der Sklave führte Faustina durch mehrere Gänge und Höfe zu einer Terrasse, auf der Tiberius sich aufzuhalten pflegte, um die Aussicht über die schönen Meeresbuchten und den stolzen Vesuv zu genießen.

Als Faustina die Terrasse betrat, sah sie dort ein grausiges Wesen mit aufgeschwollenem Gesicht und tierischen Zügen. Seine Hände und Füße waren mit weißen Binden umwickelt, aber aus den Binden kamen halb abgefressene Finger und Zehen hervor. Und die Kleider dieses Menschen waren staubig und besudelt. Man sah, dass er nicht im Stande war, aufrecht zu gehen, sondern über die Terrasse hatte kriechen müssen. Er lag mit geschlossenen Augen am äußersten Ende der Balustrade und regte sich nicht, als der Sklave und Faustina herankamen. Doch Faustina flüsterte dem Sklaven, der ihr voranschritt, zu: „Aber, Milo, wie kann sich ein solcher Mensch hier auf der Kaiserterrasse aufhalten? Eile dich, ihn von hier fortzuschaffen!"

Aber kaum hatte sie dies gesagt, als sie sah, wie der Sklave sich vor dem liegenden, elenden Menschen tief zur Erde neigte.

„Cäsar Tiberius", sagte er, „endlich habe ich dir frohe Kunde zu bringen."

Zugleich wendete sich der Sklave an Faustina, prallte aber betroffen zurück und konnte kein Wort mehr hervorbringen.

Er sah nicht mehr die stolze Matrone, die so stark ausgesehen hatte, dass man erwarten konnte, ihr Alter werde dem einer Sibylle gleichkommen. In diesem Augenblick war sie in kraftloser Greisenhaftigkeit zusammengesunken, und der Sklave sah ein gebeugtes Mütterchen mit trübem Blick und tastenden Händen vor sich.

Denn wohl hatte man Faustina gesagt, dass der Kaiser furchtbar verändert sei, aber sie hatte doch keinen Augenblick aufgehört, sich ihn als den kräftigen Mann zu denken, der er gewesen war, als sie ihn das letzte Mal gesehen hatte. Sie hatte auch jemand sagen hören, dass diese Krankheit langsam wirkte und dass sie Jahre brauche, um einen Menschen zu verwandeln. Aber hier war sie mit solcher Heftigkeit vorgeschritten, dass sie den Kaiser in wenigen Monden schon unkenntlich gemacht hatte.

Sie wankte auf den Kaiser zu. Sie vermochte nicht zu sprechen, sondern stand stumm neben ihm und weinte.

„Bist du endlich gekommen Faustina?“, fragte er, ohne die Augen zu öffnen. „Ich lag da und wähnte, du stündest hier und weintest über mich. Ich wage nicht aufzublicken, aus Furcht, dass dies nur ein Trugbild gewesen sein könnte.“

Da setzte sich die Alte neben ihn. Sie hob seinen Kopf und bettete ihn in ihren Schoß.

Aber Tiberius blieb still liegen, ohne sie anzusehen. Ein Gefühl süßen Friedens erfüllte ihn, und im nächsten Augenblicke versank er in ruhigen Schlummer.

## 5

Einige Wochen später wanderte einer der Sklaven des Kaisers der einsamen Hütte in den Sabiner Bergen zu. Der Abend brach an und der Winzer und seine Frau standen in ihrer Tür und sahen die Sonne im fernen Westen sinken. Der Sklave bog vom Weg ab und kam heran und grüßte sie. Dann zog er einen schweren Beutel hervor, der ihm im Gürtel stak, und legte ihn dem Mann in die Hand.

„Dieses schickt dir Faustina, die alte Frau, der du Barmherzigkeit erwiesen hast“, sagte der Sklave. „Sie lässt dir sagen, du mögest dir für dieses Geld einen eigenen Weinberg kaufen und dir eine Wohnung erbauen, die nicht so hoch oben in den Lüften liegt wie die Horste der Adler.“

„Die alte Faustina lebt also wirklich noch?“, sagte der Mann. „Wir haben sie in Klüften und Sümpfen gesucht. Als sie nicht zu uns zurückkehrte, glaubte ich, sie hätte in diesen elenden Bergen den Tod gefunden.“

„Erinnerst du dich nicht", fiel die Frau ein, „dass ich nicht glauben wollte, dass sie tot sei? Habe ich dir nicht gesagt, sie würde zum Kaiser zurückgekehrt sein?"

„Ja", gab der Mann zu, „so sagtest du wirklich, und ich freue mich, dass du Recht behalten hast, nicht nur, weil Faustina dadurch reich genug geworden ist, um uns aus unsrer Armut zu retten, sondern auch um des armen Kaisers willen."

Der Sklave wollte nun sogleich Abschied nehmen, um bewohnte Gegenden zu erreichen, bevor die Dunkelheit anbreche, aber dies ließen die beiden Eheleute nicht zu. „Du musst bis zum Morgen bei uns bleiben", sagten sie, „wir können dich nicht ziehen lassen, ehe du uns alles erzählt hast, was Faustina widerfahren ist. Warum ist sie zum Kaiser zurückgekehrt? Wie war ihre Begegnung? Sind sie nun glücklich, dass sie wieder vereint sind?"

Der Sklave gab ihren Bitten nach. Er trat mit ihnen in die Hütte, und beim Abendbrot erzählte er von der Krankheit des Kaisers und Faustinas Rückkehr.

Als der Sklave seine Erzählung beendet hatte, sah er, wie der Mann und die Frau regungslos und staunend sitzen blieben. Ihre Blicke waren zu Boden geschlagen, gleichsam, um die Erregung nicht zu verraten, die sich ihrer bemächtigt hatte.

Endlich sah der Mann auf und sagte zu seinem Weibe: „Glaubst du nicht, dass dies eine Fügung Gottes ist?"

„Ja", sagte die Frau, „sicherlich hat uns der Herr um dessentwillen über das Meer in diese Hütte gesendet. Gewiss war dies seine Absicht, als er die alte Frau an unsre Tür führte."

Sowie die Frau diese Worte gesprochen hatte, wendete sich der Winzer wieder an den Sklaven.

„Freund", sagte er zu ihm. „Du sollst Faustina eine Botschaft von mir bringen! Sag ihr dies, Wort für Wort! Solches kündet dir dein Freund, der Winzer aus den Sabiner Bergen. Du hast die junge Frau gesehen, die mein Weib ist. Schien sie dir nicht hold in Schönheit und blühend in Gesundheit? Und doch hat diese junge Frau einmal an derselben Krankheit gelitten, die nun Tiberius befallen hat."

Der Sklave machte eine Bewegung des Staunens, aber der Winzer fuhr mit noch größerem Nachdruck fort.

„Wenn Faustina sich weigert, meinen Worten Glauben zu schenken, so sag ihr, dass meine Frau und ich aus Palästina in Asien stammen, einem Lande, wo diese Krankheit häufig vorkommt. Und dort ist es ein Gesetz, dass die Aussätzigen aus Städten und Dörfern vertrieben werden und auf öden Plätzen wohnen und ihre Zuflucht in Gräbern und Felsenhöhlen suchen müssen. Sage Faustina, dass mein Weib von kranken Eltern stammt und in einer Felsenhöhle geboren wurde. Und solange sie noch ein Kind war, war sie gesund, aber als sie zur Jungfrau heranwuchs, wurde sie von der Krankheit befallen."

Als der Winzer dies gesagt hatte, neigte der Sklave freundlich lächelnd das Haupt und sagte zu ihm: „Wie willst du, dass Faustina dies glaube? Sie hat ja deine Frau in ihrer Gesundheit und Blüte gesehen? Und sie weiß ja, dass es kein Heilmittel gegen diese Krankheit gibt."

Doch der Mann erwiderte: „Es wäre das Beste für sie, wenn sie mir glauben wollte. Aber ich bin auch nicht ohne Zeugen. Sie möge Kundschafter hinüber nach Nazareth in Galiläa senden. Da wird jeder Mensch meine Aussage bestätigen!"

„Ist deine Frau vielleicht durch das Wunderwerk irgendeines Gottes geheilt worden?", fragte der Sklave.

„Ja", antwortete der Arbeiter, „wie du sagst, so ist es. Eines Tages verbreitete sich ein Gerücht unter den Kranken, die in der Wildnis wohnten: ‚Sehet, es ist ein großer Prophet erstanden, in der Stadt Nazareth in Galiläa. Er ist voll der Kraft von Gottes Geist, und er kann eure Krankheiten heilen, wenn er nur seine Hand auf eure Stirn legt.' Aber die Kranken, die in ihrem Elend lagen, wollten nicht glauben, dass dieses Gerücht Wahrheit sei. ‚Uns kann niemand heilen', sagten sie. ‚Seit den Tagen der großen Propheten hat niemand einen von uns aus seinem Unglück retten können.'

Aber es war eine unter ihnen, die glaubte, und diese war eine Jungfrau. Sie ging von den andern fort, um den Weg in die Stadt Nazareth zu suchen, wo der Prophet weilte. Und eines Tages, als sie über weite Ebenen wanderte, begegnete sie einem Manne, der hoch gewachsen war und ein bleiches Gesicht hatte und dessen Haar in blanken, schwarzen Locken lag. Seine dunklen Augen leuchteten gleich Sternen und zogen sie zu ihm hin. Aber bevor sie sich noch begegneten, rief sie ihm zu: ‚Komm mir nicht zu nahe, denn ich bin eine Unreine, aber sage mir, wo kann ich den Propheten aus Nazareth finden?' Aber der Mann fuhr fort, ihr entgegenzugehen, und als er dicht vor ihr stand, sagte er: – ‚Warum suchest du den Propheten aus Nazareth?‘ – ‚Ich suche ihn, auf dass er seine Hand auf meine Stirn lege und mich von meiner Krankheit heile.‘ Da trat der Mann heran und legte seine Hand auf ihre Stirn. – Aber sie sprach zu ihm: ‚Was frommt es mir, dass du deine Hand auf meine Stirn legst? Du bist doch kein Prophet?‘ – Da lächelte er ihr zu und sagte: ‚Gehe jetzt zur Stadt, die dort auf dem Bergesabhang liegt, und zeige dich den Priestern.‘

Die Kranke dachte bei sich selbst: Er treibt seinen Spott mit mir, weil ich glaube, dass ich geheilt werden kann. Von ihm kann ich nicht erfahren, was ich wissen will. Und sie ging weiter. Gleich darauf sah sie einen Mann, der zur Jagd auszog, über das weite Feld reiten. Als er ihr so nah gekommen war, dass er sie hören konnte, rief sie ihm zu: ‚Komme nicht zu mir her, denn ich bin eine Unreine, aber sage mir, wo ich den Propheten aus Nazareth finden kann?‘ – ‚Was willst du von dem Propheten?‘, fragte sie der Mann und ritt langsam auf sie zu. – ‚Ich will nur, dass er seine Hand auf meine Stirn lege und mich gesund mache von meiner Krankheit.‘ Aber der Mann ritt noch näher. – ‚Von welcher Krankheit willst du geheilt werden?‘, sagte er. ‚Du bedarfst doch keines Arztes.‘ – ‚Siehst du nicht, dass ich eine Unreine bin?‘, sagte sie. ‚Ich stamme von kranken Eltern und bin in einer Felsenhöhle geboren.‘ Aber der Mann ließ sich nicht abhalten, auf sie zuzureiten, denn sie war hold und lieblich wie eine eben erblühte Blume. – ‚Du bist die schönste Jungfrau im Lande Juda‘, rief er. – ‚Treibe nicht auch du deinen Spott mit mir‘, sagte sie. ‚Ich weiß, dass meine Züge zerfressen sind und meine Stimme wie das Heulen eines wilden Tieres klingt.‘ Aber er sah ihr tief in die Augen und sprach zu ihr: ‚Deine Stimme ist klingend wie die Stimme des Frühlingsbächleins, wenn es über Kieselsteine rieselt, und dein Gesicht ist glatt wie ein Tuch aus weicher Seide.‘

Zugleich ritt er so nahe an sie heran, dass sie ihr Gesicht in den blanken Beschlägen sehen konnte, die seinen Sattel zierten. ‚Du sollst dich hier spiegeln‘, sagte er. Sie tat es, und sie sah ein Gesicht, das zart und weich war wie ein eben entfalteter Schmetterlingsflügel. – ‚Was ist dies, was ich sehe?‘, sagte sie. ‚Das ist nicht mein Gesicht.‘ – ‚Doch, es ist dein Gesicht‘, sagte der Reiter. – ‚Aber meine Stimme, klingt sie nicht röchelnd? Klingt sie nicht, wie wenn Wagen über einen steinigen Weg gezogen würden?‘ – ‚Nein, sie klingt wie die süßesten Weisen eines Harfenspielers‘, sagte der Reiter.

Sie wendete sich und wies über den Weg. ‚Weißt du, wer der Mann ist, der eben jetzt zwischen den zwei Eichen verschwindet?‘, fragte sie den Reiter. – ‚Er ist es, nach dem du vorhin fragtest, der Prophet aus Nazareth‘, sagte der Mann. Da schlug sie staunend die Hände zusammen, und ihre Augen füllten sich mit Tränen. ‚Oh, du Heiliger! Oh, du Träger von Gottes Macht!‘, rief sie. ‚Du hast mich geheilt!‘

Aber der Reiter hob sie in den Sattel und führte sie zu der Stadt auf dem Bergesabhang und ging mit ihr zu den Ältesten und Priestern und berichtete ihnen, wie er sie gefunden hatte. Sie befragten ihn genau nach allem, aber als sie hörten, dass die Jungfrau in der Wildnis von kranken Eltern geboren war, da wollten sie nicht glauben, dass sie geheilt sei. ‚Gehe dorthin zurück, von wannen du gekommen ist‘, sagten sie. ‚Wenn du krank warst, musst du es dein ganzes Leben lang bleiben. Du sollst nicht hier in die Stadt kommen, um uns andere mit deiner Krankheit anzustecken!‘

Sie sagte zu ihnen: ‚Ich weiß, dass ich gesund bin, denn der Prophet aus Nazareth hat seine Hand auf meine Stirn gelegt.‘

Als sie dies hörten, riefen sie: ‚Wer ist er, dass er die Unreinen rein machen könnte? Alles dies ist ein Blendwerk böser Geister. Kehre zurück zu den deinen, auf dass du nicht uns alle ins Verderben stürzest!‘

Sie wollten sie nicht für geheilt erklären, und sie verboten ihr, in der Stadt zu verweilen. Sie verordneten, dass jeglicher, der ihr Schutz gewähre, gleichfalls als unrein erklärt werde.

Als die Priester dieses Urteil gefällt hatten, sagte die Jungfrau zu dem Manne, der sie draußen auf dem Felde gefunden hatte: ‚Wohin soll ich mich wenden? Muss ich zurück in die Wildnis zu den Kranken gehen?‘

Aber der Mann hob sie wieder auf sein Pferd und sprach zu ihr: ‚Nein, wahrlich, du sollst nicht zu den Kranken in ihre Felshöhlen gehen, sondern wir beide wollen fortziehen, über das Meer in ein anderes Land, wo es nicht Gesetze gibt für Reine und Unreine.‘ Und sie – –“

Aber als der Winzer in seiner Erzählung so weit gekommen war, erhob sich der Sklave und fiel ihm in die Rede. „Du brauchst mir nichts zu erzählen“, sagte er. „Stehe lieber auf und führe mich ein Stück des Weges, du, der die Berge kennt, damit ich noch in dieser Nacht meine Heimfahrt antreten kann und nicht bis zum Morgen zu warten brauche. Der Kaiser und Faustina können deine Nachrichten nicht einen Augenblick zu früh erfahren.“

Als der Winzer dem Sklaven das Geleit gegeben hatte und wieder in die Hütte heimkam, fand er seine Frau noch wach.

„Ich kann nicht schlafen", sagte sie, „ich denke daran, dass diese beiden sich begegnen werden. Er, der alle Menschen liebt, und er, der sie hasst. Dies ist, als müsse diese Begegnung die Welt aus ihrer Bahn schleudern."

## 6

Die alte Faustina war in dem fernen Palästina, auf dem Wege nach Jerusalem. Sie hatte nicht gewollt, dass der Auftrag, den Propheten zu suchen und ihn zum Kaiser zu führen, einem andern als ihr anvertraut werde. Sicherlich hatte sie bei sich selbst gedacht: Was wir von diesem fremden Manne verlangen, ist etwas, was wir ihm weder durch Gewalt noch durch Gaben entlocken können. Aber vielleicht gewährt er es uns, wenn jemand ihm zu Füßen fällt und ihm sagt, in welcher Not sich der Kaiser befindet. Und wer kann die rechte Fürbitte für Tiberius tun, wenn nicht die, die unter seinem Unglück ebenso schwer leidet wie er selbst.

Die Hoffnung, Tiberius vielleicht retten zu können, hatte die alte Frau verjüngt. Ohne Schwierigkeit hatte sie die lange Seereise nach Joppe überstanden, und auf der Fahrt nach Jerusalem bediente sie sich nicht eines Tragsessels, sondern sie ritt. Sie schien die beschwerliche Reise ebenso leicht zu ertragen wie die edlen Römer, die Krieger und die Sklaven, die ihr Gefolge bildeten.

Diese Fahrt von Joppe nach Jerusalem erfüllte das Herz der alten Frau mit Freude und lichter Hoffnung. Es war die Zeit des Frühlings, und die Ebne von Saron, die sie auf der ersten Tagereise durchritten hatten, war ein einziger leuchtender Blumenteppich gewesen. Auch auf der Fahrt des zweiten Tages, als sie in die Berge von Judäa eindrangen, verließen die Blumen sie nicht. Alle die vielförmigen Hügel, zwischen denen der Weg sich durchschlängelte, waren mit Obstbäumen bepflanzt, die in reichster Blüte standen. Und wenn die Reisenden es müde wurden, die weißrosigen Blüten der Aprikosen- und Pfirsichbäume zu betrachten, konnten sie ihre Augen erquicken, indem sie sie auf dem jungen Weinlaub ruhen ließen, das aus den schwarzbraunen Reben hervorquoll und dessen Wachstum so rasch war, dass man es mit den Augen verfolgen zu können meinte.

Aber nicht nur Blumen und Frühlingsgrün machten die Wanderung lieblich. Der größte Reiz wurde ihr von allen den Menschenscharen verliehen, die an diesem Morgen auf dem Wege nach Jerusalem waren. Von allen Wegen und Stegen, von einsamen Höhen und aus den fernsten Winkeln der Ebene kamen Wanderer. Wenn sie die Straße nach Jerusalem erreicht hatten, schlossen sich die einzelnen Reisenden zu großen Scharen zusammen und zogen unter frohem Jubel dahin. Rings um einen alten Mann, der auf einem schaukelnden Kamele ritt, gingen seine Söhne und Töchter, seine Eidame und Schwiegertöchter und alle seine Enkelkinder. Es war ein so großes Geschlecht, dass es ein ganz kleines Heer bildete. Eine alte Mutter, die zu schwach war, um zu gehen, hatten die Söhne auf ihre Arme gehoben, und sie ließ sich stolz durch die ehrfürchtig zur Seite weichenden Scharen tragen.

Das war in Wahrheit ein Morgen, der selbst den Betrübtesten mit Freude erfüllen konnte. Der Himmel war freilich nicht klar, sondern mit einer dünnen, weißgrauen Wolkenschicht überzogen, aber keinem der Wanderer kam es in den Sinn, sich zu beklagen, dass der harte Glanz der Sonne gedämpft war. Unter diesem verschleierten Himmel strömten die Wohlgerüche der blühenden Bäume und des jungen Laubes nicht so rasch wie sonst in den weiten Raum, sondern sie verweilten über Wegen und Fluren. Und dieser schöne Tag, der mit seinem schwachen Licht und seinen reglosen Winden und an die Ruhe und den Frieden der Nacht gemahnte, schien allen den vorwärts eilenden Menschenscharen etwas von seinem Wesen mitzuteilen, sodass sie fröhlich, aber doch weihevoll weiterzogen, mit gedämpfter Stimme uralte Hymnen singend oder auf seltsamen, altertümlichen Instrumenten spielend, aus denen Töne kamen, die gleich dem Summen der Mücken oder dem Zirpen der Heimchen war.

Wie die alte Faustina zwischen allen diesen Menschen dahinritt, wurde auch sie von ihrem Eifer und ihre Freude mitgerissen. Sie trieb ihren Zelter zu größerer Eile, während sie zu einem jungen Römer, der sich an ihrer Seite hielt, sagte: „Mir träumte heute Nacht, dass ich Tiberius sähe und er mich bäte, die Reise ja nicht aufzuschieben, sondern gerade heute nach Jerusalem zu ziehen. Mich dünkt, die Götter wollten mir eine Mahnung schicken, es nicht zu verabsäumen, an diesem schönen Morgen hinzuwandern."

Als sie diese Worte sprach, hatten sie gerade die höchste Höhe eines lang gestreckten Bergrückens erreicht, und dort hielt sie unwillkürlich an. Vor ihr lag ein großer, tiefer Talkessel, von schönen Anhöhen umkränzt, und aus der dunkeln, schattigen Tiefe dieses Tales hob sich der gewaltige Fels, der auf seinem Gipfel die Stadt Jerusalem trug.

Aber das enge Bergstädtchen, das mit seinen Mauern und Türmen in einem grünenden Geschmeide gleich auf der flachen Höhe des Felsens lag, war an diesem Tage tausendfältig vergrößert. Alle die ringsum das Tal ansteigenden Höhen waren von bunten Zelten mit einem Gewühl von Menschen bedeckt.

Es wurde Faustina klar, dass die ganze Bevölkerung des Landes sich in Jerusalem sammelte, um irgendein großes Fest zu feiern. Die entfernter Wohnenden waren schon angelangt und hatten ihre Zelte aufgeschlagen. Die hingegen in der Nachbarschaft der Stadt wohnten, waren noch im Anzuge. Alle die lichten Bergeshöhen hinunter sah man sie kommen, gleich einem ununterbrochenen Strome von weißen Gewändern, Gesängen und Festesfreude.

Lange überschaute die alte Frau diese heranströmenden Menschenmengen und die langen Zeltreihen. Dann sagte sie zu dem jungen Römer, der an ihrer Seite ritt:

„Wahrlich, Sulpicius, das ganze Volk muss nach Jerusalem gekommen sein."

„Es ist in Wirklichkeit so", antwortete der Römer, der von Tiberius ausersehen worden war, Faustina zu geleiten, weil er mehrere Jahre lang in Judäa gelebt hatte. „Sie feiern jetzt das große Frühlingsfest, und da ziehen alle Menschen, jung und alt, nach Jerusalem."

Faustina besann sich einen Augenblick. „Ich freue mich, dass wir an dem Tage in diese Stadt gekommen sind, wo das Volk seinen Feiertag begeht", sagte sie. „Dies kann nichts andres bedeuten, als dass die Götter unsere Fahrt beschützen. Hältst du es nicht für wahrscheinlich, dass er, den wir suchen, der Prophet aus Nazareth, auch nach Jerusalem gekommen ist, um an diesem Feste teilzunehmen?"

„Du hast wirklich Recht, Faustina", sagte der Römer. „Er ist vermutlich hier in Jerusalem. Dies ist in Wahrheit eine Fügung der Götter. So stark und kräftig du auch bist, du kannst dich doch glücklich preisen, wenn du nicht die lange, beschwerliche Reise nach Galiläa hinauf machen musst."

Er ritt sogleich auf ein paar Wandrer zu, die eben vorbeizogen, und fragte sie, ob sie glaubten, dass der Prophet aus Nazareth sich in Jerusalem befinde.

„Wir haben ihn jedes Jahr um diese Zeit dort gesehen", antwortete einer der Wandersleute. „Sicherlich ist er auch dieses Jahr gekommen, denn er ist ein frommer und gerechter Mann.“

Eine Frau streckte die Hand aus und wies auf eine Höhe, die östlich von der Stadt lag. „Siehst du diesen Bergabhang, der mit Olivenbäumen bewachsen ist?“, fragte sie. „Dort pflegen die Galiläer ihre Zelte aufzuschlagen, und da erhälst du die sichersten Nachrichten über den, den du suchst.“

Sie zogen weiter, einen geschlängelten Pfad bis in die Tiefe des Tages hinunter, und begannen dann, den Berg Zion emporzureiten, um die Stadt auf seinem Gipfel zu erreichen.

Der steil ansteigende Weg war hier von niedrigen Mauern umsäumt, und auf ihnen saßen und lagen eine unzählige Menge Bettler und Krüppel, die die Barmherzigkeit der Reisenden anriefen.

Während der langsamen Fahrt kam eine der jüdischen Frauen auf Faustina zu. „Sieh dort“, sagte sie und wies auf einen Bettler, der auf der Mauer saß, „dies ist ein galiläischer Mann. Ich erinnere mich, ihn unter den Jüngern des Propheten gesehen zu haben. Er kann dir sagen, wo der zu finden ist, den du suchst.“

Faustina ritt mit Sulpicius auf den Mann zu, den man ihr gezeigt hatte. Es war ein armer alter Mann mit großem, grau gesprenkeltem Barte. Sein Gesicht war von Hitze und Sonnenschein gebräunt und seine Hände waren schwielig von der Arbeit. Er begehrte keine Almosen, sondern schien im Gegenteil so tief in kummervolle Gedanken versunken zu sein, dass er nicht einmal zu den Vorüberziehenden aufsah.

Er hörte auch nicht, dass Sulpicius ihn ansprach, sondern dieser musste seine Frage ein paar Mal wiederholen.

„Mein Freund, man hat mir gesagt, dass du ein Galiläer seist. Ich bitte dich, sage mir, wo kann ich den Propheten aus Nazareth finden?“

Der Galiläer fuhr heftig zusammen und sah sich verwirrt um. Aber als er endlich begriff, was man von ihm verlangte, geriet er in einen Zorn, in den sich Entsetzen mischte. „Was sagst du da?“, brach er los. „Warum fragst du mich nach dem Manne? Ich weiß nichts von ihm. Ich bin kein Galiläer.“

Die jüdische Frau mischte sich jetzt ins Gespräch. „Ich habe dich doch mit ihm gesehen“, fiel sie ein. „Hege keine Furcht, sondern sage dieser vornehmen Römerin, die die Freundin des Kaisers ist, wo sie ihn schnell finden kann.“

Aber der erschrockene Jünger wurde immer erbitterter. „Sind heute alle Menschen wahnsinnig geworden?“, rief er. „Sind sie von einem bösen Geiste besessen, da sie einer um den andern kommen und mich nach diesem Manne fragen? Warum will mir niemand glauben, wenn ich sage, dass ich den Propheten nicht kenne? Ich bin nicht aus seinem Lande gekommen. Ich habe ihn niemals gesehen.“

Seine Heftigkeit zog die Aufmerksamkeit auf ihn, und ein paar Bettler, die neben ihm auf der Mauer saßen, begannen gleichfalls seine Worte zu bestreiten.

„Freilich hast du zu seinen Jüngern gehört“, sagten sie. „Wir wissen alle, dass du mit ihm aus Galiläa gekommen ist.“

Aber der Mann streckte beide Arme zum Himmel empor und rief: „Ich habe es heute in Jerusalem nicht aushalten können um dieses Mannes willen, und jetzt lassen sie mich nicht einmal hier draußen unter den Bettlern in Frieden. Warum wollt ihr mir nicht glauben, wenn ich euch sage, dass ich ihn nie gesehen habe?“

Faustina wendete sich mit einem Achselzucken ab. „Lass uns weiterziehen“, sagte sie. „Dieser Mann ist ja wahnsinnig. Von ihm können wir nichts erfahren.“

Sie zogen weiter, den Bergesabhang hinauf. Faustina war nicht mehr als zwei Schritte vom Stadttor entfernt, als die israelitische Frau, die ihr hatte helfen wollen, den Propheten zu finden, ihr zurief, sie solle sich in Acht nehmen. Sie zog die Zügel an und sah, dass dicht vor den Füßen der Pferde ein Mann auf dem Wege lag. Wie der da ihm Staube ausgestreckt lag, gerade da, wo das Gedränge am lebhaftesten wogte, musste man es ein Wunder nennen, dass er nicht schon von Tieren oder Menschen niedergetreten war.

Der Mann lag auf dem Rücken und starrte mit erloschenen, glanzlosen Blicken empor. Er regte sich nicht, obgleich die Kamele ihre schweren Füße dicht neben ihn niedersetzten. Er war ärmlich gekleidet und überdies mit Staub und Erde besudelt. Ja, er hatte so viel Sand über sich geschüttet, dass es aussah, als suche er sich zu verbergen, um leichter überritten oder niedergetreten zu werden.

„Was ist dies? Warum liegt dieser Mann hier auf dem Wege?“, fragte Faustina.

In demselben Augenblick begann der Liegende die Vorübergehenden anzurufen. „Bei eurer Barmherzigkeit, Brüder und Schwestern, führet eure Pferde und Lasttiere über mich hin! Weichet mir nicht aus! Zertretet mich zu Staub! Ich habe unschuldig Blut verraten. Zertretet mich zu Staub!"

Sulpicius fasste Faustinas Pferd an Zügel und führte es zur Seite. „Das ist ein Sünder, der Buße tun will", sagte er. „Lass dich dadurch nicht aufhalten. Diese Leute sind wunderlich und man muss sie ihre eignen Wege gehen lassen."

Der Mann auf dem Wege fuhr fort zu rufen: „Setzet eure Fersen auf mein Herz! Lasset die Kamele meine Brust zertreten und den Esel seine Hufe in meine Augen versenken!"

Aber Faustina brachte es nicht über sich, an diesem Elenden vorbeizureiten, ohne zu versuchen, ob sie ihn nicht bewegen könnte, aufzustehen. Sie hielt noch immer neben ihm.

Die israelitische Frau, die ihr schon einmal hatte dienen wollen, drängte sich jetzt wieder an sie heran. „Dieser Mann hat auch zu den Jüngern des Propheten gehört", sagte sie. „Willst du, dass ich ihn nach seinem Meister frage?"

Faustina nickte und die Frau beugte sich über den Liegenden.

„Was habt ihr Galiläer an diesem Tage mit euerm Meister gemacht?", fragte sie. „Ich treffe euch zerstreut auf Wegen und Stegen, aber ihn sehe ich nirgends."

Aber als sie so fragte, richtete sich der Mann, der im Straßenstaube lag, auf seine Knie empor. „Was für ein böser Geist hat dir eingegeben, mich nach ihm zu fragen?", fragte er mit einer Stimme, die voll Verzweiflung war. „Du siehst ja, dass ich mich in den Straßenstaube geworfen habe, um zertreten zu werden. Ist dir das nicht genug? Musst du noch kommen und mich fragen, was ich mit ihm angefangen habe?"

„Ich verstehe nicht, was du mir vorwirfst", sagte die Frau. „Ich wollte ja nur wissen, wo dein Meister ist."

Als sie die Frage wiederholte, sprang der Mann auf und steckte beide Zeigefinger in die Ohren.

„Wehe dir, dass du mich nicht in Frieden sterben lassen kannst", rief er. Er bahnte sich einen Weg durch das Volk, das sich vor dem Tore drängte, und stürzte, vor Entsetzen brüllend, von dannen, während seine zerfetzten Kleider ihn gleich dunklen Flügeln umflatterten.

„Es will mich bedünken, dass wir zu einem Volke von Narren gekommen sind", sagte Faustina, als sie den Mann fliehen sah. Sie war durch den

Anblick der Schüler des Propheten ganz niedergeschlagen. Konnte ein Mann, der solche Tollhäusler zu seinen Begleitern zählte, im Stande sein, etwas für den Kaiser zu tun?

Auch die israelitische Frau schaute betrübt drein, und sie sprach mit großem Ernste zu Faustina: „Herrscherin, zögere nicht, den aufzusuchen, den du finden willst. Ich fürchte, es ist ihm etwas Böses zugestoßen, da seine Jünger so von Sinnen sind und es nicht ertragen, von ihm reden zu hören."

Faustina und ihr Gefolge ritten endlich durch die Torwölbung und kamen in enge, dunkle Gassen, die von Menschen wimmelten. Es erschien beinahe unmöglich, durch die Stadt zu kommen. Einmal ums andere mussten die Reiter Halt machen. Vergebens suchten Sklaven und Kriegsknechte, einen Weg zu bahnen. Die Menschen hörte nicht auf, sich in einem dichten und unaufhaltsamen Strome vorbeizuwälzen.

„Wahrlich", sagte die Frau zu Sulpicius, „Roms Straßen sind stille Lustgärten im Vergleich zu diesen Gassen."

Sulpicius sah bald, dass fast unübersteigliche Schwierigkeiten ihrer harrten.

„In diesen überfüllten Gassen ist es beinahe leichter zu gehen als zu reiten", sagte er. „Wenn du nicht allzu müde bist, würde ich dir raten, zu Fuße zum Palaste des Landpflegers zu gehen. Er liegt freilich weit weg, aber wenn wir hinreiten wollen, kommen wir sicherlich nicht vor Mitternacht ans Ziel."

Faustina ging sogleich auf den Vorschlag ein. Sie stieg vom Pferde und überließ es der Obhut eines Sklaven. Dann begannen die reisenden Römer die Stadt zu Fuß zu durchwandern.

Dies gelang ihnen weit besser. Sie drangen ziemlich rasch bis zum Herzen der Stadt vor, und Sulpicius zeigte Faustina gerade eine halbwegs breite Straße, die sie bald erreichen mussten.

„Sieh dort, Faustina", sagte er, „wenn wir erst in dieser Straße sind, sind wir bald am Ziel. Sie führt uns geradeswegs zu unserer Herberge."

Aber als sie eben in diese Straße einbiegen wollten, begegnete ihnen das größte Hindernis.

Es begab sich, dass in demselben Augenblick, wo Faustina die Straße erreichte, die sich vom Palaste des Landpflegers zur Pforte der Gerechtigkeit und nach Golgatha erstreckte, ein Gefangener vorbeigeführt wurde, der gekreuzigt werden sollte.

Ihm voran eilte eine Schar junger, wilder Menschen, die die Hinrichtung mit ansehen wollten. Sie jagten in ungestümem Laufe durch die Straße, streckten die Arme verzückt in die Höhe und stießen ein unverständliches Geheul aus in ihrer Freude, etwas zu schauen, was sie nicht alle Tage zu sehen bekamen.

Nach ihnen kamen Scharen von Menschen in schleppenden Gewändern, die zu den Ersten und Vornehmsten der Stadt zu gehören schienen. Hinter denen wanderten Frauen, von denen viele tränenüberströmte Gesichter hatten. Eine Anzahl Arme und Krüppel schritten vorbei und stießen Schreie aus, die in die Ohren gellten.

„Oh Gott!", riefen sie, „rette ihn! Sende deinen Engel aus und rette ihn! Schicke einen Helfer in seiner äußersten Not!"

Endlich kamen ein paar römische Kriegsknechte auf großen Pferden. Sie wachten darüber, dass niemand aus dem Volke zu dem Gefangenen hinstürzte oder ihn zu befreien versuche.

Gleich hinter ihnen schritten die Henkersknechte, die den Mann, der gekreuzigt werden sollte, zu führen hatten. Sie hatten ihm ein großes, schweres Kreuz aus Holz über die Schulter gelegt, aber er war zu schwach für diese Bürde. Sie drückte ihn, dass sein Körper ganz zu Boden gebeugt wurde. Er hielt den Kopf so tief gesenkt, dass niemand sein Gesicht sehen konnte.

Faustina stand in der Mündung des kleinen Nebengässchens und sah die schwere Wanderung des Todgeweihten an. Mit Staunen gewahrte sie, dass er einen Purpurmantel trug und dass eine Dornenkrone auf sein Haupt gedrückt war.

„Wer ist dieser Mann?", fragte sie.

Einer der Umstehenden erwiderte: „Das ist einer, der sich zum Kaiser machen wollte."

„Dann muss er den Tod um einer Sache willen leiden, die wenig erstrebenswert ist", sagte die alte Frau wehmütig.

Der Verurteilte wankte unter dem Kreuze. Immer langsamer schritt er vorwärts. Die Henkersknechte hatten einen Strick um seinen Leib geschlungen, und sie begannen daran zu ziehen, um ihn zu größerer Eile anzutreiben. Aber als sie an dem Stricke zogen, fiel der Mann hin und blieb mit dem Kreuze über sich liegen.

Da entstand ein großer Aufruhr. Die römischen Reiter hatten die größte Mühe, das Volk zurückzuhalten. Sie zückten ihre Schwerter gegen ein

# IN NAZARETH

Dürer — Der Jesusknabe mit der Weltkugel

Schongauer — Maria mit Kind und Blume

Lucas van Leyden

Mutter und Kind

Rembrandt — Die Heilige Familie

Rubens

Knabe mit einem Vogel

Die Kinder Jesus und Johannes mit Engeln

Rubens

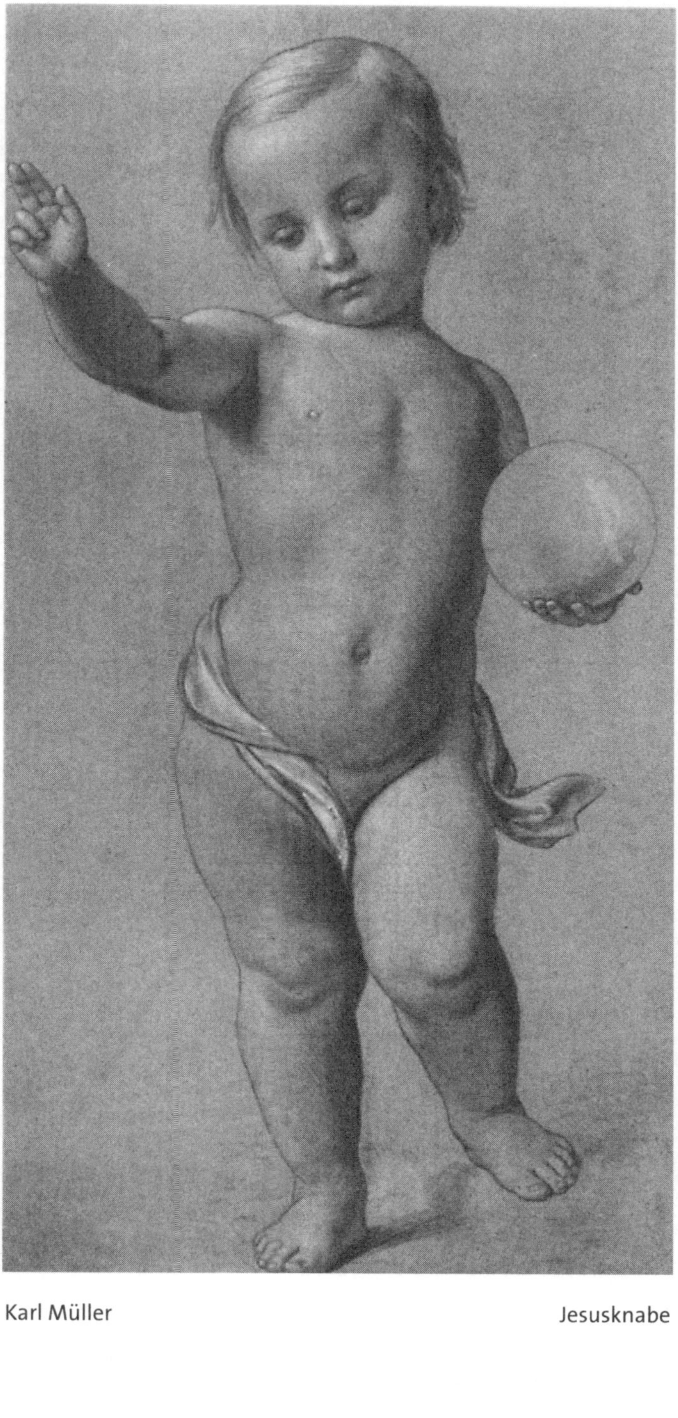

Karl Müller Jesusknabe

# In Nazareth

Windelschmidt Causa nostrae laetitiae

paar Frauen, die herbeieilten und den Gefangenen aufzurichten bemüht waren. Die Henkersknechte suchten ihn durch Schläge und Stöße zu zwingen, dass er aufstehe, allein er vermochte es nicht, des Kreuzes wegen. Endlich ergriffen ein paar von ihnen das Kreuz, um es fortzuheben.

Da richtete er das Haupt empor, und die alte Faustina konnte sein Gesicht sehen. Die Wangen trugen Striemen von Schlägen, und von seiner Stirn, die die Dornenkrone verwundet hatte, perlten ein paar Blutstropfen. Das Haar hing in wirren Büscheln, klebrig von Schweiß und Blut. Sein Mund war hart geschlossen, aber seine Lippen zitterten, als kämpften sie, um einen Schrei zurückzudrängen. Die Augen starrten tränenvoll und beinahe erloschen vor Qual und Mattigkeit.

Aber hinter dem Gesichte dieses halbtoten Menschen sah die Alte gleichsam in einer Vision ein schönes und bleiches Gesicht mit herrlichen, majestätischen Augen und milden Zügen, und sie ward plötzlich von Trauer und Rührung über das Unglück und die Erniedrigung dieses fremden Mannes ergriffen.

„Oh, du armer Mensch, was hat man dir getan?“, rief sie und trat ihm einen Schritt entgegen, während ihre Augen sich mit Tränen füllten. Sie vergaß ihre eigene Sorge und Unruhe über dieses gequälten Menschen Not. Ihr war, als müsste ihr Herz vor Mitleid zerspringen. Sie wollte gleich den andern Frauen hineilen, um ihn den Schergen zu entreißen.

Der Gefangene sah, wie sie auf ihn zukam, und er kroch näher an sie heran. Es war, als erwarte er bei ihr Schutz gegen alle zu finden, die ihn verfolgten und quälten. Er umfasste ihre Knie. Er schmiegte sich an sie wie ein Kind, das sich zu seiner Mutter rettet.

Die Alte beugte sich über ihn, und während ihre Tränen strömten, fühlte sie die seligste Freude darüber, dass er gekommen war und bei ihr Schutz gesucht hatte. Sie legte ihren einen Arm um seinen Hals, und so, wie eine Mutter zuallererst die Tränen aus den Augen des Kindes trocknet, so legte sie ihr Schweißtuch aus kühlem, feinem Linnen auf sein Gesicht, um die Tränen und das Blut fortzuwischen.

Aber in diesem Augenblick waren die Henkersknechte mit dem Heben des Kreuzes fertig. Sie kamen und rissen den Gefangenen mit sich. Ungeduldig wegen des Aufenthalts, schleppten sie ihn in wilder Hast fort. Der Todgeweihte stöhnte auf, als er von der Freistatt fortgeführt wurde, die er gefunden hatte; aber er leistete keinen Widerstand.

Jedoch Faustina umklammerte ihn, um ihn zurückzuhalten, und als ihre schwachen, alten Hände nichts vermochten und sie ihn fortführen sah, war es ihr, als hätte ihr jemand ihr eigenes Kind entrissen, und sie rief: „Nein, nein! Nehmt ihn mir nicht! Er darf nicht sterben! Er darf nicht!"

Sie empfand den furchtbarsten Schmerz und Groll, weil man ihn fortführte. Sie wollte ihm nacheilen. Sie wollte mit den Schergen kämpfen und ihn ihnen entreißen.

Aber bei dem ersten Schritte, den sie machte, wurde sie von Schwindel und Ohnmacht befallen. Sulpicius beeilte sich, seinen Arm um sie zu legen, um sie vor dem Fallen zu bewahren.

Auf der einen Seite der Gasse sah er einen kleinen, dunklen Laden, und dort hinein trug er sie. Da waren weder Stuhl noch Bank, aber der Kaufmann war ein barmherziger Mann. Er schleppte eine Matte herbei und bereitete der Alten ein Lager auf dem Steinboden.

Sie war nicht besinnungslos, aber ein so starker Schwindel hatte sie befallen, dass sie sich nicht aufrecht halten konnte, sondern sich niederlegen musste.

„Sie hat heute eine lange Wanderung hinter sich, und der Lärm und das Gedränge in der Stadt sind ihr zu viel geworden", sagte Sulpicius zu dem Kaufmanne. „Sie ist sehr alt, und keiner ist so stark, dass das Alter ihn nicht schließlich niederwerfen könnte."

„Das ist auch für jemand, der nicht alt ist, ein schwerer Tag", sagte der Kaufmann. „Die Luft ist fast zu drückend beim Atmen. Es sollte mich nicht wundernehmen, wenn wir ein schweres Unwetter bekämen."

Sulpicius beugte sich über die Alte. Sie war eingeschlummert und schlief, mit ruhigen, regelmäßigen Atemzügen nach der Ermüdung und der Gemütsbewegung.

Er ging und stellte sich in die Ladentür, um die Volksmenge zu beobachten, während er auf ihr Erwachen wartete.

## 7

Der römische Landpfleger in Jerusalem hatte eine junge Frau, und in der Nacht vor dem Tage, an dem Faustina in die Stadt einzog, lag die und träumte.

Sie träumte, dass sie auf dem Dache ihres Hauses stünde und auf den großen, schönen Hofplan niedersähe, der nach der Sitte des Morgenlandes mit Marmor ausgelegt und mit edlen Gewächsen bepflanzt war.

Aber auf dem Hofe sah sie alle Kranken und Blinden und Lahmen versammelt, die es auf der Welt gab. Sie sah die Pestkranken vor sich mit beulengeschwollenen Körpern, die Aussätzigen mit zerfressenen Gesichtern, die Lahmen, die sich nicht zu rühren vermochten, sondern hilflos auf der Erde lagen, und alle Elenden, die sich in Qualen und Schmerzen krümmten.

Und sie drängten sich alle zum Eingange, um in das Haus zu kommen, und einige der Vordersten klopften mit harten Schlägen an die Tür des Palastes.

Endlich sah sie, dass ein Sklave die Türe öffnete und auf die Schwelle trat, und sie hörte, wie er fragte, was sie wollten.

Da antworteten sie ihm und sprachen: „Wir suchen den großen Propheten, den Gott auf die Erde gesandt hat. Wo ist der Prophet aus Nazareth, er, der aller Qualen Herr ist? Wo ist er, der uns von allen unsern Leiden erlösen kann?“

Da antwortete der Sklave in stolzem, gleichgültigem Tone, so wie Palastdiener zu tun pflegen, wenn sie arme Fremdlinge abweisen:

„Es hilft euch nichts, nach dem großen Propheten zu suchen. Pilatus hat ihn getötet.“

Da erhob sich unter allen den Kranken eine Trauern und Jammern und Zähneknirschen, sodass sie nicht ertragen konnte, es zu hören. Ihr Herz wurde von Mitleid zerrissen und Tränen strömten aus ihren Augen. Aber wie sie so zu weinen anfing, war sie erwacht.

Wieder war sie eingeschlummert, und wieder träumte sie, dass sie auf dem Dache ihres Hauses stünde und auf den großen Hof hinabsähe, der so weit war wie ein Marktplatz.

Und siehe da, der Hof war voll von allen Menschen, die wahnsinnig und toll waren und von bösen Geistern besessen. Und sie sah solche, die nackt waren, und solche, die sich in ihr langes Haar hüllten, und solche, die sich Kronen aus Stroh geflochten hatten und Mäntel aus Gras und sich für Könige hielten, und solche, die auf dem Boden krochen und Tiere zu sein wähnten, und solche, die beständig über einen Kummer weinten, den sie nicht zu nennen vermochten, und solche, die schwere Steine heranschleppten, die sie für Gold ausgaben, und solche, die glaubten, dass die bösen Dämonen aus ihrem Munde sprächen.

Sie sah, wie alle diese Leute sich zum Tore des Palastes drängten; und die zuvorderst standen, klopften und pochten, um Einlass zu finden.

Endlich tat sich die Tür auf, und ein Sklave trat auf die Schwelle und fragte sie: „Was ist euer Begehr?“

Da begannen sie alle zu rufen und zu sagen: „Wo ist der große Prophet aus Nazareth, er, der von Gott gesandt ist und der uns unsere Seele und unsere Vernunft wiedergeben soll?“

Sie hörte, wie der Sklave ihnen im gleichgültigsten Tone antwortete:

„Es führt zu nichts, dass ihr nach dem großen Propheten sucht. Pilatus hat ihn getötet.“

Als dies Wort gesprochen war, stießen alle die Wahnsinnigen einen Schrei aus, der dem Brüllen wilder Tiere gleich war, und in ihrer Verzweiflung begannen sie, sich selbst zu zerfleischen, dass das Blut auf die Steine floss. Und da sie, die träumte, all ihr Elend sah, begann sie die Hände zu ringen und zu jammern. Und ihr eigener Jammer hatte sie aufgeweckt.

Aber wieder war sie eingeschlummert und wieder befand sie sich im Traume auf dem Dache ihres Hauses. Und rings um sie her saßen ihre Sklavinnen, die ihr auf der Zimbel und der Laute vorspielten, und die Mandelbäume streuten ihre weißen Blütenblätter über sie hin und die Blumen der Blätterrosen dufteten.

Während sie dasaß, sprach eine Stimme zu ihr: „Geh zu der Balustrade, die dein Dach umgibt, und sieh hinunter auf deinen Hof.“

Aber im Traume weigerte sie sich und sagte: „Ich will nicht noch mehr von jenen sehen, die sich heute Nacht auf meinem Hofe drängen.“

In demselben Augenblick hörte sie von dort ein Rasseln von Ketten und ein Pochen schwerer Hämmer und ein Klopfen von Holz, das gegen Holz schlug. Ihre Sklavinnen hörten zu singen und zu spielen auf und eilten zum Dachgeländer und sahen hinab. Und auch sie konnte nicht still sitzen bleiben, sondern sie ging hin und sah auf den Hof hinunter.

Da sah sie, dass der Hof ihres Hauses von allen armen Gefangenen erfüllt war, die es auf der Welt gab. Sie sah die Leute, die sonst in dunkeln Kerkerlöchern mit schweren Eisenketten gefesselt lagen. Sie sah die Leute, die in den dunklen Gruben arbeiteten, ihre Hämmer schleppten, herankommen, und die, die Ruderer auf den Kriegsfahrzeugen waren, kamen mit ihren schweren, eisengeschmiedeten Rudern. Und die, die verurteilt waren, gekreuzigt zu werden, kamen und schleppten ihre Kreuze, und die, die geköpft werden sollten, kamen mit ihren Beilen. Sie sah die, die als Sklavinnen nach fremden Ländern geführt worden waren und deren Augen vor

Heimweh brannten. Sie sah alle elenden Sklaven, die gleich Lasttieren arbeiten mussten und deren Rücken blutig waren von Geiselhieben.

Alle diese unglücklichen Menschen riefen wie aus einem einzigen Munde und sprachen: „Öffne, öffne!"

Da trat der Sklave, der den Eingang bewachte, zur Türe hinaus, und er fragte sie: „Was ist euer Begehr?"

Und sie antworteten wie die andern: „Wir suchen den großen Propheten aus Nazareth, der auf die Erde gekommen ist, um den Gefangenen ihre Freiheit und den Sklaven ihr Glück wiederzugeben."

Der Sklave antwortete ihnen in müdem und gleichgültigem Tone: „Ihr könnt ihn hier nicht finden. Pilatus hat ihn getötet."

Als dies Wort gesprochen war, deuchte es sie, die träumte, dass sich unter allen diesen Unglücklichen ein solcher Ausbruch der Lästerung und des Hohnes erhebe, dass sie vernahm, wie Erde und Himmel erzitterten. Sie selbst war starr vor Schrecken, und ein solches Beben durchfuhr ihren Körper, dass sie erwachte.

Als sie ganz wach war, setzte sie sich im Bette auf und sagte zu sich selbst: Ich will nicht mehr träumen. Jetzt will ich mich die ganze Nacht wach halten, um nichts mehr von diesem Entsetzlichen sehen zu müssen.

Aber beinahe in demselben Augenblick, wo sie dies gedacht hatte, hatte der Schlummer sie aufs Neue überwältigt und sie hatte ihren Kopf auf das Kissen gelegt und war eingeschlummert.

Wieder träumte sie, dass sie auf dem Dache ihres Hauses säße und ihr kleines Söhnlein liefe oben auf und ab und spielte Ball.

Da hörte sie eine Stimme, die zu ihr sprach: „Geh zur Balustrade, die das Dach umgibt, und sieh, wer die sind, die auf dem Hofe stehen und warten."

Aber sie, die träumte, sagte zu sich selbst: „Ich habe in dieser Nacht genug Elend gesehen. Mehr kann ich nicht ertragen. Ich will bleiben, wo ich bin."

In demselben Augenblick warf ihr Söhnlein seinen Ball so, dass er über die Balustrade fiel, und das Kind eilte hin und kletterte auf das Gitterwerk. Da erschrak sie und lief hinzu und erfasste das Kind.

Aber dabei warf sie einen Blick hinunter, noch einmal sah sie, dass der Hof voller Menschen war.

Aber dort in dem Hofe waren alle Menschen der Erde, die ihm Kriege verwundet worden waren. Sie kamen mit verstümmelten Körpern, mit abgehauenen Gliedern und großen, offenen Wunden, aus denen das Blut strömte, sodass der ganze Hof davon überschwemmt wurde.

Und neben ihnen drängten sich dort alle Menschen der Erde, die ihre Lieben auf dem Schlachtfeld verloren hatten. Es waren die Vaterlosen, die ihre Verteidiger betrauerten, und die jungen Frauen, die nach ihren Geliebten riefen, und die Alten, die nach ihren Söhnen seufzten.

Die Vordersten von ihnen drängten zur Tür, und der Türsteher kam wie früher und öffnete.

Er fragte alle diese Leute, die in Fehden und Kämpfen verwundet worden waren: „Was sucht ihr in diesem Hause?"

Und sie antworteten: „Wir suchen den großen Propheten aus Nazareth, der Krieg und Streit verbieten und Frieden auf Erden bringen wird. Wir suchen ihn, der die Lanzen zu Sensen machen wird und die Schwerter zu Rebenmessern."

Da antwortete der Sklave ein wenig ungeduldig: „Kommt doch nicht mehr, um mich zu quälen! Ich habe es schon oft genug gesagt. Der große Prophet ist nicht hier. Pilatus hat ihn getötet."

Damit schloss er das Tor. Aber sie, die träumte, dachte an allen den Jammer, der nun ausbrechen musste. „Ich will ihn nicht hören", sagte sie und stürzte von der Balustrade fort. In demselben Augenblicke war sie erwacht. Und da hatte sie gesehen, dass sie in ihrer Angst aus dem Bette gesprungen war, hinunter auf den kalten Steinboden.

Wieder hatte sie gedacht, dass sie in dieser Nacht nicht mehr träumen wollte, und wieder hatte der Schlummer sie überwältigt, sodass sie die Augen schloss und zu träumen begann.

Noch einmal saß sie auf dem Dache ihres Hauses, und neben ihr stand ihr Mann. Und sie erzählte ihm von ihren Träumen, und er trieb seinen Spott mit ihr. Da hörte sie wieder eine Stimme, die zu ihr sagte: „Geh und sieh die Menschen, die auf deinem Hofe warten."

Aber sie dachte: Ich will sie nicht schauen. Ich habe heute Nacht genug Unglückliche gesehen.

In demselben Augenblick hörte sie drei harte Schläge an das Tor, und ihr Mann ging zur Balustrade, um zu sehen, wer es wäre, der Einlass in sein Haus begehrte.

Aber kaum hatte er sich über das Geländer gebeugt, als er auch schon seiner Frau winkte, sie solle zu ihm kommen.

„Kennst du diesen Mann nicht?", fragte er und wies hinunter.

Als sie in den Hof hinuntersah, fand sie, dass er von Reitern und Pferden erfüllt war. Sklaven waren damit beschäftigt, Eseln und Kamelen ihre Bürden abzuladen. Es sah aus, als wäre ein vornehmer Reisender angekommen.

An der Eingangstür stand der Fremde. Es war ein hoch gewachsener alter Mann mit breiten Schultern und trüber, düstrer Miene.

Die Träumerin erkannte den Fremdling sogleich und sie flüsterte ihrem Manne zu: „Das ist Cäsar Tiberius, der nach Jerusalem gekommen ist. Es kann kein andrer sein."

„Auch ich glaube ihn zu kennen", sagte ihr Mann und legte gleichzeitig den Finger auf den Mund, zum Zeichen, dass sie stillschweigen und darauf horchen solle, was unten auf dem Hofe gesprochen würde.

Sie sahen, dass der Türhüter herauskam, und hörten, wie er den Fremdling fragte: „Wer ist es, den du suchst?"

Und der Reisende antwortete: „Ich suche den großen Propheten aus Nazareth, der mit Gottes wundertätiger Kraft begabt ist. Kaiser Tiberius ruft ihn, auf dass er ihn von einer entsetzlichen Krankheit befreie, die kein anderer Arzt zu heilen vermag."

Als er ausgesprochen hatte, neigte sich der Sklave sehr demütig und sagte: „Herr, zürne nicht, aber dein Wunsch kann nicht erfüllt werden."

Da wendete sich der Kaiser an seine Sklaven, die unten im Hofe warteten, und gab ihnen einen Befehl.

Da eilten die Sklaven herbei, einige hatten die Hände voll Geschmeide, andere hielten Schalen voller Perlen, wieder andere schleppten Säcke mit Goldmünzen.

Der Kaiser wendete sich an den Sklaven, der die Pforte bewachte, und sagte: „Dies alles soll ihm gehören, wenn er Tiberius beisteht. Damit kann er vielen Armen der Erde Reichtum schenken."

Aber der Türhüter neigte sich noch tiefer denn zuvor und sagte: „Herr, zürne deinem Diener nicht, aber dein Verlangen kann nicht erfüllt werden."

Da winkte der Kaiser noch einmal seinen Sklaven, und ein paar von ihnen eilten mit einem reich bestickten Gewande herbei, auf dem ein Brustschild aus Juwelen erglänzte.

Und der Kaiser sprach zu dem Sklaven: „ Sieh hier: Was ich ihm biete, ist die Macht über das Judenland. Es soll sein Volk als der höchste Richter lenken. Möge er mir nur zuerst folgen und Tiberius heilen."

Aber der Sklave neigte sich noch tiefer zur Erde und sagte: „Herr, es steht nicht in meiner Macht, dir zu helfen!“

Da winkte der Kaiser noch einmal, und seine Sklaven eilten mit einem goldenen Stirnreif und einem Purpurmantel herbei.

„Sieh“, sagte er, „dies ist des Kaisers Wille: Er gelobt, ihn zu seinem Erbe zu ernennen und ihm die Herrschaft über die Welt zu geben. Er soll die Macht haben, die ganze Erde nach dem Willen seines Gottes zu regieren. Möge er zuerst nur seine Hand ausstrecken und Tiberius heilen!“

Da warf sich der Sklave vor den Füßen des Kaisers zu Boden und sagte mit wehklagender Stimme: „Herr, es steht nicht in meiner Macht, dir zu gehorchen. Er, den du suchst, ist nicht mehr. Pilatus hat ihn getötet.“

## 8

Als die junge Frau erwachte, war es schon voller, klarer Tag, und ihre Sklavinnen standen da und warteten, um ihr beim Ankleiden behilflich zu sein.

Sie war sehr schweigsam, während sie sich anziehen ließ, aber endlich fragte sie die Sklavin, die ihr Haar strählte, ob ihr Mann schon aufgestanden sei. Da erfuhr sie, dass er gerufen worden war, um über einen Verbrecher zu Gericht zu sitzen.

„Ich würde gern mit ihm sprechen“, sagte die junge Frau.

„Herrin“, sagte die Sklavin, „dies wird sich mitten in der Untersuchung schwer bewerkstelligen lassen. Wir werden dir Nachricht geben, sowie sie beendet ist.“

Sie saß nun schweigend, bis sie fertig angekleidet war. Dann fragte sie: „Hat jemand von euch von dem Propheten aus Nazareth sprechen hören?“

„Der Prophet aus Nazareth, das ist ein jüdischer Wundertäter“, antwortete eine der Sklavinnen sogleich.

„Dies ist seltsam, Gebieterin, dass du gerade heute nach ihm fragst“, sagte eine andere der Sklavinnen. „Er ist es eben, den die Juden hierher in den Palast geführt haben, damit der Landpfleger ihn verhöre.“

Sie bat sie, also gleich zu gehen und sich zu erkundigen, wessen er angeklagt werde, und eine der Sklavinnen entfernte sich. Als sie zurückkehrte, sagte sie: „Sie beschuldigen ihn, dass er sich zum König über dieses Land machen wolle, und sie rufen den Landpfleger an, er möge ihn kreuzigen lassen."

Aber als des Landpflegers Frau dies hörte, erschrak sie gar sehr und sagte: „Ich muss mit meinem Manne sprechen, sonst geschieht heute hier ein furchtbares Unglück."

Als die Sklavinnen ihr noch einmal sagten, dass dies unmöglich sei, da begann sie zu zittern und zu weinen. Und eine von ihnen wurde gerührt und sagte: „Wenn du dem Landpfleger eine geschriebene Botschaft senden willst, so will ich versuchen, sie ihm zu überbringen."

Da nahm sie also gleich einen Stift und schrieb einige Worte auf ein Wachstäfelchen, und dieses wurde dem Pilatus gegeben.

Aber ihn selber traf sie den ganzen Tag über nicht allein, denn als er die Juden fortgeschickt hatte und sie den Verurteilten zum Richtplatz führten, war die Stunde für die Mahlzeit angebrochen, und zu dieser hatte Pilatus einige von den Römern eingeladen, die sich zu dieser Zeit in Jerusalem aufhielten. Es waren der Anführer der Truppen und ein junger Lehrer der Beredsamkeit und noch einige andere.

Dieses Mahl war nicht sehr fröhlich, denn die Frau des Landpflegers saß die ganze Zeit über stumm und niedergeschlagen, ohne an den Gesprächen teilzunehmen.

Als die Tischgäste fragten, ob sie krank oder betrübt sei, erzählte der Landpfleger lachend von der Botschaft, die sie ihm am Morgen gesandt hatte. Und er neckte sie, weil sie geglaubt hatte, ein römischer Landpfleger würde sich in seinen Urteilen von den Träumen eines Weibes lenken lassen.

Sie antwortete still und traurig: „Wahrlich, dies war kein Traum, sondern eine Warnung, die von den Göttern kam. Du hättest den Mann wenigstens diesen einen Tag noch leben lassen sollen."

Sie sahen, dass sie ernstlich betrübt war. Sie wollte sich nicht trösten lassen, wie sehr sich die Tafelgäste auch bemühten, sie durch ein unterhaltendes Gespräch diese leeren Hirngespinste vergessen zu lassen.

Aber nach einer Weile erhob einer von ihnen den Kopf und sagte: „Was ist dies? Haben wir so lange bei Tisch gesessen, dass der Tag schon zur Neige gegangen ist?"

Alles sah nun auf, und sie merkten, dass eine schwache Dämmerung sich über die Natur senkte. Es war vor allem seltsam, zu sehen, wie das ganze bunte Farbenspiel, das über allen Dingen und Wesen gebreitet liegt, sacht erlosch, sodass alles einfarbig grau erschien. Gleich allem andern verloren auch ihre eigenen Gesichter die Farbe. „Wir sehen wirklich wie Tote aus“, sagte der junge Schönredner mit einem Schauer. „Unsre Wangen sind ja grau und unsre Lippen schwarz.“

Während diese Dunkelheit immer tiefer wurde, nahm auch das Entsetzen der jungen Frau zu. „Ach, mein Freund“, rief sie schließlich, „erkennst du auch jetzt nicht, dass die Unsterblichen dich warnen wollen? Sie zürnen, weil du einen heiligen und unschuldigen Mann zum Tode verurteilt hast. Ich denke mir, wenn er jetzt auch schon ans Kreuz geschlagen sein muss, kann er doch sicherlich noch nicht verblichen sein. Lass ihn vom Kreuze nehmen! Ich will mit meinen eignen Händen seine Wunden pflegen. Erlaube nur, dass er ins Leben zurückgerufen werde.“

Aber Pilatus antwortete lachend: „Sicherlich hast du Recht damit, dass dies ein Zeichen der Götter ist. Aber keineswegs lassen sie die Sonne ihren Schein verlieren, weil ein jüdischer Irrlehrer zum Kreuzestode verurteilt ist. Vielmehr können wir erwarten, dass wichtige Ereignisse eintreten werden, die das ganze Reich betreffen. Wer kann wissen, wie lange der alte Tiberius – – –“

Er vollendete den Satz nicht, denn die Dunkelheit war so tief geworden, dass er nicht einmal den Weinbecher sehen konnte, der vor ihm stand. Er unterbrach sich daher, um den Sklaven zu befehlen, eiligst ein paar Lampen hereinzubringen.

Als es so hell geworden war, dass er die Gesichter seiner Gäste sehen konnte, musste er die Verstimmung bemerken, die sich ihrer bemächtigt hatte.

„Sieh doch“, sagte er ein wenig unmutig zu seiner Gattin, „nun scheint es dir wirklich gelungen zu sein, die Tafelfreude mit deinen Träumen zu verscheuchen. Aber wenn es schon durchaus so sein muss, dass du heute an nichts anderes denken kannst, dann lass uns lieber hören, was du geträumt hast. Erzähl es uns, und wir wollen versuchen, den Sinn zu deuten!“

Dazu war die junge Frau sofort bereit. Und während sie Traumgesicht auf Traumgesicht erzählte, wurden die Gäste immer ernster. Sie hörten auf, ihre Becher zu leeren, und ihre Stirnen zogen sich kraus. Der einzige, der noch immer lachte und alles einen Wahnwitz nannte, war der Landpfleger selbst.

Als die Erzählung zu Ende war, sagte der junge Rhetor: „Wahrlich, dies ist doch mehr als ein Traum, denn ich sah heute zwar nicht den Kaiser, aber seine alte Freundin Faustina in die Stadt einziehen. Es nimmt nicht nur Wunder, dass sie sich nicht schon im Palaste des Landpflegers gezeigt hat."

„Es geht hier wirklich das Gerücht, dass der Kaiser von einer entsetzlichen Krankheit befallen sei", bemerkte der Anführer der Truppen. „Es scheint auch mir möglich, dass der Traum deiner Gattin eine Warnung von den Göttern sein kann."

„Es liegt nichts Unglaubliches darin, dass Tiberius einen Boten nach dem Propheten ausgesandt hat, um ihn an sein Krankenlager zu rufen", stimmte der junge Rhetor ein.

Der Anführer wendete sich mit tiefem Ernst an Pilatus: „Wenn der Kaiser wirklich den Einfall gehabt hatte, diesen Wundertäter zu sich rufen zu lassen, dann wäre es besser für dich und für uns alle, wenn er ihn lebend träfe."

Pilatus antwortete halb zürnend: „Ist es diese Dunkelheit, die euch zu Kindern gemacht hat? Man könnte glauben, ihr wäret alle in Traumdeuter und Propheten verwandelt."

Aber der Hauptmann ließ nicht ab, in ihn zu dringen: „Es wäre vielleicht nicht so unmöglich, das Leben des Mannes zu retten, wenn du einen eiligen Boten abschicktest."

„Ihr wollt mich wohl zum Gespött der Leute machen", antwortete der Landpfleger. „Sagt selbst, was sollte in diesem Lande aus Recht und Ordnung werden, wenn man erführe, dass der Landespfleger einen Verbrecher begnadigt, weil seine Frau einen bösen Traum geträumt hat?"

„Es ist doch Wahrheit und kein Traum, dass ich Faustina in Jerusalem gesehen habe", sagte der junge Rhetor.

„Ich nehme es auf mich, mein Vergehen vor dem Kaiser zu verantworten", sagte Pilatus. „Er wird begreifen, dass dieser Schwärmer, der sich widerstandslos von meinen Knechten misshandeln ließ, nicht die Macht gehabt hätte, ihm zu helfen."

In demselben Augenblick, wo diese Worte ausgesprochen wurden, wurde das Haus von einem Getöse erschüttert, das wie heftig grollender Donner klang, und ein Erdbeben ließ den Boden erzittern. Der Palast des Landpflegers blieb unversehrt stehen, aber unmittelbar nach dem Erdbeben vernahm man von allen Seiten das Entsetzen einflößende Krachen von einstürzenden Häusern und fallenden Säulen.

Sowie eine männliche Stimme sich Gehör verschaffen konnte, rief der Landpfleger einen Sklaven zu sich.

„Eile zum Richtplatz und befiehl in meinem Namen, dass der Prophet aus Nazareth vom Kreuze genommen werde!“

Der Sklave eilte von dannen. Die Tischgesellschaft begab sich vom Speisesaal in das Peristyl, um unter offnem Himmel zu sein, falls das Erdbeben sich wiederholen sollte. Niemand wagte ein Wort zu sagen, während sie der Rückkehr des Sklaven harrten.

Dieser kam sehr bald wieder. Er blieb vor dem Landpfleger stehen.

„Du hast ihn am Leben gefunden?“, fragte dieser.

„Herr, er war verschieden, und in demselben Augenblick, wo er seinen Geist aufgab, geschah das Erdbeben.“

Kaum hatte er dies gesagt, als ein paar harte Schläge am äußeren Tore ertönten. Als sie diese Schläge hörten, zuckten alle zusammen und sprangen empor, als wäre wieder ein Erdbeben losgebrochen.

Gleich darauf erschien ein Sklave.

„Es sind die edle Faustina und Sulpicius, des Kaisers Verwandter. Sie sind gekommen, um dich zu bitten, du mögest ihnen helfen, den Propheten aus Nazareth zu finden.“

Ein leises Gemurmel ging durch das Peristyl und leichte Schritte wurden hörbar. Als der Landpfleger sich umsah, merkte er, dass seine Freunde von ihm zurückgewichen waren, wie von einem, der dem Unglück verfallen ist.

## 9

Die alte Faustina war in Capreae ans Land gestiegen und hatte den Kaiser aufgesucht. Sie erzählte ihm ihre Geschichte, und während sie sprach, wagte sie kaum, ihn anzusehen.

Während ihrer Abwesenheit hatte die Krankheit furchtbare Fortschritte gemacht, und sie dachte bei sich selbst: Wenn bei dem Himmlischen Barmherzigkeit wäre, so hätten sie mich sterben lassen, bevor ich diesem armen, gequälten Menschen sagen musste, dass alle Hoffnung vorüber ist.

Zu ihrem Staunen hörte ihr Tiberius aber mit der größten Gleichgültigkeit zu. Als sie ihm erzählte, dass der große Wundertäter am selben Tage gekreuzigt worden war, an dem sie in Jerusalem anlangte, und wie nahe sie daran gewesen war, ihn zu retten, da begann sie unter der Schwere ihrer Enttäuschung zu weinen. Aber Tiberius sagte nur: „Du grämst dich also wirklich darüber. Ach, Faustina, ein ganzes Leben in Rom hat dir also den Glauben an Zauberer und Wundertäter nicht benommen, den du in deiner Kindheit in den Sabiner Bergen eingesogen hast."

Da sah die Alte ein, dass Tiberius nie Hilfe von dem Propheten aus Nazareth erwartet hatte.

„Warum ließest du mich dann diese Fahrt in das ferne Land machen, wenn du sie die ganze Zeit über für fruchtlos hieltest?"

„Du bist mein einziger Freund", sagte der Kaiser. „Warum sollte ich dir eine Bitte abschlagen, solange es noch in meiner Macht steht, sie zu gewähren?"

Aber die Alte wollte sich nicht darein schicken, dass der Kaiser sie zum Besten gehalten hatte.

„Siehst du, das ist deine alte Hinterlist", sagte sie aufbrausend. „Das ist es eben, was ich am wenigsten an dir leiden kann."

„Du hättest nicht zu mir zurückkehren sollen", sagte Tiberius. „Du hättest in deinen Bergen bleiben müssen."

Für einen Augenblick sah es aus, als würden die beiden, die so oft aneinander geraten waren, wieder in ein Wortgefecht geraten, aber der Groll der Alten verflog sogleich. Die Zeiten waren vorüber, wo sie ernstlich mit dem Kaiser hatte hadern können. Sie senkte die Stimme wieder. Doch konnte sie nicht ganz und gar von jedem Versuche, Recht zu behalten, abstehen.

„Aber dieser Mann war wirklich ein Prophet", sagte sie. „Ich habe ihn gesehen. Als seine Augen den meinen begegneten, glaubte ich, er sei ein Gott. Ich war wahnsinnig, dass ich ihn in den Tod gehen ließ."

„Ich bin froh, dass du ihn sterben ließest", sagte Tiberius. „Er war ein Majestätsverbrecher und Aufrührer."

Faustina war wieder nahe daran, in Zorn zu geraten.

„Ich habe mit vielen seiner Freunde in Jerusalem über ihn gesprochen", sagte sie. „Er hat die Verbrechen nicht begangen, deren er bezichtigt wurde."

„Wenn er auch nicht gerade diese Verbrechen begangen hat, so war er doch darum gewiss nicht besser als irgendein andrer", sagte der Kaiser müde. „Wo ist der Mensch, der in seinem Leben nicht tausendmal den Tod verdient hätte?"

Aber diese Worte des Kaisers bestimmten Faustina, etwas zu tun, weswegen sie bis dahin unschlüssig gewesen war. „Ich will dir doch eine Probe seiner Macht geben", sagte sie. „Ich sagte dir vorhin, dass ich mein Schweißtuch auf sein Gesicht legte. Es ist dasselbe Tuch, das ich jetzt in meiner Hand halte. Willst du es einen Augenblick betrachten?"

Sie breitete das Schweißtuch vor dem Kaiser aus und er sah darauf den schattenhaften Umriss eines Menschengesichts abgezeichnet.

Die Stimme der Alten zitterte vor Rührung, als sie fortfuhr: „Dieser Mann sah, dass ich ihn liebte. Ich weiß nicht, durch welche Macht er im Stande war, mir sein Bild zu hinterlassen. Aber meine Augen füllen sich mit Tränen, da ich es sehe."

Der Kaiser beugte sich vor und betrachtete dieses Bild, das aus Blut und Tränen und den schwarzen Schatten des Schmerzes gemacht schien. So allmählich trat das ganze Gesicht vor ihm hervor, wie es in das Schweißtuch eingedrückt war. Er sah die Blutstropfen auf der Stirn, die stechende Dornenkrone, das Haar, das klebrig von Blut war, und den Mund, dessen Lippen in Leid zu beben schienen.

Er beugte sich immer tiefer zu dem Bilde hinunter. Immer klarer trat das Gesicht hervor. Aus den schattenhaften Linien sah er mit einem Male die Augen gleichsam in verborgenem Leben strahlen. Und während sie zu ihm von dem furchtbarsten Leid sprachen, zeigten sie ihm zugleich eine Reinheit und Hoheit, wie er sie nie zuvor geschaut hatte.

Er lag auf seiner Ruhebank und sog dieses Bild mit den Augen ein. „Ist dies ein Mensch?", fragte er sacht und leise. „Ist dies ein Mensch?"

Wieder lag er still und betrachtete das Bild. Die Tränen begannen über seine Wangen zu strömen. „Ich traure über deinen Tod, du Unbekannter", flüsterte er.

„Faustina", rief er endlich, „warum ließest du diesen Mann sterben? Er hätte mich geheilt."

Und wieder versank er in die Betrachtung des Bildes.

„Du Mensch", sagte er nach einer Weile. „Wenn ich nicht mein Heil von dir empfangen kann, so kann ich dich doch rächen. Meine Hand wird schwer auf denen ruhen, die dich mir gestohlen haben."

Wieder lag er lange Zeit schweigend, dann aber ließ er sich zu Boden gleiten und sank vor dem Bilde auf die Knie.

„Du bist der Mensch", sagte er. „Du bist, was ich nie zu sehen gehofft habe." Und er deutete auf sich selbst, sein zerstörtes Gesicht und seine zerfressenen Hände. „Ich und alle andern, wir sind wilde Tiere und Ungeheuer, aber du bist der Mensch."

Er neigte den Kopf so tief vor dem Bilde, dass er die Erde berührte. „Erbarme dich meiner, du Unbekannter!", sagte er, und seine Tränen benetzten die Steine.

„Wenn du am Leben geblieben wärest, so hätte dein bloßer Anblick mich geheilt", sagte er.

Die arme alte Frau erschrak darüber, was sie getan hatte. Es wäre klüger gewesen, dem Kaiser das Bild nicht zu zeigen, dachte sie. Sie hatte von Anfang an gefürchtet, dass sein Schmerz allzu groß sein würde, wenn er es sähe.

Und in ihrer Verzweiflung über den Kummer des Kaisers riss sie das Bild an sich, gleichsam, um es seinem Blick zu entziehen.

Da sah der Kaiser auf. Und siehe da, seine Gesichtszüge waren verwandelt, und er war, wie er vor der Krankheit gewesen war. Es war, als hätte diese ihre Wurzel und Nahrung in dem Hasse und der Menschenverachtung gehabt, die in seinem Herzen gewohnt hatten; und sie hatte in demselben Augenblick entfliehen müssen, in dem er Liebe und Mitleid gefühlt hatte.

*   *
*

Aber am nächsten Tage sendete Tiberius drei Boten aus.

Der erste Bote ging nach Rom und befahl, dass der Senat eine Untersuchung anstelle, wie der Landpfleger in Palästina sein Amt verwalte, und ihn bestrafe, wenn es sich erweisen sollte, dass er das Volk unterdrücke und Unschuldige zum Tode verurteile.

Der zweite Bote wurde zu dem Winzer und seiner Frau geschickt, um ihnen zu danken und sie für den Rat zu belohnen, den sie dem Kaiser gegeben hatten, und um ihnen zugleich zu sagen, wie alles abgelaufen war. Als sie alles bis zu Ende gehört hatten, weinten sie still, und der Mann sagte: „Ich weiß, dass ich mein Lebtag darüber nachgrübeln werde, was geschehen wäre, wenn diese beiden sich begegnet wären." Aber die Frau erwiderte: „Es konnte nicht anders kommen. Es war ein zu großer Gedanke, dass diese beiden sich begegnen sollten. Gott der Herr wusste, dass die Welt ihn nicht zu ertragen vermochte."

Der dritte Bote ging nach Palästina und brachte von dort einige von Jesu Jüngern nach Capreae, und diese begannen hier die Lehre zu verkünden, die der Gekreuzigte gepredigt hatte.

Als diese Lehrer in Capreae angelangten, lag die alte Faustina auf dem Totenbette. Aber sie konnten sie noch vor ihrem Tode zu der Jüngerin des großen Propheten machen und sie taufen. Und in der Taufe wurde sie Veronika genannt, weil es ihr beschieden gewesen war, den Menschen das wahre Bild ihres Erlösers zu bringen.

## Das Rotkehlchen

Es war zu der Zeit, als unser Herr die Welt erschuf, da er nicht nur Himmel und Erde schuf, sondern auch alle Tiere und Pflanzen, und ihnen zugleich ihren Namen gab.

Es gibt viele Geschichten aus jener Zeit; und wüsste man sie alle, so wüsste man auch die Erklärung für alles in der Welt, was man jetzt nicht verstehen kann.

Damals war es, dass es sich eines Tages begab, als unser Herr im Paradiese saß und die Vögel malte, dass die Farbe in unseres Herrn Farbenschalen ausging, sodass der Stieglitz ohne Farbe geblieben wäre, wenn unser Herr nicht alle Pinsel an seinen Federn abgewischt hätte.

Und damals geschah es, dass der Esel seine langen Ohren bekam, weil er sich nicht merkte, welchen Namen er bekommen hatte. Er vergaß es, sowie er nur ein paar Schritte auf den Fluren des Paradieses gemacht hatte, und dreimal kam er zurück und fragte, wie er heiße, bis unser Herr ein klein wenig ungeduldig wurde, ihn bei beiden Ohren nahm und sagte: „Dein Name ist Esel, Esel, Esel."

Und während er so sprach, zog er seine Ohren lang, damit er ein besseres Gehör bekäme und sich merke, was man ihm sagte.

An demselben Tage geschah es auch, dass die Biene bestraft wurde. Denn als die Biene erschaffen war, begann sie sogleich Honig zu sammeln, und Tiere und Menschen, die merkten, wie süß der Honig duftete, kamen und wollten ihn kosten. Aber die Biene wollte alles für sich behalten und jagte mit ihren giftigen Stichen alle fort, die sich der Honigwabe näherten. Dies sah unser Herr, und alsogleich rief er die Biene zu sich und strafte sie. „Ich verlieh dir die Gabe, Honig zu sammeln, der das Süßeste in

# IM TEMPEL

Giotto — Der zwölfjährige Jesus im Tempel

## Im Tempel

Barna Unter den Schriftgelehrten

# Im Tempel

Dürer — Kopf des zwölfjährigen Jesus

## Im Tempel

Giulio Campi — Im Tempel

Honthorst Der zwölfjährige Jesus disputiert mit den Schriftgelehrten

## Im Tempel

Rembrandt Im Tempel

# Im Tempel

Menzel — Jesus im Tempel

## Im Tempel

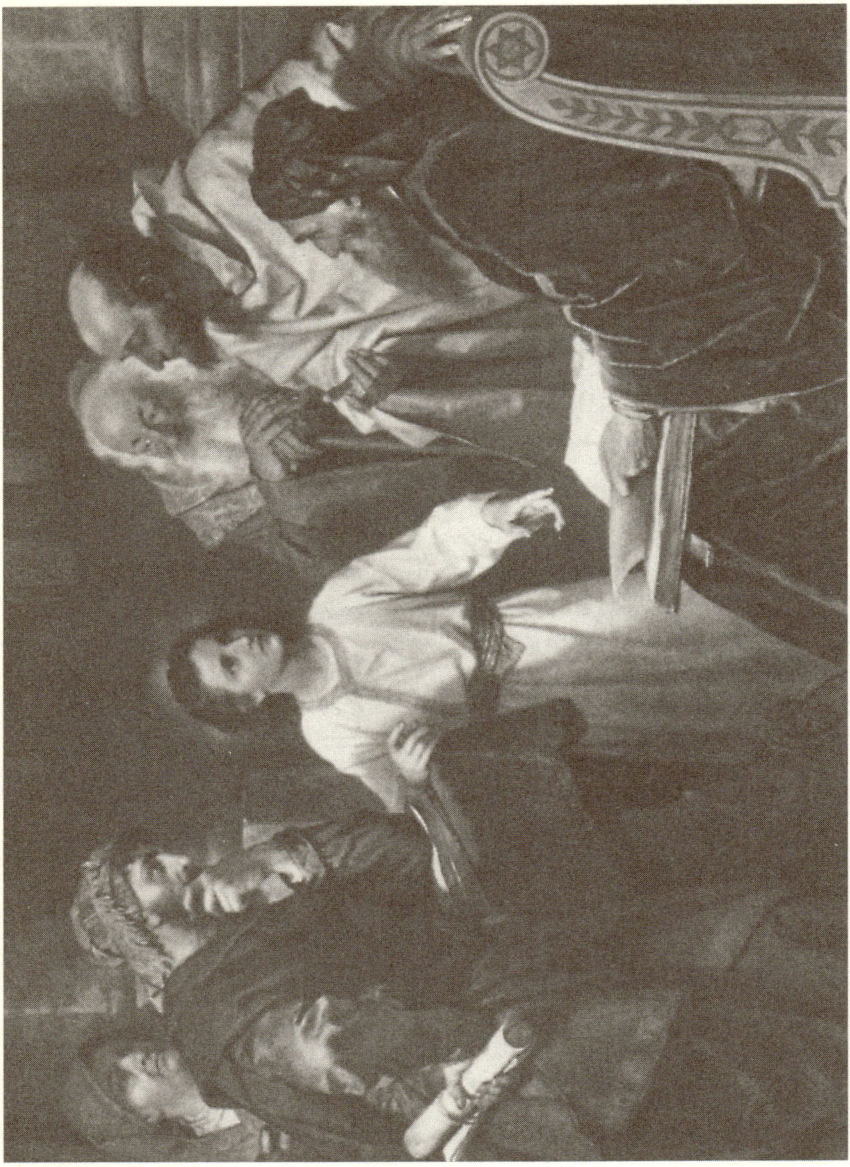

Hofmann Der zwölfjährige Jesus im Tempel

der Schöpfung ist", sagte unser Herr, „aber damit gab ich dir nicht das Recht, hart gegen deinen Nächsten zu sein. Merke dir nun, jedes Mal, wenn du jemand stichst, der deinen Honig kosten will, musst du sterben!"

Ach ja, damals geschah es, dass die Grille blind wurde und die Ameise ihre Flügel verlor; es begab sich so viel Wunderliches an diesem Tage.

Unser Herr saß den ganzen Tag groß und mild da und schuf und erweckte zum Leben, und gegen Abend kam es ihm in den Sinn, einen kleinen grauen Vogel zu erschaffen.

„Merke dir, dass dein Name Rotkehlchen ist!", sagte unser Herr zu dem Vogel, als er fertig war. Und er setzte ihn auf seine flache Hand und ließ ihn fliegen.

Aber als der Vogel ein Weilchen umhergeflogen war und sich die schöne Erde besehen hatte, auf der er leben sollte, bekam er auch Lust, sich selbst zu betrachten. Da sah er, dass er ganz grau war, und seine Kehle war ebenso grau wie alles andre. Das Rotkehlchen wendete und drehte sich und spiegelte sich im Wasser, aber es konnte keine einzige rote Feder entdecken.

Da flog der Vogel zu unserm Herrn zurück.

Unser Herr thronte gut und milde, aus seinen Händen gingen Schmetterlinge hervor, die um sein Haupt flatterten, Tauben gurrten auf seinen Schultern, und aus dem Boden rings um ihn sprossen die Rose, die Lilie und das Tausendschönchen.

Das Herz des kleinen Vogels pochte heftig vor Bangigkeit, aber in leichtem Bogen flog er doch immer näher und näher zu unserm Herrn und schließlich ließ er sich auf seiner Hand nieder.

Da fragte unser Herr, was sein Begehr wäre.

„Ich möchte dich nur um eines fragen", sagte der kleine Vogel.

„Was willst du denn wissen?", fragte unser Herr.

„Warum soll ich Rotkehlchen heißen, wenn ich doch ganz grau bin vom Schnabel bis zum Schwanze? Warum werde ich Rotkehlchen genannt, wenn ich keine einzige rote Feder mein Eigen nenne?"

Und der Vogel sah unsern Herrn mit seinen kleinen schwarzen Äuglein flehend an und wendete das Köpfchen. Ringsum sah er Fasanen, ganz rot unter einem leichten Goldstaub, Papageien mit reichen roten Halskragen, Hähne mit roten Kämmen, ganz zu schweigen von den Schmetterlingen, den Goldfischen und den Rosen. Und natürlich dachte er sich, wie wenig vonnöten wäre, nur ein einziger kleiner Tropfen Farbe auf seiner Brust, und er wäre ein schöner Vogel, und sein Name schicke sich für ihn.

„Warum soll ich Rotkehlchen heißen, wenn ich ganz grau bin?“, fragte der Vogel abermals und wartete, dass unser Herr sagen würde:

„Ach, Freundchen, ich sehe, ich habe ganz vergessen, deine Brustfedern rot zu malen, aber wart nur einen Augenblick, dann wird es geschehen.“

Aber unser Herr lächelte nur still und sagte:

„Ich hab dich Rotkehlchen genannt, und Rotkehlchen sollst du heißen, aber du musst selbst zusehen, dass du dir deine roten Federn verdienst.“

Und damit erhob unser Herr die Hand und ließ den Vogel aufs Neue in die Welt hinausfliegen.

Der Vogel flog sehr nachdenklich ins Paradies hinunter. Was sollte wohl ein kleiner Vogel wie er tun können, um sich rote Federn zu verschaffen?

Das Einzige, was ihm einfiel, war, dass er sein Nest in einen Dornenbusch baute. Er nistete zwischen den Stacheln in dem dichten Dornengestrüpp. Es war, als erwarte er, dass ein Rosenblatt an seiner Kehle haften bliebe und ihr seine Farbe gäbe.

* *
*

Eine unendliche Menge von Jahren war seit diesem Tage verflossen, der der fröhlichste der Erde war. Seit dieser Zeit hatten sowohl die Tiere als auch die Menschen das Paradies verlassen und sich über die Erde verbreitet. Und die Menschen hatten es so weit gebracht, dass sie gelernt hatten, den Boden zu bebauen und das Meer zu befahren, sie hatten sich Kleider und Zierrat geschaffen, ja, sie hatten längst gelernt, große Tempel und mächtige Städte zu bauen, wie Theben, Rom und Jerusalem.

Da brach ein neuer Tag an, der auch in der Geschichte der Erde lange nicht vergessen werden sollte, und am Morgen dieses Tages saß das Rotkehlchen auf einem kleinen nackten Hügel vor den Mauern Jerusalems und sang seinen Jungen vor, die in dem kleinen Nest in einem niedrigen Dornenbusch lagen.

Das Rotkehlchen erzählte seinen Kleinen von dem wunderbaren Schöpfungstage und von der Namengebung, wie jedes Rotkehlchen es seinen Kindern erzählt hatte, von dem ersten an, das Gottes Wort gehört hatte und aus Gottes Hand hervorgegangen war.

„Und seht nun“, schloss es betrübt, „so viele Jahre sind seit dem Schöpfungstage verflossen, so viele Rosen haben geblüht, so viele junge Vögel sind aus ihren Eiern gekrochen, so viele, dass keiner sie zählen kann, aber das Rotkehlchen ist noch immer ein kleiner, grauer Vogel, es ist ihm noch nicht gelungen, die roten Brustfedern zu erringen."

Die kleinen Jungen rissen ihre Schnäbel weit auf und fragten, ob ihre Vorfahren nicht versucht hätten, irgendeine Großtat zu vollbringen, um die unschätzbare rote Farbe zu erringen.

„Wir haben alles getan, was wir konnten", sagte der kleine Vogel, „aber es ist uns allen misslungen. Schon das erste Rotkehlchen traf einmal einen andern Vogel, der ihm völlig glich, und es begann sogleich, ihn mit so heftiger Liebe zu lieben, dass es seine Brust erglühen fühlte. Ach, dachte es da, nun verstehe ich es: Der liebe Gott will, dass ich so heiß liebe, dass meine Brustfedern sich von der Liebesglut, die in meinem Herzen wohnt, rot färben. Aber es misslang ihm, wie es allen nach ihm misslungen ist, und wie es auch euch misslingen wird."

Die kleinen Jungen zwitscherten betrübt, sie begannen schon darüber zu trauern, dass die rote Farbe ihre kleine flaumige Kehle nicht schmücken sollte.

„Wir hofften auch auf den Gesang", sagte der alte Vogel, in lang gezogenen Tönen sprechend. „Schon das erste Rotkehlchen sang so, dass seine Brust vor Begeisterung schwoll, und es wagte wieder zu hoffen. Ach, dachte es, die Sangesglut, die in meiner Seele wohnt, wird meine Brustfedern rot färben. Aber es täuschte sich, wie alle nach ihm sich getäuscht haben, und wie auch ihr euch täuschen werdet."

Wieder hörte man ein trübseliges Piepsen aus den halbnackten Kehlen der Jungen.

„Wir hofften auch auf unsern Mut und unsre Tapferkeit", sagte der Vogel. „Schon das erste Rotkehlchen kämpfte tapfer mit andern Vögeln, und seine Brust glühte vor Kampflust. Ach, dachte es, meine Brustfedern werden sich rot färben von der Kampflust, die in meinem Herzen flammt. Aber es scheiterte, wie alle nach ihm scheiterten und wie auch ihr scheitern werdet."

Die winzigen Jungen piepsten mutig, dass sie es doch versuchen wollten, den erstrebten Preis zu gewinnen, aber der alte Vogel antwortete ihnen betrübt, dass dies unmöglich sei. Was könnten sie hoffen, wenn zu viele ausgezeichnete Vorfahren das Ziel nicht erreicht hätten? Was könnten sie mehr tun als lieben, singen und kämpfen? Was könnten – – –

Der Vogel hielt mitten im Satze inne, denn aus einem Tore Jerusalems kam eine Menschenmenge gezogen, und die ganze Schar eilte den Hügel hinan, wo der Vogel sein Nest hatte.

Da waren Reiter auf stolzen Rossen, Krieger mit langen Lanzen, Henkersknechte mit Nägeln und Hämmern, da waren würdig einherschreitende Priester und Richter, weinende Frauen, und allen voran eine Menge wild umherlaufendes Volk, ein gräuliches, heulendes Geleite von Landstreichern.

Der kleine graue Vogel saß zitternd auf dem Rande seines Nestes. Er fürchtete jeden Augenblick, dass der kleine Dornenbusch niedergetreten und seine kleinen Jungen getötet werden würden. „Nehmt euch in Acht", rief er den kleinen schutzlosen Jungen zu, „kriecht dicht zusammen und verhaltet euch still! Hier kommt ein Pferd, das gerade über uns hinweggeht! Hier kommt ein Krieger mit eisenbeschlagenen Sandalen! Hier kommt die ganze wilde Schar herangestürmt!"

Mit einem Male hörte der Vogel mit seinen Warnungsrufen auf, er wurde still und stumm. Er vergaß beinahe die Gefahr, in der er schwebte.

Plötzlich hüpfte er in das Nest hinunter und breitete die Flügel über seine Jungen.

„Nein, das ist zu entsetzlich", sagte er. „Ich will nicht, dass ihr diesen Anblick seht – da sind drei Missetäter, die gekreuzigt werden sollen."

Und er breitete ängstlich die Flügel aus, sodass die Kleinen nichts sehen konnten. Sie vernahmen nur donnernde Hammerschläge, Klagerufe und das wilde Geschrei des Volkes.

Das Rotkehlchen folgte dem ganzen Schauspiel mit Augen, die sich vor Entsetzen weiteten. Es konnte die Blicke nicht von den drei Unglücklichen wenden.

„Wie grausam die Menschen sind!", sagte der Vogel nach einem Weilchen. „Es ist ihnen nicht genug, dass sie diese armen Wesen ans Kreuz nageln, nein, auf dem Kopfe des einen haben sie noch eine Krone aus stechenden Dornen befestigt."

„Ich sehe, dass die Dornen seine Stirn verwundet haben und das Blut fließt", fuhr es fort. „Und dieser Mann ist so schön und sieht mit so milden Blicken um sich, dass jeder ihn lieben müsste. Mir ist, als ginge eine Pfeilspitze durch mein Herz, wenn ich ihn leiden sehe."

Der kleine Vogel begann ein immer stärkeres Mitleid mit dem Dornengekrönten zu fühlen. Wenn ich mein Bruder, der Adler, wäre, dachte er, würde ich die Nägel aus seinen Händen reißen und mit meinen starken Klauen alle die Leute verscheuchen, die ihn peinigen.

Er sah, wie das Blut auf die Stirn des Gekreuzigten tropfte, und da vermochte er nicht mehr still in seinem Neste zu bleiben.

Wenn ich auch nur klein und schwach bin, so muss ich doch etwas für diesen armen Gequälten tun können, dachte der Vogel, und er verließ sein Nest und flog hinaus in die Luft, weite Kreise um den Gekreuzigten beschreibend.

Er umkreiste ihn mehrere Male, ohne dass er sich näher zu kommen traute, denn er war ein scheuer kleiner Vogel, der es nie gewagt hatte, sich einem Menschen zu nähern. Aber allmählich fasste er Mut, flog ganz nahe hinzu und zog mit seinem Schnabel einen Dorn aus, der in die Stirn des Gekreuzigten gedrungen war.

Aber während er dies tat, fiel ein Tropfen von dem Blute des Gekreuzigten auf die Kehle des Vogels. Der verbreitete sich rasch und färbte all die kleinen zarten Brustfedern.

Wie der Vogel wieder in sein Nest kam, riefen ihm seine kleinen Jungen zu:

„Deine Brust ist rot, deine Brustfedern sind röter als Rosen!"

„Es ist nur ein Blutstropfen von der Stirn des armen Mannes", sagte der Vogel. „Er verschwindet, sobald ich in einem Bach bade oder in einer klaren Quelle."

Aber so viel der kleine Vogel auch badete, die rote Farbe verschwand nicht von seiner Kehle, und als seine Kleinen herangewachsen waren, leuchtete die blutrote Farbe auch von ihren Brustfedern, wie sie auf jedes Rotkehlchens Brust und Kehle leuchtet, bis auf den heutigen Tag.

## Unser Herr und der heilige Petrus

Es war um die Zeit, als unser Herr und der heilige Petrus eben ins Paradies gekommen waren, nachdem sie während vieler Jahre der Betrübnis auf Erden umhergewandert waren und manches erlitten hatten.

Man kann sich denken, dass dies eine Freude für Sankt Petrus war. Man kann denken, dass es ein ander Ding war, auf dem Berge des Paradieses zu sitzen und über die Welt hinauszusehen, denn als Bettler von Tür zu Tür zu wandern. Es war ein ander Ding, in den Lustgärten des Paradieses umherzuschlendern, als auf Erden einherzugehen und nicht zu wissen, ob man in stürmischer Nacht Obdach bekäme oder ob man genötigt sein würde, draußen auf der Landstraße in Kälte und Dunkel weiterzuwandern.

Man muss nur bedenken, welche Freude es gewesen sein muss, nach solcher Reise endlich an den rechten Ort zu kommen. Er hatte wohl nicht immer so sicher sein können, dass alles ein gutes Ende nehmen würde. Er hatte es nicht lassen können, bisweilen zu zweifeln und unruhig zu sein, denn es war ja für Sankt Petrus, den Armen, beinahe unmöglich gewesen, zu begreifen, wozu es dienen solle, dass sie ein so schweres Dasein hatten, wenn unser Herr und Heiland der Herr der Welt war.

Und nun sollte nie mehr die Sehnsucht kommen und ihn quälen. Man darf wohl glauben, dass er froh darüber war.

Nun konnte er förmlich darüber lachen, wie viel Betrübnis er und unser Herr hatten erdulden und mit wie wenig sie sich hatten begnügen müssen.

Einmal, als es ihnen so übel ergangen war, dass er gemeint hatte, das kaum länger ertragen zu können, hatte unser Herr ihn mit sich genommen und begonnen, einen hohen Berg hinanzusteigen, ohne ihm zu sagen, was sie dort oben zu tun hätten.

Sie waren an den Städten vorübergewandert, die am Fuße des Berges lagen, und an den Schlössern, die höher oben waren. Sie waren über die Bauernhöfe und Sennhütten hinausgekommen und sie hatten die Steingrotte des letzten Holzhauers hinter sich gelassen.

Sie waren endlich dorthin gekommen, wo der Berg nackt, ohne Pflanzen und Bäume stand und wo ein Eremit sich eine Hütte gebaut hatte, um in Not geratnen Wandersleuten beispringen zu können.

Dann waren sie über die Schneefelder gegangen, wo die Murmeltiere schlafen, und hinauf zu den wilden, zusammengetürmten Eismassen gelangt, bis zu denen kaum ein Steinbock vordringen kann.

Dort oben hatte unser Herr einen kleinen Vogel mit roter Brust gefunden, der erfroren auf dem Eise lag, und er hatte den kleinen Dompfaffen aufgehoben und eingesteckt. Und Sankt Petrus erinnerte sich, dass er neugierig gewesen war, ob dieser Vogel ihr Mittagbrot sein würde.

Sie waren eine lange Strecke über die schlüpfrigen Teilstücke gewandert, und es wollte Sankt Peter bedünken, als wäre er dem Totenreiche nie so nah gewesen, denn ein todeskalter Wind und ein todesdunkler Nebel hüllten sie ein, und weit und breit fand sich nichts Lebendes. Und doch waren sie nicht höher gekommen, als bis zur Mitte des Berges. Da hatte er unsern Herrn gebeten, umkehren zu dürfen.

„Noch nicht“, sagte unser Herr, „denn ich will dir etwas zeigen, das dir den Mut geben wird, alle Sorgen zu tragen.“

Und sie waren durch Nebel und Kälte weitergewandert, bis sie eine unendlich hohe Mauer erreicht hatten, die sie nicht weiterkommen ließ.

„Diese Mauer geht rings um den Berg“, sagte unser Herr, „und du kannst sie an keinem Punkt übersteigen. Auch kann kein Mensch etwas von dem erblicken, was dahinter liegt, denn hier ist es, wo das Paradies anfängt, und hier wohnen die seligen Toten den ganzen Berghang hinauf.“

Da hatte der heilige Petrus es nicht lassen können, ein misstrauisches Gesicht zu machen. „Dort drinnen ist nicht Dunkel und Kälte wie hier“, sagte unser Herr, „sondern dort ist schöner Sommer und heller Schein von Sonnen und Sternen.“ Aber Sankt Petrus vermochte ihm nicht zu glauben.

Da nahm unser Herr den kleinen Vogel, den er vorhin auf dem Eisfelde gefunden hatte, und beugte sich zurück und warf ihn über die Mauer, sodass er ins Paradies hineinfiel.

Und gleich darauf hörte der heilige Petrus ein jubelndes, fröhliches Zwitschern und erkannte den Gesang eines Dompfaffen und verwunderte sich höchlich.

Er wendete sich an unsern Herrn und sagte: „Lass uns wieder auf die Erde hinuntergehen und alles dulden, was erduldet werden muss, denn nun sehe ich, dass du wahr gesprochen hast und dass es einen Ort gibt, wo das Leben den Tod überwindet.“

Und sie waren den Berg hinuntergestiegen und hatten ihre Wanderung aufs Neue begonnen.

Dann hatte Sankt Petrus lange Jahre nichts mehr vom Paradiese gesehen, sondern war nur einhergegangen und hatte sich nach dem Lande hinter der Mauer gesehnt. Und jetzt war er endlich dort und brauchte sich nicht mehr zu sehnen, sondern konnte den ganzen Tag mit vollen Händen Freude aus niemals versiegenden Quellen schöpfen.

Aber der heilige Petrus war kaum vierzehn Tage im Paradiese, als es geschah, dass ein Engel zu unserm Herrn kam, der auf seinem Stuhle saß, sich siebenmal vor ihm neigte und ihm sagte, es müsse ein schweres Unglück über Sankt Petrus gekommen sein. Er wolle weder essen noch trinken, und seine Augen wären rot gerändert, als hätte er seit mehreren Nächten nicht geschlafen.

Sobald unser Herr dies vernahm, erhob er sich und ging und suchte Sankt Petrus auf.

Er fand ihn fern an der äußersten Grenze des Paradieses. Er lag auf dem Boden, als wäre er zu ermattet, um stehen zu können, und hatte seine Kleider zerrissen und Asche auf sein Haupt gestreut.

Als unser Herr ihn so betrübt sah, setzte er sich neben ihn auf den Boden und sprach zu ihm, wie er getan hätte, wenn sie noch in der Betrübnis dieser Welt umhergewandert wären.

„Was ist es, was dich so traurig macht, Sankt Petrus?", fragte unser Herr. Aber der Schmerz übermannte Sankt Petrus so sehr, dass er nichts zu antworten vermochte.

„Was ist es, was dich so traurig macht, Sankt Petrus?", fragte unser Herr abermals. Als unser Herr die Frage wiederholte, nahm Sankt Petrus seine Goldkrone vom Kopfe und warf sie unserm Herrn zu Füßen, als wollte er sagen, dass er fürderhin keinen Teil mehr haben wolle an seiner Ehre und Herrlichkeit.

Aber unser Herr begriff wohl, dass Sankt Petrus zu verzweifelt war, um zu wissen, was er tat, und so zeigte er ihm keinen Zorn. „Du musst mir doch endlich sagen, was dich quält", sagte er ebenso sanftmütig wie zuvor und mit noch größerer Liebe in der Stimme.

Jetzt aber sprang Sankt Petrus auf, und da sah unser Herr, dass er nicht nur betrübt war, sondern auch zornig.

„Ich will nur Urlaub aus deinen Diensten haben", sagte Sankt Petrus. „Ich kann nicht einen Tag länger im Paradiese bleiben."

Aber unser Herr suchte ihn zu beschwichtigen, was er früher oft hatte tun müssen, wenn Sankt Petrus aufgebraust war.

„Ich will dich wahrlich nicht hindern, zu gehen", sagte er, „aber erst musst du mir sagen, was dir hier nicht gefällt."

„Ich kann dir sagen, dass ich mir bessern Lohn versprach, als wir beide drunten auf Erden jede Art Elend erduldeten", sagte Sankt Petrus. Unser Herr sah, dass Sankt Petrus' Seele von Bitterkeit erfüllt war, und er fühlte keinen Groll gegen ihn.

„Ich sage dir, dass du frei bist, zu ziehen, wohin du willst", sagte er, „wenn du mich nur wissen lässt, was dich betrübt."

Da endlich erzählte Sankt Petrus, warum er unglücklich war. „Ich hatte eine alte Mutter", sagte er, „und sie ist vor ein paar Tagen gestorben."

„Jetzt weiß ich, was dich quält“, sagte unser Herr. „Du leidest, weil deine Mutter nicht hierher ins Paradies gekommen ist.“

„So ist es“, sagte Sankt Petrus, und zugleich überwältigte ihn der Schmerz so sehr, dass er zu jammern und zu schluchzen anfing.

„Ich meine doch, ich hätte es wohl verdient, dass sie herkommen dürfte“, sagte er.

Als aber unser Herr erfahren hatte, was es war, worüber der heilige Petrus trauerte, wurde er gleichfalls betrübt. Denn Sankt Petrus' Mutter war nicht so gewesen, dass sie ins Himmelreich hätte kommen können. Sie hatte nie an etwas andres gedacht, als Geld zu sammeln; und armen Leuten, die vor ihre Tür gekommen waren, hatte sie niemals auch nur einen Groschen oder einen Bissen Brot gegeben. Aber unser Herr verstand es wohl: Sankt Petrus konnte es unmöglich wünschen, dass seine Mutter so geizig gewesen war, dass sie die Seligkeit nicht genießen konnte.

„Sankt Petrus“, sagte er, „woher weißt du, dass deine Mutter sich bei uns glücklich fühlen würde?“

„Sieh, das sagst du nur, damit du mich nicht zu erhören brauchst“, sagte Sankt Petrus. „Wer sollte sich im Paradiese nicht glücklich fühlen?“

„Wer nicht Freude über die Freude andrer fühlt, kann hier nicht glücklich sein“, sagte unser Herr.

„Dann sind noch andre hier als meine Mutter, die nicht hereinpassen“, sagte Sankt Petrus, und unser Herr merkte, dass er damit ihn im Sinne hatte.

Und er war tief betrübt, weil Sankt Petrus von einem so schweren Kummer betroffen war, dass er nicht mehr wusste, was er sagte. Er blieb eine Weile stehen und wartete, ob Sankt Petrus nicht bereute und einsähe, dass seine Mutter nicht ins Paradies gehörte, aber der wollte gar nicht zur Vernunft kommen.

Da rief unser Herr einen Engel zu sich und befahl ihm, zur Hölle hinunterzufahren und die Mutter des heiligen Petrus ins Paradies heraufzuholen.

„Lass mich dann auch sehen, wie er sie heraufholt“, sagte Sankt Petrus. Unser Herr nahm Sankt Petrus an der Hand und führte ihn auf einen Felsen hinaus, der auf der einen Seite kerzengerade und jäh abfiel. Und er zeigte ihm, dass er sich nur ein klein wenig über den Rand zu beugen brauchte, um gerade in die Hölle hinunterzusehen.

Als Sankt Petrus hinunterschaute, konnte er im Anfang nicht mehr unterscheiden, als wenn er in einen Brunnen hinabgesehen hätte. Es war, als öffne sich ein unendlicher, schwarzer Schlund unter ihm. Das Erste, was er undeutlich unterschied, war der Engel, der sich schon auf den Weg in den Abgrund gemacht hatte. Er sah, wie er ohne jede Furcht in das Dunkel hinuntereilte und nur die Flügel ein wenig ausbreitete, um nicht zu heftig zu fallen.

Aber als Sankt Petrus seine Augen ein bisschen daran gewöhnt hatte, fing er an, mehr und immer mehr zu sehen. Er begriff zunächst, dass das Paradies auf einem Ringberge lag, der eine weite Kluft einschloss, und in der Tiefe dieser Kluft hatten die Verdammten ihre Wohnstatt. Er sah, wie der Engel eine lange Weile fiel und fiel, ohne in die Tiefe hinunterzukommen. Er war ganz erschrocken darüber, dass es ein so weiter Weg war.

„Möchte er doch nur wieder mit meiner Mutter heraufkommen können", sagte er. Unser Heiland blickte nur mit großen, traurigen Augen auf Sankt Petrus. „Es gibt keine Last, die mein Engel nicht heben könnte", sagte er.

Es ging so tief hinein in den Abgrund, dass kein Sonnenstrahl dorthin dringen konnte, sondern schwarze Schatten dort herrschten. Aber nun war es, als hätte der Engel mit seinem Fluge ein wenig Klarheit und Licht hingebracht, sodass es Sankt Petrus möglich wurde, zu unterscheiden, wie es dort unten aussah.

Da war eine unendliche Felsenwüste, scharfe, spitzige Klippen deckten den ganzen Grund und zwischen ihnen blinkten Tümpel von schwarzem Wasser. Kein grünes Hälmchen, kein Baum, kein Zeichen des Lebens fand sich da.

Aber überall auf die scharfen Felsen waren die unzähligen Toten hinaufgeklettert. Sie gingen über den Felsenspitzen, die sie in der Hoffnung erklettert hatten, sich aus der Kluft emporschwingen zu können, und als sie gesehen hatten, dass sie nirgends hinzukommen vermochten, waren sie dort oben verblieben, vor Verzweiflung versteinert.

Sankt Petrus sah einige von ihnen sitzen oder liegen, die Arme in ewiger Sehnsucht ausgestreckt, die Augen unverwandt nach oben gerichtet. Andre hatten die Hände vors Gesicht geschlagen, wie um das hoffnungslose Grauen um sich nicht sehen zu müssen. Sie waren alle reglos, keiner von ihnen bewegte sich. Manche lagen, ohne sich zu rühren, in den Wassertümpeln, ohne zu versuchen, herauskommen.

Das Entsetzlichste war, dass ihrer eine solche Menge waren. Es war, als bestünde der Grund der Kluft aus nichts anderm, als aus Leibern und Köpfen.

Und Sankt Petrus ward von einer neuen Unruhe gepackt. „Du wirst sehen, er findet sie nicht“, sagte er zu unserm Herrn.

Unser Herr sah ihn nur mit demselben betrübten Blick an wie zuvor. Er wusste wohl, dass Sankt Petrus sich des Engels wegen nicht zu beunruhigen brauchte.

Aber für Sankt Petrus hatte es noch immer den Anschein, als ob der Engel seine Mutter unter der großen Mengen von Unseligen nicht gleich finden könnte. Er breitete die Flügel aus und schwebte über dem Abgrund hin und her, indes er sie suchte.

Auf einmal gewahrte einer der unzähligen Verdammten unten im Abgrunde den Engel. Und er sprang auf und streckte die Arme zu ihm empor und rief: „Nimm mich mit, nimm mich mit!“

Da kam auf einmal Leben in die ganze Schar. Alle Millionen und Millionen, die unten in der Hölle verschmachteten, sprangen in demselben Augenblick auf und hoben ihre Arme und riefen den Engel an, er möchte sie hinauf zu dem seligen Paradiese führen.

Ihre Schreie drangen bis zu unserm Herrn und Sankt Petrus hinauf, und ihre Herzen bebten vor Schmerz, als sie es hörten.

Der Engel hielt sich schwebend über den Verdammten, aber wie er hin und her glitt, um die zu entdecken, die er suchte, stürmten sie alle ihm nach, dass es aussah, als würden sie von einer Windsbraut dahingefegt.

Endlich hatte der Engel die erblickt, die er holen sollte. Er faltete die Flügel auf dem Rücken zusammen und schoss hinab wie ein Pfeil. Und Sankt Petrus schrie in frohem Erstaunen auf, als er ihn den Arm um seine Mutter schlingen und sie emporheben sah.

„Selig seist du, der mir die Mutter zuführt!“, sagte er.

Unser Herr legte seine Hand warnend auf des heiligen Petrus Schulter, als wollte er ihn abhalten, sich zu früh der Freude hinzugeben.

Aber Sankt Petrus war nahe daran, vor Glück zu weinen, weil seine Mutter gerettet war, und er konnte nicht verstehen, dass sie noch etwas trennen könnte. Und noch größere Freude bereitete es ihm, zu sehen, dass einige der Verdammten, so hurtig der Engel auch gewesen war, als er seine Mutter emporhob, doch noch behänder waren, sodass sie sich an die, die erlöst werden sollte, hängten, um zugleich mit ihr ins Paradies geführt zu werden.

Es waren ihrer etwa ein Dutzend, die sich an die alte Frau gehängt hatten, und Sankt Petrus dachte, dass es eine große Ehre für seine Mutter wäre, so vielen Unglücklichen aus der Verdammnis zu helfen.

Der Engel tat auch nichts, um sie zu lindern. Er schien von der Bürde gar nicht beschwert, sondern stieg nur und stieg, und er regte die Schwingen nicht mühsamer, als wenn er ein totes Vögelchen zum Himmel getragen hätte.

Aber da sah Sankt Petrus, wie seine Mutter anfing, die Unseligen von sich loszureißen, die an ihr festhingen. Sie packte ihre Hände und löste deren Griff, sodass einer nach dem andern hinuntertaumelte in die Hölle.

Sankt Petrus konnte hören, wie sie baten und sie anflehten, aber die alte Frau schien es nicht dulden zu wollen, dass ein andrer außer ihr selbst selig werde. Sie machte sich von einem nach dem andern frei und ließ sie hinab ins Elend stürzen. Und wie sie stürzten, wurde der ganze Raum von Wehrufen und Verwünschungen erfüllt.

Da rief Sankt Petrus und bat seine Mutter, sie solle doch Barmherzigkeit zeigen, aber sie wollte nichts hören, sondern fuhr fort, wie sie begonnen hatte.

Und Sankt Petrus sah, wie der Engel immer langsamer und langsamer flog, je leichter seine Bürde wurde, und da wurde Sankt Petrus von solcher Angst gepackt, dass ihm seine Beine den Dienst versagten und er auf die Knie sinken musste.

Endlich war nur eine Einzige übrig, die sich an Sankt Petrus' Mutter festhielt. Es war eine junge Frau, die ihr am Halse hing und dicht an ihrem Ohr flehte und bat, sie möchte sie mit in das gesegnete Paradies lassen. Da war der Engel mit seiner Bürde so weit gekommen, dass Sankt Petrus schon die Arme ausstreckte, um die Mutter zu empfangen. Es deuchte ihm, der Engel brauchte nur noch ein paar Flügelschläge zu machen, um oben auf dem Berge zu sein.

Aber da hielt der Engel auf einmal die Schwingen ganz still, und sein Gesicht wurde düster wie die Nacht.

Denn jetzt streckte die alte Frau die Hände nach rückwärts und ergriff die andre, die an ihrem Halse hing, bei den Armen und riss und zerrte, bis es ihr glückte, die verschlungenen Hände zu trennen, sodass sie auch von der Letzten befreit wurde.

Als die Unselige fiel, sank der Engel mehrere Klafter tiefer, und es sah aus, als vermöchte er nicht mehr die Schwingen zu heben.

Mit tief betrübten Blicken sah er auf die alte Frau hinunter, sein Griff um ihren Leib lockerte sich, und er ließ sie fallen, als sei sie eine allzu schwere Bürde für ihn, jetzt, da sie allein geblieben war.

Dann schwang er sich mit einem einzigen Flügelschlag ins Paradies hinauf.

Aber Sankt Petrus blieb lange auf derselben Stelle liegen und schluchzte, und unser Herr stand still neben ihm.

„Sankt Petrus", sagte unser Herr endlich, „nimmer hätte ich geglaubt, dass du so weinen würdest, nachdem du ins Paradies gekommen warst."

Da erhob Gottes alter Diener sein Haupt und antwortete: „Was ist das für ein Paradies, wo ich meiner Liebsten Jammer höre und meiner Mitmenschen Leiden sehe!"

Aber unsers Herrn Angesicht verdüsterte sich im tiefsten Schmerze. „Was wollte ich lieber, als euch allen ein Paradies von eitel hellem Glück bereiten?", sagte er. „Begreifst du nicht, dass ich um dessentwillen zu den Menschen hinunterging und sie lehrte, ihre Nächsten zu lieben wie sich selbst? Solange sie dies nicht tun, gibt es keine Freistatt, weder im Himmel noch auf Erden, wo Schmerz und Betrübnis sie nicht zu ereilen vermöchten."

## Die Lichtflamme

### 1

Vor vielen, vielen Jahren, als die Stadt Florenz sich vor ganz kurzer Zeit zur Republik gemacht hatte, lebte dort ein Mann, der Raniero di Ranieri hieß. Er war der Sohn eines Waffenschmieds und hatte seines Vaters Gewerbe erlernt, aber er übte es nicht sonderlich gern aus.

Dieser Raniero war ein sehr starker Mann. Es hieß von ihm, dass er eine schwere Eisenrüstung ebenso leicht trüge wie ein andrer ein Seidenhemd. Er war ein noch junger Mann, aber er hatte schon viele Proben seiner Kraft gezeigt. Einmal war er in einem Hause gewesen, wo sie Korn auf den Dachboden gelegt hatten. Aber es war dort oben zu viel Korn aufgehäuft, und während Raniero sich in dem Hause befand, brach einer der Dachbalken, und das ganze Dach war im Begriff einzustürzen. Da waren alle fortgeeilt bis auf Raniero. Er hatte die Arme emporgereckt und sie gegen das Dach gestemmt, bis die Leute Balken und Pfähle geholt hatten, um es zu stützen.

Es hieß von Raniero auch, dass er der tapferste Mann wäre, den es jemals in Florenz gegeben hätte, und dass er am Kampfe niemals genug haben könnte. Sobald er von der Straße irgendeinen Lärm hörte, stürzte er aus der Werkstatt, in der Hoffnung, dass eine Schlägerei entstanden sei, an der er teilnehmen könne. Wenn er nur vom Leder ziehen konnte, kämpfte er ebenso gern mit schlichten Landsleuten wie mit eisengepanzerten Rittern. Er stürzte sich wie ein Rasender in den Kampf, ohne seine Gegner zu zählen.

Nun war Florenz zu dieser Zeit nicht besonders mächtig. Die Bevölkerung bestand zum größten Teil aus Wollspinnern und Tuchwebern, und diese begehrten nichts andres, als in Frieden ihre Arbeit zu verrichten. Es gab tüchtige Kerle genug, aber sie waren nicht kampflustig, sondern setzten eine Ehre darein, dass in ihrer Stadt bessere Ordnung herrsche als anderswo. Raniero klagte oft darüber, dass er nicht in einem Lande geboren war, wo ein König herrschte, der tapfere Männer um sich scharte, und er sagte, dass er in diesem Falle zu hohen Ehren und Würden gekommen wäre.

Raniero war großsprecherisch und laut, grausam gegen Tiere, hart gegen seine Frau; es war nicht gut mit ihm zu leben. Er wäre ein schöner Mann gewesen, wenn er nicht quer über das Gesicht mehrere tiefe Narben gehabt hätte, die ihn entstellten. Er war rasch von Entschlüssen, und seine Art zu handeln war groß, wenn auch oft gewaltsam.

Raniero war mit Francesca vermählt, die die Tochter Jacopo degli Ubertis war, eines weisen und mächtigen Mannes. Jacopo hatte sich nicht gern dazu verstanden, seine Tochter einem solchen Raufbold wie Raniero zu geben, sondern er hatte sich der Heirat so lange wie möglich widersetzt. Aber Francesca hatte ihn gezwungen, nachzugeben, indem sie sagte, sie würde niemals einen andern heiraten. Als Jacopo endlich seine Einwilligung gab, sagte er zu Raniero: „Ich glaube erfahren zu haben, dass Männer wie du die Liebe einer Frau leichter gewinnen als behalten, darum will ich dir ein Versprechen abnehmen: Wenn meine Tochter bei dir ein so schweres Leben haben sollte, dass sie zu mir zurückkehren will, darfst du sie nicht daran hindern.“ Francesca sagte, es sei unnötig, ihm ein solches Versprechen abzunehmen, denn sie habe Raniero so lieb, dass nichts sie von ihm trennen könne. Aber Raniero gab das Versprechen sogleich. „Dessen kannst du sicher sein, Jacopo“, sagte er, „dass ich nicht versuchen werde, ein Weib zurückzuhalten, das mir entfliehen will.“

Francesca zog nun zu Raniero, und alles zwischen ihnen war gut. Als sie ein paar Wochen verheiratet waren, kam es Raniero in den Sinn, sich im Scheibenschießen zu üben. Er schoss ein paar Tage lang auf eine Tafel, die an einer Mauer hing. Er wurde bald sehr geschickt und traf jedes Mal ins Schwarze. Schließlich wollte er jedoch versuchen, nach einem schwereren Ziel zu schießen. Er sah sich nach etwas Geeignetem um, entdeckte aber nichts außer einer Wachtel, die in einem Bauer über der Hoftür saß. Der Vogel gehörte Francesca, und sie hatte ihn sehr lieb, aber Raniero schickte gleichwohl einen Knecht hin, damit er den Käfig öffne, und schoss die Wachtel, als sie sich in die Luft schwang.

Dies deuchte ihn ein guter Schuss, und er rühmte sich seiner vor jedem, der es hören wollte.

Als Francesca erfuhr, dass Raniero ihren Vogel totgeschossen hatte, erblasste sie und sah ihn groß an. Sie wunderte sich, dass er etwas hatte tun mögen, was ihr Schmerz verursachen musste. Aber sie verzieh ihm sogleich und liebte ihn wie zuvor.

Wieder ging eine Zeit lang alles gut.

Ranieros Schwiegervater Jacopo war Leinweber. Er hatte eine große Werkstatt, wo es viel zu tun gab. Raniero glaubte herausgefunden zu haben, dass in Jacopos Werkstatt Hanf in den Flachs gemischt werde, und behielt das nicht für sich, sondern sprach hier und dort in der ganzen Stadt davon. Endlich kam dieses Gerede auch Jacopo zu Ohren, und er suchte ihm sogleich ein Ende zu machen. Er ließ von mehreren andern Leinwebern sein Garn und sein Gewebe untersuchen, und sie fanden, dass alles der feinste Flachs war. Nur in einem Packen, der außerhalb der Stadt Florenz verkauft werden sollte, fanden sie eine kleine Beimischung. Da sagte Jacopo, dass die Betrügerei ohne sein Wissen und seinen Willen von irgendeinem seiner Gesellen begangen worden sein müsse. Er sah jedoch selber ein, dass es ihm schwer fallen würde, die Leute zu bewegen, dies zu glauben. Er hatte immer im Rufe großer Redlichkeit gestanden und empfand es schwer, dass seine Ehre befleckt worden war.

Raniero hingegen brüstete sich, dass es ihm gelungen war, einen Betrug zu entlarven, und prahlte damit, auch wenn Francesca es hörte.

Sie fühlte großen Kummer und zugleich große Verwunderung, wie damals, als er den Vogel totschoss. Während sie noch daran dachte, war es ihr plötzlich, als sähe sie ihre Liebe vor sich, und sie war wie ein großes Stück leuchtenden Goldstoffes. Sie konnte sehen, wie groß die Liebe war und wie schimmernd. Aber aus der einen Ecke war ein Zipfelchen fortgeschnitten, sodass sie nicht mehr so groß und herrlich war wie anfangs.

Immerhin war sie noch so wenig beschädigt, dass Francesca dachte: Sie wird schon so lange reichen, wie ich lebe. Sie ist so groß, dass sie nie ein Ende nehmen kann.

Wieder verging eine Zeit, in der sie und Raniero ebenso glücklich waren wie zu Anfang.

Francesca hatte einen Bruder, der Taddeo hieß. Der war auf einer Geschäftsreise in Venedig gewesen, und dort hatte er sich Kleider aus Samt und Seide gekauft. Als er heimkam, ging er umher und prahlte damit, aber in Florenz war das nicht der Brauch, kostbar gekleidet zu gehen, sodass ihrer viele waren, die sich darüber lustig machten.

Eines Nachts waren Taddeo und Raniero in einer Weinschenke. Taddeo hatte einen grünen Mantel mit Zobelfutter und ein violettes Wams an. Raniero verlockte ihn nun, so viel Wein zu trinken, dass er einschlief, dann nahm er ihm seinen Mantel ab und hängte ihn einer Vogelscheuche um, die in einem Kohlbeet stand.

Als Francesca dies erfuhr, grollte sie Raniero wieder. Und zu gleicher Zeit sah sie das große Stück Goldstoff vor sich, das ihre Liebe war, und sie vermeinte ist zu sehen, wie es kleiner wurde, weil Raniero Stück für Stück abschnitt.

Danach wurde es zwischen ihnen wieder für eine Zeit gut, aber Francesca war nicht mehr so glücklich wie zuvor, weil sie immer erwartete, Raniero würde eine Tat begehen, die ihrer Liebe schaden könnte.

Das ließ auch nicht lange auf sich warten, denn Raniero konnte sich nicht lange ruhig verhalten. Er wollte, dass die Menschen immer von ihm sprächen und seinen Mut und seine Unerschrockenheit rühmten.

An der Domkirche, die damals in Florenz stand und viel kleiner war als die jetzige, hing hoch oben auf dem einen Turm ein großer, schwerer Schild; der war von einem der Vorfahren Francescas dort aufgehängt worden. Es soll der schwerste Schild gewesen sein, den ein Mann in Florenz zu tragen vermochte, und das ganze Geschlecht der Uberti war stolz darauf, dass einer von den Ihren es vermocht hatte, den Turm zu erklettern und ihn dort aufzuhängen.

Aber nun klomm Raniero eines Tages zu dem Schilde hinauf, hängte ihn sich auf den Rücken und kam damit herunter.

Als Francesca dies vernahm, sprach sie zum ersten Male mit Raniero

# DAS SCHWEISSTUCH DER HEILIGEN VERONIKA

Kölner Meister

Veronika mit dem Schweißtuch

Dürer Gefangennahme

Dürer Christus am Ölberg

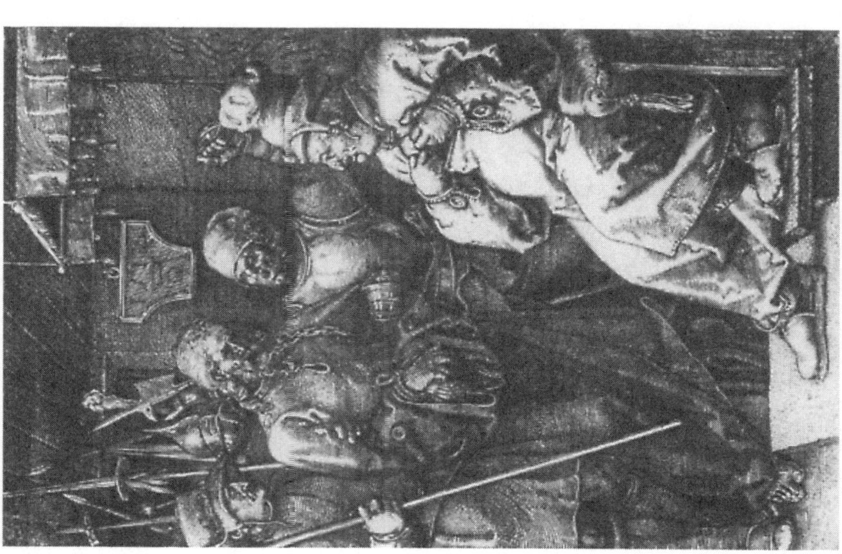

Dürer — Vor Kaiphas

Dürer — Vor Pilatus

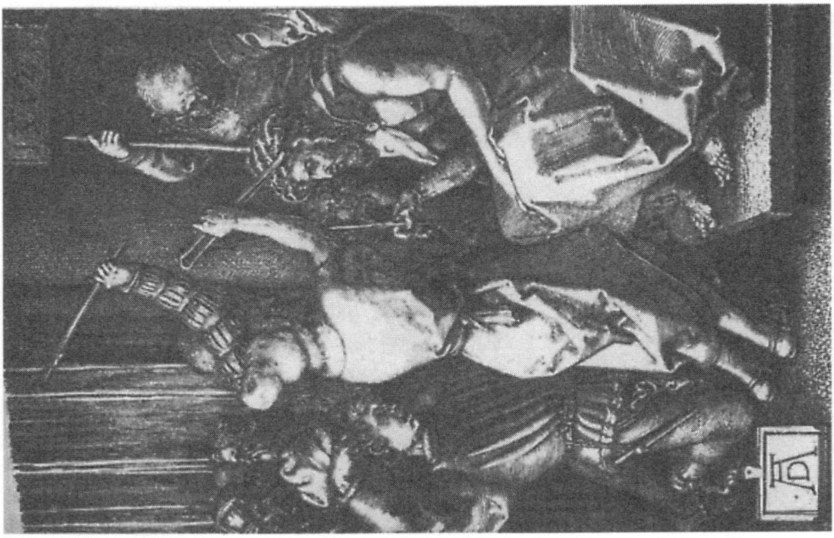

Dürer Dornenkrönung

Dürer Geißelung

Dürer — Handwaschung des Pilatus

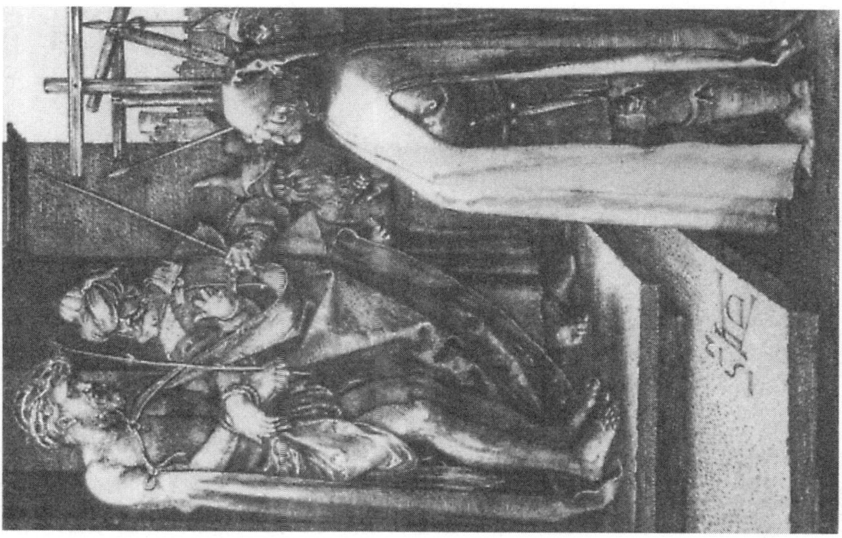

Dürer — Schaustellung Christi

Dürer Christus am Kreuz

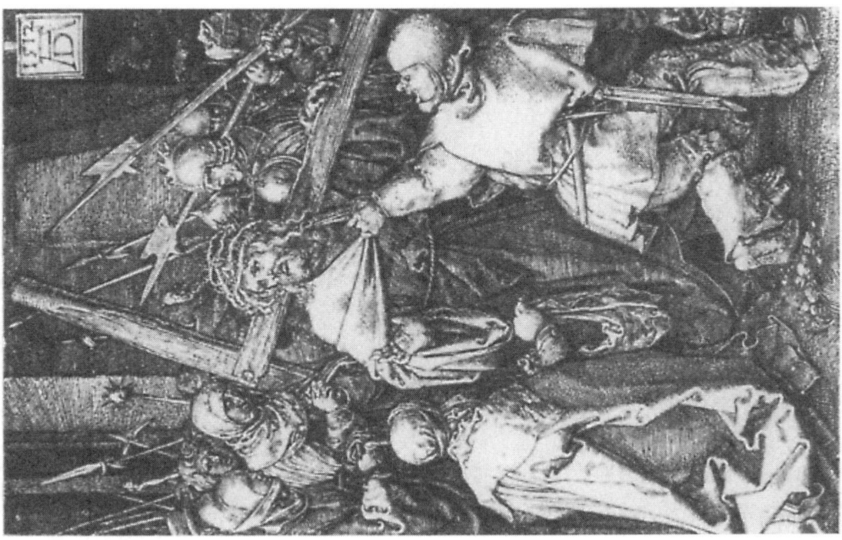

Dürer Kreuztragung

Dürer Grablegung

Dürer Kreuzabnahme

## Das Schweißtuch der heiligen Veronika

Das Schweißtuch der Veronika von Engeln gehalten

Dürer

darüber, was sie quälte, und bat ihn, er solle nicht versuchen, solchermaßen dem Stamm zu demütigen, dem sie angehörte. Raniero, der erwartet hatte, dass sie ihn ob seiner Heldentat rühmen würde, wurde sehr zornig. Er sagte, er merke schon lange, dass sie sich seiner Erfolge nicht freue, sondern nur an ihr eigenes Geschlecht denke. – „Ich denke an etwas andres“, sagte Francesca, „das ist meine Liebe. Ich weiß nicht, wie es ihr ergehen soll, wenn du so fortfährst.“

Von da an wechselten sie oftmals böse Worte, denn es zeigte sich, dass Raniero fast immer gerade das tat, was Francesca am wenigsten ertragen konnte.

Es gab in Ranieros Werkstatt einen Gesellen, der klein und hinkend war. Dieser Bursche hatte Francesca geliebt, bevor sie sich verheiratete, und er fuhr auch nach ihrer Heirat fort, sie zu lieben. Raniero, der darum wusste, ließ es sich angelegen sein, ihn zu hänseln, zumal wenn sie bei Tische saßen. Es kam schließlich dazu, dass sich dieser Mann, der es nicht ertragen konnte, in Francescas Gegenwart zum Gespött gemacht zu werden, einmal auf Raniero stürzte und mit ihm kämpfen wollte. Aber Raniero hohnlachte nur und stieß ihn beiseite. Da wollte der Arme nicht länger leben, sondern ging hin und erhängte sich.

Als dies geschah, waren Raniero und Francesca ungefähr ein Jahr verheiratet. Francesca deuchte es noch immer, dass sie ihre Liebe als ein schimmerndes Stück Stoff vor sich sah, aber auf allen Seiten waren große Stücke weggeschnitten, sodass es kaum halb so groß war, als es anfangs gewesen war.

Sie erschrak sehr, als sie dies sah, und dachte: Bleibe ich noch ein Jahr bei Raniero, so wird er meine Liebe zerstört haben. Ich werde ebenso arm sein, wie ich bisher reich gewesen bin.

Da entschloss sie sich, Ranieros Haus zu verlassen und zu ihrem Vater zu gehen und bei ihm zu leben. Auf dass nicht einmal der Tag käme, an dem sie Raniero ebenso sehr hasste, wie sie ihn jetzt liebte!

Jacopo degli Uberti saß an seinem Webstuhl, und alle seine Gesellen arbeiteten um ihn her, als er sie kommen sah. Er sagte, nun sei das eingetroffen, was er schon lange erwartet hätte, und hieß sie willkommen. Er ließ seine Leute sogleich die Arbeit unterbrechen und befahl ihnen, sich zu bewaffnen und das Haus zu verschließen.

Dann begab sich Jacopo zur Raniero. Er traf ihn in der Werkstatt. „Meine Tochter ist heute zu mir zurückgekehrt und hat mich gebeten, wieder unter meinen Dache leben zu dürfen“, sagte er zu seinem Eidam. „Und jetzt erwarte ich, dass du sie nicht zwingst, zu dir zurückzukehren, getreu dem Versprechen, das du mir gegeben hast.“

Raniero schien das nicht sehr ernst zu nehmen, sondern antwortete gleichmütig: „Auch wenn ich dir kein Versprechen gegeben hätte, würde ich nicht verlangen, eine Frau zurückzubekommen, die mir nicht angehören will.“

Er wusste, wie sehr Francesca ihn liebte, und sagte zu sich selbst: Ehe der Abend anbricht, ist sie wieder bei mir.

Sie ließ sich jedoch weder an diesem Tage noch am folgenden blicken.

Am dritten Tage zog Raniero aus und verfolgte ein paar Räuber, die die florentinischen Kaufleute seit langem beunruhigt hatten. Es gelang ihm, sie zu überwinden, und er brachte sie als Gefangene nach Florenz.

Ein paar Tage verhielt er sich still, bis er gewiss sein konnte, dass diese Heldentat in der ganzen Stadt bekannt wäre. Es kam aber nicht so, wie er erwartet hatte, und auch dies führte Francesca nicht zu ihm zurück.

Raniero hätte nun die größte Lust gehabt, sie durch Gesetz und Recht zu zwingen, zu ihm zurückzukehren, aber er glaubte, dass er dies seines Versprechens wegen nicht tun könne. Es deuchte ihm aber unmöglich, in derselben Stadt mit einer Frau zu leben, die ihn verlassen hatte, und er zog von Florenz fort.

Er wurde zuerst Söldner, und gar bald machte er sich zum Anführer einer Freischar. Er war immer im Kriege und diente vielen Herren.

Er gewann viel Ehre als Krieger, wie er von jeher vorausgesagt hatte. Er wurde vom Kaiser zum Ritter geschlagen und wurde zu den mächtigen Männern gezählt.

Bevor er Florenz verließ, hatte er vor einem heiligen Madonnenbild in der Domkirche das Gelöbnis abgelegt, der heiligen Jungfrau das Beste und Vornehmste zu schenken, was er in jedem Kampf erbeuten würde. Vor diesem Bilde sah man immer kostbare Gaben, die von Raniero gespendet waren.

Raniero wusste also, dass alle seine Heldentaten in seiner Geburtsstadt bekannt waren. Er wunderte sich sehr, dass Francesca degli Uberti nicht zu ihm zurückkam, obgleich sie alle seine Erfolge kannte.

Um diese Zeit wurde zu einem Kreuzzug zur Befreiung des Heiligen Grabes gepredigt, und Raniero nahm das Kreuz und zog ins Morgenland. Denn einmal erwartete er, dass er dort Schlösser und Land gewinnen würde, und darüber zu regieren, und dann dachte er, dass er dadurch in die Lage käme, so glänzende Heldentaten zu vollbringen, dass sein Weib ihn wieder lieb gewänne und zu ihm zurückkehrte.

## 2

In der Nacht nach dem Tage, an dem Jerusalem erobert worden war, herrschte in dem Lager der Kreuzfahrer vor der Stadt große Freude. Fast in jedem Zelte wurden Trinkgelage abgehalten, und das Lachen und Lärmen wurde weit im Umkreise gehört.

Raniero di Ranieri saß mit einigen Kampfgenossen beim Weine, und bei ihm ging es fast noch wilder zu als sonst irgendwo. Die Knappen hatten die Becher kaum gefüllt, als sie auch schon wieder leer waren. Aber Raniero hatte auch die meiste Ursache, ein großes Fest zu feiern, denn er hatte an diesem Tage höhere Ehre gewonnen denn je zuvor. Am Morgen, als die Stadt gestürmt wurde, war er nächst Gottfried von Bouillon der Erste gewesen, der die Mauern erstiegen hatte, und am Abend war er für seine Tapferkeit vor dem ganzen Heere geehrt worden.

Als das Plündern und Morden ein Ende genommen hatte und die Kreuzfahrer in Büßermänteln mit unentzündeten Wachskerzen in den Händen in die heilige Grabeskirche eingezogen waren, war ihm nämlich von Gottfried verkündet worden, dass er der Erste sein soll, der seine Kerzen an den heiligen Flammen entzünden dürfe, die vor Christi Grab brennen. Es deuchte Raniero, dass Gottfried ihm damit zeigen wolle, dass er ihn für den Tapfersten im ganzen Heere ansehe; und er freute sich sehr über die Art, wie er für seine Heldentaten belohnt worden war.

Bei einbrechender Nacht, als Raniero und seine Gäste in bester Laune waren, kamen ein Narr und ein paar Spielleute, die überall im Lager umhergewandert waren und alle mit ihren Einfällen ergötzt hatten, in Ranieros Zelt, und der Narr bat um die Erlaubnis, ein spaßhaftes Abenteuer erzählen zu dürfen.

Raniero wusste, dass dieser Narr im Rufe großer Lustigkeit stand, und versprach seiner Erzählung Gehör zu schenken.

„Es begab sich einmal“, sagte der Narr, „dass unser Herr und der heilige Petrus einen ganzen Tag auf den höchsten Turme der Burg des Paradieses gesessen und auf die Erde hinuntergesehen hatten. Sie hatten so viel anzugucken gehabt, dass sie kaum Zeit gefunden hatten, ein Wort miteinander zu wechseln. Unser Herr hatte sich die ganze Zeit still verhalten, aber der heilige Petrus hatte bald vor Freude in die Hände geklatscht und bald wieder den Kopf mit Abscheu abgewendet. Bald hatte er gelächelt und gejubelt und bald hatte er geweint und gejammert. Endlich, als der Tag zur Neige ging und die Abenddämmerung sich auf das Paradies senkte, wendete sich unser Heiland an den heiligen Petrus und sagte, nun müsse er wohl froh und zufrieden sein. ‚Womit sollte ich wohl zufrieden sein?', fragte da Sankt Petrus in heftigem Tone. – ‚Je nun', sagte unser Herr sanftmütig, ‚ich glaubte, du würdest mit dem, was du heute gesehen hast, zufrieden sein.' – Aber der heilige Petrus wolle sich nicht besänftigen lassen. – ‚Es ist ja so wahr', sagte er, ‚dass ich so manches liebe Jahr darüber geklagt habe, dass Jerusalem in der Gewalt der Ungläubigen ist, aber nach allem, was sich heute zugetragen hat, meine ich, dass es ebenso gut hätte bleiben können, wie es war.'"

Raniero begriff nun, dass der Narr davon sprach, was im Laufe des Tages geschehen war. Er und die anderen Ritter begannen nun mit größerer Teilnahme zuzuhören als im Anfang.

„Als der heilige Petrus dies gesagt hatte", fuhr der Narr fort, indem er einen pfiffigen Blick auf die Ritter warf, „beugte er sich über die Zinnen des Turmes und wies zur Erde hinunter. Er zeigte unserm Herrn eine Stadt, die auf einem großen einsamen Felsen lag, der aus einem Gebirgstal aufragte. ‚Siehst du diese Leichenhaufen?', fragte er, ‚und siehst du das Blut, das über die Straßen strömt, und siehst du die nackten elenden Gefangenen, die in der Nachtkälte jammern, und siehst du alle die rauchenden Brandstätten?' Unser Herr erschien ihm nichts erwidern zu wollen und der heilige Petrus fuhr mit seinem Gejammer fort. Er sagte, wohl habe er dieser Stadt oft gezürnt, aber so übel habe er ihr doch nicht gewollt, dass es dort einmal so aussehen soll. Da endlich antwortete unser Herr und versuchte einen Einwand. – ‚Du kannst doch nicht leugnen, dass die christlichen Ritter ihr Leben mit der größten Unerschrockenheit gewagt haben', sagte er."

Hier wurde der Narr von Beifallsrufen unterbrochen, aber er beeilte sich fortzufahren.

„Nein, stört mich nicht", bat er. „Jetzt weiß ich nicht mehr, wo ich geblieben war. Ja, richtig, ich wollte eben sagen, dass der heilige Petrus sich ein paar Tränen wegwischte, die ihm in die Augen getreten waren und ihn am Sehen hinderten. ‚Nie hätte ich geglaubt, dass sie solche wilde Tiere sein würden', sagte er. ‚Sie haben ja den ganzen Tag gemordet und geplündert. Ich verstehe gar nicht, dass du es dir beifallen lassen konntest, dich kreuzigen zu lassen, um dir solche Bekenner zu schaffen.'"

Die Ritter nahmen den Scherz gut auf. Sie begannen laut und fröhlich zu lachen. „Was, Narr, der heilige Petrus ist wirklich so böse auf uns?", rief einer von ihnen.

„Sei jetzt still und lass uns hören, ob unser Herr uns nicht in Schutz genommen hat!", fiel ein andrer ein.

„Nein, unser Herr schwieg fürs Erste still", sagte der Narr. „Er wusste von alters her: Wenn Sankt Petrus so recht in Eifer gekommen war, war es vergebliche Mühe, ihm zu widersprechen. Er eiferte weiter und sagte, unser Herr möge nicht einwenden, dass sie sich schließlich doch erinnert hätten, in welche Stadt sie gekommen waren, und auf bloßen Füßen im Büßergewand in die Kirchen gegangen wären. Diese Andacht hätte ja gar nicht so lange gedauert, dass es überhaupt lohnte, davon zu sprechen. Und dann beugte er sich noch einmal über die Brüstung hinaus und wies auf Jerusalem hinunter. Er deutete auf das Lager der Christen davor. ‚Siehst du, wie deine Ritter ihren Sieg feiern?', fragte er. Und unser Herr sah, dass überall im Lager Trinkgelage gefeiert wurden. Ritter und Knechte saßen da und sahen syrischen Tänzerinnen zu. Gefüllte Becher kreisten, man würfelte um die Kriegsbeute, und – –"

„Man hörte Narren an, die alberne Geschichten erzählten", fiel Raniero ein. „War das nicht auch eine große Sünde?"

Der Narr lachte und nickte Raniero zu, als wollte er sagen: Na, warte nur, ich zahle dir's schon heim.

„Nein, unterbrecht mich nicht", bat er abermals, „ein armer Narr vergisst so leicht, was er sagen wollte. Ja, richtig, der heilige Petrus fragte unsern Herrn mit der strengsten Stimme, ob er meine, dass ihm dieses Volk große Ehre mache. Darauf musste unser Herr natürlich antworten, dass er das nicht meine. ‚Sie waren Räuber und Mörder, ehe sie von daheim auszogen', sagte Sankt Petrus, ‚und Räuber und Mörder sind sie auch heute noch. Dieses Unternehmen hättest du ebenso gut ungeschehen lassen können. Es kommt nichts Gutes dabei heraus.'"

„Na, na, Narr!" sagte Raniero mit warnender Stimme.

Aber der Narr schien eine Ehre dareinzusetzen, zu probieren, wie weit er gehen könne, ohne dass jemand aufspränge und ihn hinauswürfe, und er fuhr unerschrocken fort: „Unser Herr neigte nur den Kopf wie einer, der zugesteht, dass er gerecht gestraft wird. Aber beinahe in demselben Augenblick beugte er sich eifrig vor und sah mit noch größerer Aufmerksamkeit als vorher hinunter. Da guckte Sankt Petrus ebenfalls hin. ‚Wonach blickst du denn aus?‘, fragte er.“

Der Narr erzählte dies mit sehr lebhaftem Mienenspiel. Alle Ritter sahen sowohl unsern Herrn als auch Sankt Petrus vor Augen, und sie waren begierig, was es wohl sein mochte, was unser Herr erblickt haben sollte.

„Unser Herr antwortete, es sei nichts Besonderes“, sagte der Narr, „aber er ließ auf jeden Fall nicht davon ab, hinabzublicken. Sankt Petrus folgte der Richtung der Blicke unsres Herrn, und er konnte nichts andres finden, als dass unser Herr dasaß und in ein großes Zelt hinuntersah, vor dem ein paar Sarazenenköpfe auf lange Lanzen gespießt waren und wo eine Menge prächtiger Teppiche, goldener Tischgefäße und kostbarer Waffen, die in der heiligen Stadt erbeutet waren, aufgestapelt lagen. In diesem Zelte ging es ebenso zu wie sonst überall im Lager. Da saß eine Schar Ritter und leerte die Becher. Der einzige Unterschied mochte sein, dass hier noch mehr gelärmt und gezecht wurde als an irgendeinem andern Orte. Der heilige Petrus konnte nicht verstehen, warum unser Herr, als er dorthin blickte, so vergnügt war, dass ihm die Freude förmlich aus den Augen leuchtete. So viele strenge und furchtbare Gesichter, wie er dort erblickte, glaubte er kaum je um einen Zechtisch versammelt gesehen zu haben. Und der Wirt bei dem Gastmahl, der am oberen Tischende saß, war der Entsetzlichste von allen. Es war ein etwa fünfunddreißigjähriger Mann, furchtbar groß und grob, mit einem roten Gesicht, das von Narben und Schrammen durchkreuzt war, harten Fäusten und einer starken, polternden Stimme.“

Hier hielt der Narr einen Augenblick inne, als fürchte er, weiterzugehen, aber Raniero und den andern machte es Spaß, von sich selbst sprechen zu hören, und sie lachten nur über seine Dreistigkeit.

„Du bist ein kecker Bursche“, sagte Raniero, „lass uns nun sehen, wo du hinaus willst!“

„Endlich“, fuhr der Narr fort, „sagte unser Herr ein paar Worte, aus denen Sankt Petrus erriet, was der Grund seiner Freude war. Er fragte Sankt Petrus, ob er fehl sähe oder ob es wirklich so wäre, dass einer der Ritter ein brennendes Licht neben sich hätte.“

Raniero zuckte bei diesen Worten zusammen. Erst jetzt wurde er böse auf den Narren und streckte die Hand nach einem schweren Trinkhumpen aus, um ihn ihm ins Gesicht zu schleudern, aber er bezwang sich, um zu hören, ob der Bursche zu seiner Ehre oder zu seiner Schande sprechen wollte.

„Sankt Petrus sah nun", erzählte der Narr, „dass das Zelt im Übrigen zwar mit Fackeln beleuchtet war, dass aber einer der Ritter wirklich eine brennende Wachskerze neben sich stehen hatte. Es war eine große dicke Kerze, eine Kerze, die bestimmt war, einen ganzen Tag und eine ganze Nacht zu brennen. Der Ritter, der keinen Leuchter hatte, worein er sie hätte stecken können, hatte eine ganze Menge Steine ringsherum aufgehäuft, damit das Licht stehen könnte."

Die Tischgesellschaft brach bei diesen Worten in lautes Gelächter aus. Alle wiesen auf ein Licht, das neben Raniero auf dem Tische stand und ganz so aussah, wie der Narr es beschrieben hatte. Aber Raniero stieg das Blut zu Kopfe, denn dies war das Licht, das er vor ein paar Stunden am Heiligen Grabe hatte anzünden dürfen. Er hatte es nicht über sich gebracht, es auszulöschen.

„Als der heilige Petrus dieses Licht sah", sagte der Narr, „wurde es ihm freilich klar, woran unser Herr seine Freude gehabt hatte, aber zugleich konnte er es nicht lassen, ihn ein wenig zu bemitleiden. ‚Ja so', sagte er, ‚das ist der Ritter, der heute Morgen hinter Herrn Gottfried von Bouillon auf die Mauer sprang und am Abend sein Licht vor allen andern am Heiligen Grabe anzünden durfte.' – ‚Ja, so ist es', sagte unser Herr, ‚und wie du siehst, hat er sein Licht noch brennen.'"

Der Narr sprach jetzt sehr rasch, während er ab und zu einen lauernden Blick auf Raniero warf: „Der heilige Petrus konnte es noch immer nicht lassen, unsern Herrn ein ganz klein wenig zu bemitleiden. ‚Verstehst du denn nicht, warum er dieses Licht brennen hat?', sagte er. ‚Du glaubst wohl, dass er an deine Qual und deinen Tod denke, wenn er es sieht. Aber er denkt an nichts anderes als an den Ruhm, den er errang, als er als der Tapferste im ganzen Heere nach Gottfried von Bouillon anerkannt wurde.'"

Bei diesen Worten lachten alle Gäste Raniero aus. Raniero war sehr zornig, aber er zwang sich, gleichfalls zu lachen. Er wusste, dass alle es lächerlich gefunden hätten, wenn er nicht ein bisschen Spaß vertragen hätte.

„Aber unser Herr widersprach dem heiligen Petrus", sagte der Narr. „‚Siehst du nicht, wie ängstlich er um das Licht besorgt ist?', fragte er. ‚Er hält die Hand vor die Flamme, sobald jemand das Zelttuch lüftet, aus Furcht, dass die Zugluft es ausblasen könnte. Und er hat vollauf damit zu tun, die Nachtschmetterlinge zu verscheuchen, die herumfliegen und es zu verlöschen drohen.'"

Es wurde immer herzlicher gelacht, denn was der Narr sagte, war die reine Wahrheit. Raniero fiel es immer schwerer, sich zu beherrschen. Es war ihm, als könne er es nicht ertragen, dass jemand mit der heiligen Lichtflamme seinen Scherz trieb.

„Der heilige Petrus war jedoch misstrauisch", fuhr der Narr fort. „Er fragte unseren Herren, ob er diesen Ritter kenne. ‚Er ist nicht gerade einer, der häufig zur Messe ginge oder den Betschemel abnützte', sagte er. Aber unser Herr ließ sich von seiner Meinung nicht abbringen. ‚Sankt Petrus, Sankt Petrus!', sagte er feierlich. ‚Merke dir, dass der Ritter hier fortan frommer werden wird als Gottfried! Von wo gehen Milde und Frömmigkeit aus, wenn nicht von meinem Grabe? Du wirst Raniero di Ranieri Witwen und Not leidenden Gefangenen zu Hilfe kommen sehen. Du wirst sehen, wie er Kranke und Betrübte in seine Hut nimmt, so wie er jetzt die heilige Lichtflamme hütet.'"

Darüber erhob sich ein ungeheures Gelächter. Es deuchte alle, die Ranieros Laune und Leben kannten, sehr spaßhaft. Aber ihm selbst waren der Scherz und das Gelächter ganz unleidlich. Er sprang auf und wollte den Narren zurechtweisen. Dabei stieß er so heftig an den Tisch, der nichts andres war als eine auf lose Blöcke gelegte Tür, dass er wackelte und das Licht umfiel. Es zeigte sich nun, wie sehr es Raniero am Herzen lag, das Licht brennend zu erhalten. Er dämpfte seinen Groll und nahm sich Zeit, das Licht aufzuheben und die Flamme anzufachen, bevor er sich auf den Narren stürzte. Aber als er mit dem Lichte fertig war, war der Narr schon aus dem Zelte geeilt, und Raniero sah ein, dass es nicht der Mühe lohne, ihn im nächtlichen Dunkel zu verfolgen. Ich treffe ihn wohl noch ein andermal, dachte er und setzte sich wieder.

Die Tischgäste hatten inzwischen weidlich gelacht und einer von ihnen wollte den Spaß fortsetzen und wendete sich an Raniero. „Eins steht aber fest, Raniero, und das ist, dass du diesmal der Madonna in Florenz nicht das Kostbarste schicken kannst, was du im Kampfe errungen hast", sagte er.

Raniero fragte, warum er glaube, dass er diesmal seinem alten Brauche nicht treu bleiben würde.

„Aus keinem anderen Grunde“, sagte der Ritter, „als weil das Kostbarste, was du errungen hast, diese Lichtflamme ist, die du angesichts des ganzen Heeres in der heiligen Grabeskirche entzünden durftest. Und die nach Florenz zu schicken, wirst du wohl nicht im Stande sein.“

Wieder lachten die anderen Ritter, aber Raniero war jetzt in einer Laune, dass er das Verwegenste unternommen hätte, nur um ihrem Gelächter ein Ende zu machen. Er fasste rasch seinen Entschluss, rief einen alten Waffenträger zu sich und sagte zu ihm: „Mache dich zu langer Fahrt bereit, Giovanni! Morgen sollst du mit dieser heiligen Lichtflamme nach Florenz ziehen.“

Aber der Waffenträger weigerte sich schlankweg, diesen Befehl auszuführen. „Dies ist etwas, das ich nicht auf mich nehmen will“, sagte er. „Wie sollte es möglich sein, mit einer Lichtflamme nach Florenz zu reiten? Sie würde erlöschen, ehe ich noch das Lager verlasse.“

Raniero fragte einen seiner Mannen nach dem andern. Er erhielt von allen dieselbe Antwort. Sie schienen seinen Befehl kaum ernst zu nehmen.

Natürlich lachten die fremden Ritter, die seine Gäste waren, immer lauter und fröhlicher, je deutlicher es sich zeigte, dass keiner von den Mannen Ranieros Befehl ausführen wollte.

Raniero geriet in immer größere Erregung. Schließlich verlor er die Geduld und rief: „Diese Lichtflamme wird dennoch nach Florenz gebracht werden, und da kein andrer damit hinreiten will, werde ich es selbst tun.“

„Bedenke dich, bevor du so etwas versprichst!“, sagte ein Ritter. „Du reitest von einem Fürstentum fort!“

„Ich schwöre euch, dass ich diese Lichtflamme nach Florenz bringen werde!“, rief Raniero. „Ich werde tun, was kein anderer auf sich nehmen wollte.“

Der alten Waffenträger verteidigte sich: „Herr, für dich ist es ein ander Ding. Du kannst ein großes Gefolge mitnehmen, aber mich wolltest du allein ausschicken.“

Raniero jedoch war ganz außer sich und überlegte seine Worte nicht. „Ich werde auch allein ziehen“, sagte er.

Aber damit hatte Raniero sein Ziel erreicht. Alle im Zelte hatten zu lachen aufgehört. Sie saßen erschrocken da und starrten ihn an.

„Warum lacht ihr nicht mehr?“, fragte Raniero. „Für einen tapfern Mann ist dies Beginnen wohl für nichts mehr zu achten als ein Kinderspiel.“

## 3

Am nächsten Morgen, bei Tagesgrauen, bestieg Raniero sein Pferd. Er trug die volle Rüstung, aber darüber hatte er einen groben Pilgermantel geworfen, damit das Eisenkleid von den Sonnenstrahlen nicht allzu sehr erhitzt werde. Er war mit einem Schwert und einer Streitaxt bewaffnet und ritt ein gutes Pferd. Ein brennendes Licht hielt er in der Hand, und am Sattel hatte er ein paar große Bündel langer Wachskerzen befestigt, damit die Flamme nicht aus Mangel an Nahrung sterbe.

Raniero ritt langsam durch die überfüllte Zeltstraße, und so lange ging alles gut. Es war noch zu früh, dass die Nebel, die aus den tiefen Tälern rings um Jerusalem aufgestiegen waren, sich nicht zerstreut hatten, und Raniero ritt wie durch eine weiße Nacht. Das ganze Lager schlief und Raniero kam leicht an den Wachtposten vorbei. Keiner von ihnen rief ihn an, denn durch den dichten Nebel konnten sie ihn nicht sehen, und auf den Wegen lag fußhoher Staub, der die Schritte des Pferdes unhörbar machte.

Raniero war bald aus dem Bereiche des Lagers und schlug die Straße ein, die nach Joppe führte. Er hatte nun einen bessern Weg, aber er ritt noch immer ganz langsam, der Lichtflamme wegen. Die brannte schlecht in dem dichten Nebel, mit einem rötlichen, zitternden Schein. Und immer wieder kamen große Insekten, die mit knatternden Flügelschlägen gerade ins Licht stürzten. Raniero hatte vollauf damit zu tun, es zu hüten, aber er war guten Mutes und meinte noch immer, dass die Aufgabe, die er sich gestellt hätte, nicht schwerer wäre, als dass ein Kind sie bewältigen könnte.

Doch das Pferd ermüdete bei dem langsamen Trott und setzte sich in Trab. Da begann die Lichtflamme in der Zugluft zu zucken. Es half nichts, dass Raniero sie mit der Hand und mit dem Mantel zu schützen suchte. Er sah, dass sie ganz nahe daran war, zu erlöschen.

Aber er war durchaus nicht gewillt, sein Vorhaben so bald aufzugeben. Er hielt das Pferd an und saß ein Weilchen still und grübelte. Schließlich sprang er aus dem Sattel und versuchte, sich rücklings darauf zu setzen, sodass er die Flamme mit seinem Körper vor Wind und Zug schützte. So gelang es ihm, sie brennend zu erhalten, aber er merkte jetzt, dass die Reise sich beschwerlicher gestalten würde, als er anfangs geglaubt hatte.

Als er die Berge, die Jerusalem umgaben, hinter sich gelassen hatte, hörte der Nebel auf. Er ritt nun durch die tiefste Einsamkeit. Es gab weder

Menschen, noch Häuser, noch grüne Bäume oder Pflanzen, nur kahle Höhen.

Hier wurde Raniero von Räubern angefallen. Es war loses Gesindel, das dem Heere ohne Erlaubnis folgte und vom Rauben und Plündern lebte. Sie hatten hinter einem Hügel im Hinterhalt gelegen, und Raniero, der rittlings ritt, sah sie erst, als sie ihn schon umringt hatten und ihre Schwerter gegen ihn zückten.

Es waren etwa zwölf Männer, sie sahen recht jämmerlich aus und ritten auf erbärmlichen Pferden. Raniero sah gleich, dass es ihm nicht schwer fallen konnte, sich einen Weg durch die Schar zu bahnen und von dannen zu reiten. Aber er begriff, dass dies sich nicht tun ließe, ohne dass er das Licht von sich würfe. Und er wollte nach den stolzen Worten, die er heute Nacht gesprochen hatte, nicht so leicht von seinem Vorsatz abstehen.

Er sah daher keinen anderen Ausweg, als mit den Räubern ein Übereinkommen zu schließen. Er sagte, dass es ihnen, da er wohl bewaffnet sei und ein gutes Pferd reite, schwer fallen würde, ihn zu überwinden, wenn er sich verteidigte. Aber da er durch ein Gelöbnis gebunden sei, wolle er ihnen keinen Widerstand leisten, sondern sie dürften ohne Kampf alles nehmen, was sie begehrten, wenn sie nur versprächen, sein Licht nicht auszulöschen.

Die Räuber hatten sich auf einen harten Strauß gefasst gemacht. Sie waren über Ranieros Vorschlag sehr erfreut und machten sich sogleich daran, ihn ausplündern. Sie nahmen ihm Rüstung und Ross, Waffen und Geld. Das Einzige, was ihm ließen, waren der grobe Mantel und die beiden Kerzenbündel. Sie hielten auch ehrlich ihr Versprechen, die Lichtflamme nicht zu löschen.

Einer von ihnen hatte sich auf Ranieros Pferd geschwungen. Als er merkte, wie gut es war, schien er ein wenig Mitleid mit dem Ritter zu empfinden. Er rief ihm zu: „Siehst du, wir wollen nicht gar zu hart gegen einen Christenmenschen sein. Du sollst mein altes Pferd haben, um darauf zu reiten."

Es war eine elende Schindmähre und bewegte sich so starr und steif, als wenn es aus Holz wäre.

Als die Räuber endlich verschwunden waren und Raniero daran ging, sich auf den elenden Klepper zu setzen, sagte er zu sich selbst: „Ich muss wohl von dieser Lichtflamme verhext sein. Um ihretwillen reite ich nun wie ein toller Bettler meinen Weg."

Er sah ein, dass es das Klügste gewesen wäre, umzukehren, weil das Vorhaben wirklich unausführbar war. Aber ein so wichtiges Verlangen, es zu vollbringen, war über ihn gekommen, dass er der Lust nicht widerstehen konnte, auszuharren.

Er zog also weiter. Noch immer sah er dieselben kahlen, lichtgelben Höhen um sich. Nach einer Weile ritt er an einem jungen Hirten vorbei, der vier Ziegen hütete. Als Raniero die Tiere auf dem nackten Boden weiden sah, fragte er sich, ob sie wohl Erde äßen.

Dieser Hirte hatte wahrscheinlich früher eine größere Herde besessen, die ihm von den Kreuzfahrern gestohlen worden war. Als er nun einen einsamen Christen heranreiten sah, suchte er ihm alles Böse zu tun, was er nur konnte. Er stürzte auf ihn zu und schlug mit seinem Stab nach seinem Lichte. Raniero war von der Lichtflamme so gefesselt, dass er sich nicht einmal gegen einen Hirten verteidigen konnte. Er zog nur das Licht an sich, um es zu schützen. Der Hirte schlug noch ein paar Mal danach, aber dann blieb er erstaunt stehen und hörte zu schlagen auf. Er sah, dass Ranieros Mantel in Brand geraten war, aber Raniero tat nichts, um das Feuer zu ersticken, solange die Lichtflamme in Gefahr war. Man sah es dem Hirten an, dass er sich schämte. Er folgte Raniero lange nach, und an einer Stelle, wo der Weg sehr schmal an zwei Abgründen vorbeiging, kam er heran und führte sein Pferd.

Raniero lächelte und dachte, dass der Hirte ihn sicherlich für einen heiligen Mann halte, der eine Bußübung vornehme.

Gegen Abend begannen Raniero Menschen entgegenzukommen. Es war nämlich so, dass das Gerücht vom Falle Jerusalems sich schon während der Nacht die Küste entlang verbreitet hatte, und eine Menge Leute hatten sich sogleich bereit gemacht, hinzuziehen. Es waren Pilger, die schon jahrelang auf die Gelegenheit warteten, Jerusalem zu betreten, es waren nachgesendete Truppen, und vor allem waren es Kaufleute, die mit Wagenladungen von Lebensmitteln hineilten.

Als diese Scharen Raniero begegneten, der rücklings mit einem brennenden Lichte in der Hand geritten kam, riefen sie: „Ein Toller, ein Toller!“

Die meisten waren Italiener, und Raniero hörte, wie sie in seiner eigenen Zunge riefen: *pazzo, pazzo!,* was ein Toller, ein Toller! bedeutet.

Raniero, der sich den ganzen Tag so wohl im Zaum zu halten verstanden hatte, wurde durch diese sich stets wiederholenden Rufe heftig gereizt. Mit einem Male sprang er aus dem Sattel und begann mit seinen harten Fäusten die Rufenden zu züchtigen. Als die Leute merkten, wie schwer die Schläge waren, die da fielen, entstand eine allgemeine Flucht, und er stand bald allein auf dem Wege.

Nun kam Raniero wieder zu sich selbst. „Wahrlich, sie hatten Recht, als sie dich einen Tollen nannten", sagte er, indem er sich nach dem Lichte umsah, denn er wusste nicht, was er damit angefangen hatte. Endlich sah er, dass es vom Weg in einen Graben gekollert war. Die Flamme war erloschen, aber er sah Feuer in einem trockenen Grasbüschel dicht daneben glimmen und begriff, dass das Glück ihn nicht verlassen hatte, denn das Licht musste das Gras in Brand gesetzt haben, bevor es erloschen war.

„Dies hätte leicht ein trauriges Ende großer Mühsal werden können", dachte er, während er das Licht entzündete und sich wieder in den Sattel schwang. Er fühlte sich recht gedemütigt. Es kam ihm jetzt nicht sehr wahrscheinlich vor, dass seine Fahrt gelingen würde.

Gegen Abend kam Raniero nach Ramle und ritt dort zu einem Hause, wo Karawanen Herberge für die Nacht zu suchen pflegten. Es war ein großer überbauter Hof. Ringsum waren kleine Verschläge, wo die Reisenden ihre Pferde einstellen konnten. Es gab keine Stuben, sondern die Menschen schliefen neben den Tieren.

Es war schon eine große Menschenmenge da, aber der Wirt schaffte noch Raum für Raniero und sein Pferd. Er gab auch dem Pferde Futter und dem Reiter Nahrung.

Als Raniero merkte, dass er so gut behandelt wurde, dachte er: „Ich fange fast zu glauben an, dass die Räuber mir einen Dienst erwiesen haben, als sie mir meine Rüstung und mein Pferd raubten. Sicherlich komme ich mit meiner Bürde leichter durchs Land, wenn man mich für einen Wahnsinnigen hält."

Als Raniero das Pferd in den Stand geführt hatte, setzte er sich auf ein Bund Stroh und behielt das Licht in den Händen. Es war seine Absicht, nicht zu schlafen, sondern die ganze Nacht wach zu bleiben.

Doch kaum hatte sich Raniero niedergesetzt, als er auch schon einschlummerte. Er war furchtbar müde, er streckte sich im Schlafe aus, so lang er war, und schlief bis zum Morgen.

Als er erwachte, sah er weder die Lichtflamme noch die Kerze. Er suchte im Stroh danach, aber fand sie nirgends.

„Jemand wird sie mir weggenommen und ausgelöscht haben", sagte er.

Und er versuchte zu glauben, dass er sich freue, weil alles aus war und er ein unmögliches Vorhaben nicht zu verfolgen brauchte.

Aber während er so dachte, empfand er sogleich eine innere Leere und Trauer. Es war ihm, als hätte er sich das Gelingen eines Vorsatzes nie sehnlicher gewünscht als eben diesmal.

Er führte das Pferd aus dem Stande, striegelte es und legte den Sattel auf.

Als er fertig war, kam der Wirt, dem die Karawanserei gehörte, mit einem brennenden Lichte auf ihn zu. Es sagte auf Fränkisch: „Ich musste dir gestern das Licht nehmen, als du einschliefst, aber hier hast du es wieder."

Raniero ließ sich nichts anmerkten, sondern sagte ganz gelassen: „Es war klug von dir, dass du es ausgelöscht hast."

„Ich habe es nicht ausgelöscht", sagte der Mann. „Ich sah, dass du es brennen hattest, als du kamst, und ich glaubte, es sei von Gewicht für dich, dass es weiterbrenne. Wenn du siehst, um wie viel es sich verringert hat, wirst du begreifen, dass es die ganze Nacht gebrannt hat."

Raniero strahlte vor Freude. Er rühmte den Wirt sehr und ritt in bester Laune weiter.

## 4

Als Raniero von Jerusalem aufbrach, hatte er den Seeweg von Joppe nach Italien nehmen wollen. Aber er änderte diesen Entschluss, als die Räuber ihn um sein Geld plünderten, und beschloss, über Land zu ziehen.

Es war eine lange Reise. Er zog von Joppe nördlich, der Küste Syriens entlang. Dann ging die Fahrt nach Westen, längs der Halbinsel von Kleinasien. Dann wieder nördlich bis hinauf nach Konstantinopel. Und von dort hatte er noch eine ansehnliche Strecke Wegs bis Florenz.

Während dieser ganzen Zeit lebte Raniero von frommen Gaben. Meistens waren es die Pilger, die nun in Massen nach Jerusalem strömten, die ihr Brot mit ihm teilten.

Obgleich Raniero fast immer allein ritt, waren seine Tage weder lang noch einförmig. Er hatte allezeit die Lichtflamme zu hüten und konnte sich um ihretwillen niemals ruhig fühlen. Es brauchte nur ein Wind, nur ein Regentropfen zu kommen, und es war um sie geschehen.

Während Raniero einsame Wege ritt und nur daran dachte, die Lichtflamme am Leben zu erhalten, kam es ihm in den Sinn, dass er schon einmal zuvor etwas Ähnliches erlebt hatte. Er hatte schon einmal zuvor einen Menschen über etwas wachen sehen, was ebenso verletzlich war wie eine Lichtflamme.

Dies schwebte ihm anfangs so undeutlich vor, dass er nicht recht wusste, ob es etwas war, was er geträumt hätte.

Aber während er einsam durch das Land zog, kam der Gedanke, dass er schon einmal etwas Ähnliches miterlebt habe, unablässig wieder.

„Es ist, als hätte ich mein ganzes Leben lang von nichts anderm gehört", sagte er.

Eines Abends ritt Raniero in eine Stadt ein. Es dunkelte, und die Frauen standen in den Türen und schauten nach ihren Männern aus. Da sah Raniero eine, die hoch und schlank war und ernste Augen hatte. Sie erinnerte ihn an Francesca degli Uberti.

In demselben Augenblick gelangte Raniero zur Klarheit, worüber er nachgegrübelt hatte. Er dachte, dass für Francesca ihre Liebe sicherlich wie eine Lichtflamme gewesen war, die sie immer brennend hatte erhalten wollen, und von der sie stets gefürchtet hatte, dass Raniero sie verlöschen würde. Er wunderte sich über diesen Gedanken, aber immer mehr ward es ihm zur Gewissheit, dass es sich so verhielt. Zum ersten Male begann er zu verstehen, warum Francesca ihn verlassen hatte und dass er sie nicht durch Waffentaten wiedererobern konnte.

* *
*

Ranieros Reise wurde sehr langwierig. Und dies nicht zum Wenigsten darum, weil er sie nicht fortsetzen konnte, wenn das Wetter ungünstig war. Dann saß er in der Karawanserei und bewachte die Lichtflamme. Das waren sehr harte Tage.

Eines Tages, als Raniero über den Berg Libanon ritt, sah er, dass sich die Wolken zu einem Unwetter zusammenzogen. Er war da hoch oben zwischen furchtbaren Klüften und Abstürzen, fern von allen menschlichen Behausungen. Endlich erblickte er auf einer Felsspitze ein sarazenisches Heiligengrab. Es war ein kleiner viereckiger Steinbau mit gewölbtem Dache. Es deuchte ihn am besten, seine Zuflucht dorthin zu nehmen.

Kaum war Raniero hineingekommen, als ein Schneesturm losbrach, der zwei Tage raste. Zugleich kam eine so furchtbare Kälte, dass er nahe daran war zu erfrieren.

Raniero wusste, dass es draußen auf dem Berge genug Zweige und Reisig gab, sodass es ein leichtes für ihn gewesen wäre, Brennstoff zu einem Feuer zu sammeln. Allein er hielt die Lichtflamme, die er trug, sehr heilig und wollte mit ihr nichts andres entzünden als die Lichter vor dem Altar der heiligen Jungfrau.

Das Unwetter wurde immer ärger, und schließlich hörte er heftiges Donnern und sah Blitze. Und ein Blitz schlug auf dem Berge dicht vor dem Grabe ein und entzündete einen Baum. Und so hatte Raniero eine Flamme, ohne dass er das heilige Feuer anzutasten brauchte.

*   *
*

Als Raniero durch einen öden Teil der Berggegend von Zilizien ritt, ging sein Licht zur Neige. Die Kerzenbündel, die er von Jerusalem mitgebracht hatte, waren längst aufgebraucht, aber er hatte sich doch weiterhelfen können, weil auf dem ganzen Wege christliche Gemeinden gewesen waren, wo er sich neue Lichte erbetteln konnte.

Aber nun war sein Vorrat zu Ende, und er glaubte, dass dies das Ende seiner Fahrt sein würde.

Als das Licht so tief herabgebrannt war, dass die Flamme seine Hand versenkte, sprang er vom Pferde, sammelte Reisig und trockenes Gras und entzündete dies mit dem letzten Überbleibsel der Flamme. Aber auf dem Berge fand sich nicht viel, was brennen konnte, und das Feuer musste bald verlöschen.

Wie Raniero so saß und sich darüber betrübte, dass die heilige Flamme sterben musste, hörte er vom Wege her Gesang und eine Prozession von Wallfahrern kam mit Kerzen in den Händen den Pfad herangezogen. Sie waren auf dem Wege zu einer Grotte, in der ein heiliger Mann gelebt hatte, und Raniero schloss sich ihnen an. Unter ihnen befand sich auch eine Frau, die alt war und nur schwer gehen konnte, und Raniero half ihr und schleppte sie auf den Berg hinauf.

Als sie ihm dann dankte, machte er ihr ein Zeichen, dass sie ihm ihre Kerze geben möge. Und sie tat es, und auch mehrere andere schenkten ihm die Kerzen, die sie trugen.

# DAS ROTKEHLCHEN

Meister Bertram Erschaffung der Tiere

# Das Rotkehlchen

Werkstatt des Wolgemut — Erschaffung der Vögel

Schongauer Kreuztragung

Huber Kreuzaufrichtung

Cranach

Christus am Kreuz

Rembrandt Kreuzabnahme

Meister Francke Leichnam Christi

A. Bouts Schmerzensmann

Er löschte die Lichter und eilte den Pfad hinunter und entzündete eines von ihnen an der letzten Glut des Feuers, das von der heiligen Flamme entzündet war.

* *
*

Einmal, um die Mittagsstunde, war es sehr heiß, und Raniero hatte sich in einem Gebüsch schlafen gelegt. Er schlief tief, und das Licht stand zwischen ein paar Steinen neben ihm. Aber als Raniero ein Weilchen geschlafen hatte, begann es zu regnen, und dies dauerte ziemlich lange an, ohne dass er erwachte. Als er endlich aus dem Schlummer auffuhr, war der Boden rings um ihn nass, und er wagte kaum zu dem Lichte hinzusehen, aus Furcht, dass es erloschen sein könnte.

Aber das Licht brannte still und ruhig mitten im Regen, und Raniero sah, dass dies daher kann, dass zwei kleine Vögelchen über der Flamme flogen und flatterten. Sie schnäbelten sich und hielten die Flügel ausgebreitet, und so hatten sie die Lichtflamme vor dem Regen geschützt.

Raniero nahm sogleich seine Kapuze ab und hängte sie über das Licht. Dann streckte er die Hand nach dem kleinen Vögelchen aus, denn er hatte Lust, sie zu liebkosen. Und siehe da, keiner von ihnen flog von ihm fort, sondern er konnte sie einfangen.

Raniero staunte sehr, dass die Vögel keine Angst vor ihm hatten. Aber er dachte: Das kommt daher, dass sie wissen, dass ich keinen andern Gedanken hatte, als das zu schützen, was das Schutzbedürftigste ist, darum fürchten sie mich nicht.

* *
*

Raniero ritt in der Nähe von Nizäa. Da begegnete er ein paar abendländischen Rittern, die ein Entsatzheer ins Heilige Land führten. In dieser Schar befand sich auch Robert Taillefer, der ein wandernder Ritter und Troubadour war.

Raniero kam in seinem fadenscheinigen Mantel mit dem Lichte in der Hand herangeritten, und die Krieger begannen wie gewöhnlich zu rufen: „Ein Toller, ein Toller!“

Aber Robert hieß sie schweigen und sprach den Reiter an:

„Bist du lange so gezogen?", fragte er ihn.

„Ich bin so von Jerusalem hergeritten", antwortete Raniero.

„Ist dein Licht unterwegs nicht oftmals erloschen?"

„An meiner Kerze brennt noch dieselbe Flamme, wie da ich von Jerusalem auszog", sagte Raniero.

Da sprach Robert Taillefer zu ihm: „Ich bin auch einer von denen, die eine Flamme tragen, und ich wollte, dass sie ewig brennen könnte. Aber vielleicht kannst du, der du dein Licht brennend von Jerusalem hergebracht hast, mir sagen, was ich tun solle, auf dass sie nicht erlösche."

Da erwiderte Raniero: „Herr, das ist ein schweres Beginnen, obgleich es von geringem Gewicht erscheint. Ich will Euch wahrlich nicht zu solch einem Vorhaben raten. Denn diese kleine Flamme verlangt von Euch, dass ihr ganz aufhört, an etwas andres zu denken. Sie gestattet Euch nicht, eine Liebste zu haben, falls ihr zu derlei geneigt sein solltet, auch dürft Ihr es um dieser Flamme willen nicht wagen, Euch bei einem Trinkgelage niederzulassen. Ihr dürft nichts andres im Sinn haben als eben diese Flamme, und keine andre Freude darf Euch Eigen sein. Aber warum ich Euch vor allem abrate, dieselbe Fahrt zu tun, die ich nun versucht habe, das ist, weil Ihr Euch keinen Augenblick sicher fühlen könnt. Aus wie vielen Gefahren Ihr auch die Flamme gerettet haben mögt, Ihr dürft Euch doch keinen Augenblick geborgen wähnen, sondern Ihr müsst darauf gefasst sein, dass sie Euch im nächsten Augenblick entrissen werde."

Aber Robert Taillefer warf den Kopf stolz zurück und sagte: „Was du für deine Lichtflamme getan hast, das werde ich auch für die meine zu tun wissen."

*　　*
*

Raniero war nach Italien gekommen. Er ritt eines Tages auf einsamen Pfaden durch das Gebirge. Da kam ihm eine Frau nachgeeilt und bat ihn um Feuer von seinem Lichte. „Bei mir ist das Feuer erloschen", sagte sie, „meine Kinder hungern. Leihe mir Feuer, damit ich meinen Ofen wärmen und ihnen Brot backen kann!"

Sie streckte die Hand nach dem Lichte aus, aber Raniero entzog es dir, weil er nicht zulassen wollte, dass etwas andres an dieser Flamme entzündet werde als die Lichter vor dem Bilde der heiligen Jungfrau.

Da sagte die Frau zu ihm: „Gib mir Feuer, Pilger, denn meiner Kinder Leben ist die Flamme, die brennend zu bewahren mir auferlegt ist!“ Und um dieser Worte willen ließ Raniero sie den Docht ihrer Lampe an seiner Flamme entzünden.

Einige Stunden später ritt Raniero in ein Dorf. Es lag hoch oben auf dem Berge, sodass bittre Kälte dort herrschte. Ein junger Bauer stand am Wege und sah den armen Mann, der in seinem fadenscheinigen Rocke geritten kam. Rasch nahm er den kurzen Mantel ab, den er trug, und warf ihn dem Reiter zu. Aber der Mantel fiel gerade auf das Licht und löschte die Flamme.

Da erinnerte sich Raniero an die Frau, die Feuer von ihm geliehenen hatte. Er kehrte zu ihr zurück und entzündete sein Licht wiederum mit heiligem Feuer.

Als er weiterreiten wollte, sagte er zu ihr: „Du sagst, die Lichtflamme, die du zu hüten hast, sei das Leben deiner Kinder. Kannst du mir sagen, welchen Namen die Lichtflamme trägt, die ich so weither bringe?“

„Wo wurde deine Lichtflamme entzündet?“, fragte die Frau.

„Sie wurde an Christi Grab entzündet.“

„Dann kann sie wohl nicht anders heißen als Milde und Menschenliebe“, sagte sie.

Raniero musste über die Antwort lachen. Er deuchte sich ein seltsamer Apostel für solche Tugenden.

* *
*

Raniero ritt zwischen blauen Hügeln von schöner Gestalt. Er sah, dass er sich in der Nähe von Florenz befand.

Er dachte daran, dass er nun bald von der Lichtflamme befreit sein würde. Er erinnerte sich an sein Zelt in Jerusalem, das er voll Kriegsbeute zurückgelassen hatte, und an die tapferen Krieger, die er noch in Palästina hatte und die sich freuen würden, wenn er das Kriegerhandwerk wieder aufnähme und sie zu Siegen und Eroberungen führte.

Da merkte Raniero, dass er keineswegs Freude empfand, wenn er daran dachte, sondern dass seine Gedanken lieber eine andre Richtung nahmen.

Raniero sah zum ersten Male ein, dass er nicht mehr derselbe Mann war, als der er Jerusalem verlassen hatte. Dieser Ritt mit der Lichtflamme hatte ihn gezwungen, sich an allen zu freuen, die friedfertig und klug und barmherzig waren, und die Wilden und Streitsüchtigen zu verabscheuen.

Er wurde jedes Mal froh, wenn er an Menschen dachte, die friedlich in ihrem Heim arbeiteten, und es ging ihm durch den Sinn, dass er gern in seiner alten Werkstatt in Florenz einziehen und schöne kunstreiche Arbeit verfertigen wolle.

Wahrlich, diese Flamme hat mich umgewandelt, dachte er. Ich glaube, sie hat einen andern Menschen aus mir gemacht.

## 5

Es war Ostern, als Raniero in Florenz einritt.

Kaum war er durch das Stadttor gekommen, rücklings reitend, die Kapuze über das Gesicht gezogen und das brennende Licht in der Hand, als auch schon ein Bettler aufsprang und das gewohnte: *„Pazzo, pazzo!“* rief.

Auf diesen Ruf stürzte ein Gassenjunge aus einem Torweg, und ein Tagedieb, der die längste Zeit nichts andres zu tun gehabt hatte, als dazuliegen und den Himmel anzugucken, sprang auf seine Füße. Und beide begannen dasselbe zu rufen: *„Pazzo, pazzo!“*

Da ihrer nun drei waren, die schrien, so machten sie Lärm genug, um alle Burschen aus der ganzen Straße aufzuscheuchen. Diese kamen aus Ecken und Winkeln herbeigestürzt, und sowie sie Raniero in seinem fadenscheinigen Mantel auf seinem elenden Klepper gewahrten, riefen sie: *„Pazzo, pazzo!“*

Aber es war nichts andres, als woran Raniero schon gewöhnt war. Er ritt still durch die Gasse, ohne die Schreier zu beachten.

Sie begnügten sich jedoch nicht damit, zu rufen, sondern einer von ihnen sprang in die Höhe und versuchte das Licht auszublasen.

Raniero hob das Licht empor. Zugleich versuchte er, das Pferd anzutreiben, um den Jungen zu entkommen.

Doch die hielten gleichen Schritt mit ihm und taten alles, was sie konnten, um das Licht auszulöschen.

Je mehr Raniero sich anstrengte, die Flamme zu behüten, desto eifriger wurden sie. Sie sprangen einander auf den Rücken, sie bliesen die Backen auf und pusteten. Sie warfen ihre Mützen nach dem Licht. Nur weil ihrer so viele waren und sie einander wegdrängten, gelang es ihnen nicht, die Lichtflamme zu töten.

Auf der Gasse herrschte das fröhlichste Treiben. An den Fenstern standen Leute und lachten. Niemand fühlte Mitleid mit dem Verrückten, der seine Lichtflamme verteidigen wollte. Es war Kirchenzeit, und viele Kirchenbesucher waren auf dem Wege zur Messe. Auch sie blieben stehen und lachten über den Spaß.

Aber nun stand Raniero aufrecht im Sattel, um das Licht zu bergen. Er sah wild aus. Die Kapuze war hinabgesunken, und man sah sein Gesicht, das bleich und abgezehrt war wie das eines Märtyrers. Das Licht hielt er erhoben, so hoch er vermochte.

Die ganze Gasse war ein einziges Gewühl. Auch die Ältern begannen an dem Spiele teilzunehmen. Die Frauen wehten mit ihren Kopftüchern und die Männer schwenkten die Barette. Alle arbeiteten daran, das Licht zu verlöschen.

Raniero ritt nun an einem Hause vorbei, das einen Altan hatte. In diesem stand eine Frau. Sie beugte sich über das Geländer, riss das Licht an sich und eilte damit hinein.

Das ganze Volk brach in schallendes Gelächter und Jubel aus, aber Raniero wankte im Sattel und stürzte auf die Straße.

Aber wie er da ohnmächtig und geschlagen lag, wurde die Straße sogleich menschenleer.

Keiner wollte sich des Gefallenen annehmen. Sein Pferd allein blieb neben ihm stehen.

Sowie die Volksmenge sich von der Straße zurückgezogen hatte, kam Francesca degli Uberti mit einem brennenden Licht in der Hand aus ihrem Hause. Sie war noch schön, ihre Züge waren sanft und ihre Augen ernst und tief.

Sie ging auf Raniero zu und beugte sich über ihn. Raniero lag bewusstlos, aber in dem Augenblick, in dem der Lichtschein auf sein Antlitz fiel, machte er eine Bewegung und fuhr auf. Es sah aus, als ob die Lichtflamme alle Macht über ihn hätte. Als Francesca sah, dass er zur Besinnung erwacht war, sagte sie: „Hier hast du dein Licht. Ich entriss es dir, weil ich sah, wie sehr es dir am Herzen lag, es brennend zu erhalten. Ich wusste keinen andern Weg, um dir zu helfen."

Raniero hatte sich beim Fallen übel zugerichtet. Aber nun konnte niemand ihn halten. Er begann sich langsam aufzurichten. Er wollte gehen, schwankte aber und war nahe daran, wieder zu fallen. Da versuchte er, sein Pferd zu besteigen. Francesca half ihm. „Wo willst du hin?“, fragte sie, als er wieder im Sattel saß. „Ich will zur Domkirche“, sagte er. „Dann will ich dich geleiten“, sagte sie, „denn ich gehe zur Messe.“ Und sie nahm den Zügel und führte sein Pferd.

Francesca hatte Raniero vom ersten Augenblick an erkannt. Aber Raniero sah nicht, wer sie war, denn er gönnte sich nicht die Zeit, sie zu betrachten. Er hielt den Blick nur auf die Lichtflamme geheftet.

Auf dem Wege sprachen sie kein Wort. Raniero dachte nur an die Lichtflamme, daran, sie in diesen letzten Augenblicken wohl zu hüten. Francesca konnte nicht sprechen, weil es sieht deuchte, dass sie nicht klaren Bescheid über das haben wolle, was sie fürchtete. Sie konnte nichts andres glauben, als dass Raniero wahnsinnig heimgekommen wäre. Aber obgleich sie beinahe davon überzeugt war, wollte sie doch lieber nicht mit ihm sprechen, um nicht volle Gewissheit zu erlangen.

Nach einer Weile hörte Raniero, wie jemand neben ihm weinte. Er sah sich um und merkte, dass es Francesca degli Uberti war, die neben ihm ging, und wie sie so gingen, weinte sie. Aber Raniero sah sie nur einen Augenblick und sagte nichts zu ihr. Er wollte nur an die Lichtflamme denken.

Raniero ließ sich zur Sakristei führen. Da stieg er vom Pferde. Er dankte Francesca für ihre Hilfe, sah aber noch immer nicht sie an, sondern das Licht. Er ging allein in die Sakristei zu den Geistlichen.

Francesca trat in die Kirche. Es war Karsamstagabend, und alle Lichte in der Kirche standen unentzündet auf ihren Altären, zum Zeichen der Trauer. Francesca deuchte es, dass auch bei ihr jede Flamme der Hoffnung, die einst in ihr gebrannt hatte, erloschen wäre.

In der Kirche ging es sehr feierlich zu. Vor dem Altare standen viele Priester. Zahlreiche Domherren saßen im Chore und der Bischof zuoberst unter ihnen.

Nach einer Weile merkte Francesca, dass unter den Geistlichen eine Bewegung entstand. Beinahe alle, die nicht bei der Messe anwesend sein mussten, erhoben sich und gingen in die Sakristei. Schließlich ging auch der Bischof.

Als die Messe zu Ende war, betrat ein Geistlicher den Chor und begann zum Volke zu sprechen. Er erzählte, dass Raniero di Ranieri mit heiligem Feuer aus Jerusalem nach Florenz gekommen war. Er erzählte, was der

Ritter auf dem Wege geduldet und erlitten hatte. Und er pries ihn über alle Maßen.

Die Menschen saßen staunend da und hörten dies. Francesca hatte nie eine so selige Stunde erlebt. „O Gott“, seufzte sie, „dies ist mehr Glück, als ich ertragen kann.“ Ihre Tränen strömten, während sie lauschte.

Der Priester sprach lange und beredt. Zum Schlusse sagte er mit mächtiger Stimme: „Nun kann es gewisslich eine geringe Sache scheinen, dass eine Lichtflamme hierher nach Florenz gebracht wurde. Aber ich sage euch: Betet zu Gott, dass er Florenz viele Träger des ewigen Feuers schenke, dann wird es eine große Macht werden und gebenedeit unter den Städten!“

Als der Priester zu Ende gesprochen hatte, wurden die Haupttore der Domkirche weit geöffnet, und eine Prozession, so gut sie sich in aller Eile hatte ordnen können, zog herein. Da gingen Domherren und Mönche und Geistliche, und sie zogen durch den Mittelgang zum Altare. Zuallerletzt ging der Bischof und an seiner Seite Raniero in demselben Mantel, den er auf dem ganzen Wege getragen hatte.

Aber als Raniero über die Schwelle der Kirche trat, stand ein alter Mann auf und ging auf ihn zu. Es war Oddo, der Vater eines Gesellen, den Raniero in seiner Werkstatt gehabt hatte und der sich um seinetwillen erhängt hatte.

Als dieser Mann zum Bischof und zu Raniero gekommen war, neigte er sich vor ihnen. Hierauf sagte er mit so lauter Stimme, dass alle in der Kirche ihn hörten: „Es ist eine große Sache für Florenz, dass Raniero mit heiligem Feuer von Jerusalem gekommen ist. Solches ist nie zuvor vernommen worden. Vielleicht, dass darum auch manche sagen werden, es sei unmöglich. Darum bitte ich, dass man das ganze Volk wissen lasse, welche Beweise und Zeugen Raniero dafür gebracht hat, dass dies wirklich Feuer ist, das in Jerusalem entzündet wurde.“

Als Raniero diese Worte vernahm, sagte er: „Nun helfe mir Gott. Wie könnte ich Zeugen haben? Ich habe den Weg allein gemacht. Wüste und Wildnisse mögen kommen und für mich zeugen.“

„Raniero ist ein ehrlicher Ritter“, sagte der Bischof, „und wir glauben ihm auf sein Wort.“

„Raniero hätte wohl selbst wissen können, dass hierüber Zweifel entstehen würden“, sagte Otto. „Er wird wohl nicht ganz allein geritten sein. Seine Knappen können wohl für ihn zeugen.“

Da trat Francesca degli Uberti aus der Volksmenge und eilte auf Raniero zu. „Was braucht es Zeugen?“, rief sie. „Alle Frauen von Florenz wollen einen Eid darauf ablegen, dass Raniero die Wahrheit spricht.“

Da lächelte Raniero, und sein Gesicht erhellte sich für einen Augenblick. Aber dann wendete er seine Blicke und seine Gedanken wieder der Lichtflamme zu.

In der Kirche entstand ein großer Aufruhr. Einige sagten, dass Raniero die Lichter auf dem Altar nicht entzünden dürfe, ehe seine Sache bewiesen war. Zu diesen gesellten sich viele seiner alten Feinde.

Da erhob sich Jacopo degli Uberti und sprach für Ranieros Sache. „Ich denke, dass alle hier wissen, dass zwischen mir und meinem Eidam nicht allzu große Freundschaft geherrscht hat“, sagte er, „aber jetzt wollen sowohl ich wie meine Söhne uns für ihn verbürgen. Wir glauben, dass er die Tat vollbracht hatte, und wir wissen, dass er, der es vermocht hat, ein solches Unternehmen auszuführen, ein weiser, behutsamer und edel gesinnter Mann ist, den wir uns freuen, in unserer Mitte aufzunehmen.“

Aber Oddo und viele andre waren nicht gesonnen, Raniero das Glück, das er erstrebte, zu gönnen. Sie sammelten sich in einem dichten Haufen, und es war leicht zu sehen, dass sie von ihrer Forderung nicht abstehen wollten.

Raniero begriff, dass sie, wenn es nun zum Kampfe käme, gleich versuchen würden, nach der Lichtflamme zu trachten. Während er die Blicke fest auf seine Widersacher geheftet hielt, hob er das Licht so hoch empor, als er nur konnte.

Er sah todmüde und verzweifelt aus. Man sah ihm an, dass er, wenn er auch so lange wie möglich aushalten wollte, doch nur eine Niederlage erwartete. Was frommte es ihm nun, wenn er die Flamme entzünden dürfte! Oddos Worte waren ein Todesstreich gewesen. Wenn der Zweifel einmal geweckt war, dann musste er sich verbreiten und wachsen. Es deuchte ihn, dass Oddo schon die Lichtflamme für alle Zeit gelöscht hätte.

Ein kleines Vöglein flatterte durch die großen geöffneten Tore in die Kirche. Es flog geradeswegs auf Ranieros Licht zu. Dieser konnte es nicht so rasch zurückziehen, der Vogel stieß daran und löschte die Flamme.

Ranieros Arm sank herunter, die Tränen traten ihm in die Augen. Aber im ersten Augenblick empfand er dies als eine Erleichterung. Es war besser, als dass Menschen sie getötet hätten.

Das kleine Vöglein setzte seinen Flug in die Kirche fort, verwirrt hin

# UNSER HERR
# UND DER HEILIGE PETRUS

Fra Angelico — Christus als Weltenrichter am Jüngsten Tag

## Unser Herr und der heilige Petrus

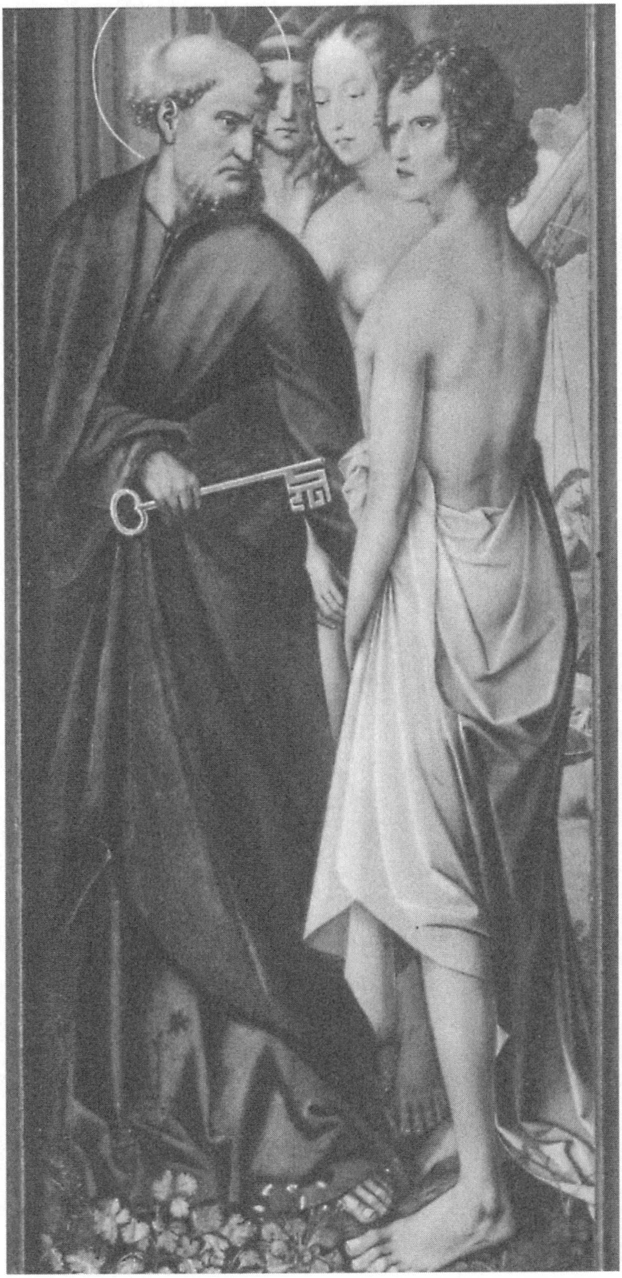

Colijn de Coter Selige

# Unser Herr und der heilige Petrus

Dürer Johannes und Petrus

## Unser Herr und der heilige Petrus

Memling Himmelspforte

Memling Höllenabgrund

## Unser Herr und der heilige Petrus

Leonardo da Vinci — Kopf des Petrus

# Unser Herr und der heilige Petrus

Schule des Perugino Segnender Heiland

Dürer Engel mit Laute

und her flatternd, wie Vögel es zu tun pflegen, wenn sie in einen geschlossenen Raum kommen.

Da brauste mit einem Male durch die ganze Kirche der laute Ruf: „Der Vogel brennt! Die heilige Lichtflamme hat seine Flügel entzündet!"

Der kleine Vogel piepste ängstlich. Er flog ein paar Augenblicke wie eine flatternde Flamme unter den hohen Wölbungen des Chors umher. Dann sank er rasch und fiel tot vor dem Altar der Madonna nieder.

Aber in demselben Augenblick, wo der Vogel auf den Altar niederfiel, stand Raniero da. Er hatte sich einen Weg durch die Kirche gebahnt, nichts hatte ihn halten können. Und an den Flammen, die die Schwingen des Vogels verzehrten, entzündete er die Kerzen vor dem Altar der heiligen Jungfrau.

Da erhob der Bischof seinen Stab und rief: „Gott wollte es! Gott hat für ihn gezeugt!"

Und alles Volk in der Kirche, seine Freunde wie Widersacher, hörten auf zu zweifeln und zu staunen. Sie riefen alle, von Gottes Wunder hingerissen: „Gott wollte es! Gott hat für ihn gezeugt!"

* *
*

Von Raniero ist noch zu berichten, dass er hinfort seinen Lebtag großes Glück genoss und weise, behutsam und barmherzig war. Aber das Volk von Florenz nannte ihn immer Pazzo di Raniero, zur Erinnerung daran, dass man ihn für toll gehalten hatte. Und es war ein Ehrentitel für ihn. Er gründete ein edles Geschlecht, und dieses nahm den Namen Pazzo an, und so nennt es sich noch heute.

Es mag weiter berichtet werden, dass es in Florenz Sitte wurde, jedes Jahr an Karsamstagabend ein Fest zur Erinnerung an Ranieros Heimkunft mit dem heiligen Feuer zu feiern, und dass man dabei immer einen künstlichen Vogel mit Feuer durch den Dom fliegen lässt. Und so wird dieses Fest wohl auch noch in diesem Jahr begangen worden sein, wenn nicht ganz vor kurzem eine Änderung eingetreten ist.

Aber ob es wahr ist, wie viele meinen, dass die Träger heiligen Feuers, die in Florenz gelebt und die Stadt zu einer der herrlichsten der Erde gemacht haben, ihr Vorbild in Raniero fanden und dadurch ermutigt wurden, zu opfern, zu leiden und auszuharren, dies mag hier unausgesagt bleiben.

Denn was von dem Lichte bewirkt wurde, das in dunklen Zeiten von Jerusalem ausgegangen ist, lässt sich weder messen noch zählen.

## Die alte Agneta

Eine alte Frau stieg mit kleinen, trippelnden Schritten den Bergpfad hinan. Sie war klein und mager. Ihr Gesicht war verblichen und welk, nicht aber hart und gefurcht. Sie trug einen langen Mantel und eine getollte Haube. In der Hand hatte sie ein Gebetbuch und im Taschentuche ein Zweiglein Lavendel.

Sie hatte eine Hütte weit oben auf dem Felsen, da, wo keine Bäume wachsen. Die lag am Rande des breiten Gletschers, der seinen Eisstrom von dem schneebedeckten Berggipfel hinab in den Talgrund stürzte. Da wohnte die Alte ganz einsam. Alle, die zu ihr gehört hatten, waren tot.

Es war Sonntag, und sie war in der Kirche gewesen. Aber wie das nun kommen mochte: Die Wanderung hatte sie nicht froh, sondern wehmütig gestimmt. Der Pfarrer hatte vom Tode gesprochen und von den Verdammten; das hatte sie ergriffen. Plötzlich hatte sie sich erinnert, dass sie in ihrer Kindheit hatte erzählen hören, dass viele Verdammte in der ewigen Kälte auf dem Berggipfel über ihrer Wohnstatt gemartert würden. Sage um Sage kam ihr in den Sinn von diesen Gletscherwanderern, diesen unermüdlichen Schatten, die von den eiskalten Bergwinden gejagt würden.

Da packte sie mit einem Male ein tiefes Grauen vor dem Berge, und es deuchte sie, dass ihre Hütte furchtbar weit oben läge. Wenn sie nun, die unsichtbar dort auf der Höhe der Alpen wandern, den Weg über den Gletscher hinunter nähmen! Und sie, die so ganz einsam war ...

Bei dem Worte einsam nahmen ihre Gedanken eine noch traurigere Richtung. Jetzt war sie wieder mitten in dem Kummer, der alle ihre Tage verzehrte. Sie empfand es hart, so weit von den Menschen zu sein.

„Alte Agneta“, sagte sie laut zu sich selbst, wie es dort oben in der Einöde ihre Gewohnheit geworden war, „du sitzest oben in einer Hütte und spinnst und spinnst. Du musst dich tagaus, tagein rackern und schinden, um nicht Hungers zu sterben. Aber gibt es einen, der eine Freude daran hätte, dass du lebst? Gibt es einen, alte Agneta?“

„Wäre noch einer von den Deinen am Leben, dann könnte es so sein. Wohntest du weiter unten im Dorfe, so lebtest du wohl einem zur Freude.

Arm, wie du bist, könntest du freilich weder Hund noch Katze halten, aber du könntest zuweilen wohl einem Bettler Obdach gewähren. Du solltest nicht so weit von der Heerstraße wohnen, alte Agneta. Wenn du nur ein einziges Mal einem durstigen Wanderer einen Trunk Wasser reichen dürftest, so wüsstest du doch, dass du einem zu Nutzen lebtest."

Sie seufzte und sagte sich, dass nicht einmal die Bäuerinnen ihren Tod beklagen würden, die ihr Flachs zum Spinnen gaben. Wohl hätte sie versucht, ehrlich ihre Arbeit zu tun, aber es gäbe gewiss viele, die es besser könnten. Und die Tränen stiegen ihr auf, wenn sie daran dachte, dass der Herr Pfarrer, der sie in allen diesen Jahren des Herrn auf demselben Platz in der Kirche gesehen hatte, vielleicht denken könnte, es käme auf eines heraus, ob sie dort wäre oder nicht. „Ich bin wie eine Verstorbene", sagte sie, „niemand fragt nach mir. Ich könnte mich ebenso gut hinlegen, um zu sterben. Ich bin schon erfroren in der Kälte und der Einsamkeit. Mein Herz ist erfroren, das ist es."

„O du meine Güte, o du meine Güte", sagte sie, „wenn es hier nur einen gäbe, der mich brauchte, so könnte sich wohl noch Wärme in der alten Agneta finden. Aber kann ich den Gämsen Strümpfe stricken oder den Murmeltieren ihr Lager aufbetten? Das sage ich dir", sagte sie und streckte die Hand zum Himmel empor, „du musst mir einen schaffen, der mich braucht, sonst lege ich mich hin und sterbe."

Da kam ein großer, ernster Mönch ihr auf dem Weg entgegen. Er schloss sich ihr an, weil er sah, dass sie betrübt war, und sie erzählte ihm ihren Kummer. Sie sagte, dass ihr das Herz im Leibe erfröre und dass sie wie einer der Wanderer des Gletschereises werden würde, wenn Gott ihr nicht etwas gäbe, wofür sie leben könnte.

„Das kann Gott wohl tun", sagte der Mönch.

„Siehst du nicht, dass Gott hier oben machtlos ist?", sagte die alte Agneta. „Hier ist nichts anderes als die kalte, leere Einöde."

Sie kamen immer höher hinauf. Das Moos lag weich auf den Halden, Alpenpflanzen mit behaarten Blättern säumten den Pfad ein, das Hochgebirge mit Klüften und Stürzen, mit Eisfeldern und Schneehalden stand so überhängend und so schwer vor ihnen, dass die Brust sich zusammenschnürte. Da erblickte der Mönch die Hütte der alten Agneta dicht unter dem Gletscher.

„Ah", sagte er, „du wohnst hier? Da bist du nicht einsam; hier hast du Gesellschaft genug. Sieh nur!"

Der Mönch legte den Zeigefinger und den kleinen Finger zusammen, hielt sie der Alten vor das linke Auge und bat sie, nach dem Berge zu sehen. Aber die alte Agneta schauderte und schloss die Augen.

„Ist dort oben etwas zu sehen, so will ich es nicht erblicken", sagte die alte Agneta. „Der Herr bewahre uns, der Herr bewahre uns! Hier kann es gar grausig sein."

„Ja, dann lebe wohl", sagte der Mönch. „Es wird dir kaum ein zweites Mal angeboten werden, so etwas zu sehen."

Die Alte wurde neugierig, sie schlug die Augen auf und blickte nach den Schneefeldern. Zuerst sah sie nichts Wunderbares, dann aber begann sie zu merken, wie es sich dort oben regte. Sie sah, wie sich Weiß auf weißem Grunde bewegte. Was sie für Nebel und Dunst und blauweiße Färbungen des Eises gehalten hatte, das waren Mengen von Verdammten, die in der ewigen Kälte gepeinigt wurden.

Das kleine Mütterchen stand da und bebte wie Espenlaub. Es war alles so, wie es die Alten in ihren Sagen erzählt hatten. Die Toten wanderten dort oben in unsäglicher Pein und Angst. Die meisten waren in etwas Langes, Weißes gehüllt, aber alle hatten sie nackte Füße und unbedeckte Häupter.

Es waren ihrer eine zahllose Menge. Mehr und mehr kamen dazu, je länger sie hinsah. Einige gingen stolz und hoch aufgerichtet, andre kamen herangeschwebt, als tanzten sie über die Eisfelder, aber sie sah, dass die einen wie die andern ihre Füße an den Spitzen und Kanten des Eises blutig rissen.

Es war ganz wie in den Sagen. Sie sah, wie sie sich unablässig aneinander schlossen, als wollten sie Wärme finden, sich dann aber augenblicklich wieder trennten, erschreckt durch die Todeskälte, die von ihren Körpern ausströmte. Es war, als ginge die Kälte auf dem Berge von ihnen aus, als wären sie es, die den Schnee nicht schmelzen und die Nebel nicht warm werden ließen.

Nicht alle bewegten sich, einige standen still in frierender Versteinerung und schienen jahrelang so gestanden zu haben, denn Schnee und Eis hatten sich um sie gehäuft, sodass nur der Oberleib sichtbar war.

Je länger das kleine Mütterchen hinsah, desto ruhiger wurde sie. Der Schrecken wich von ihr, aber statt dessen wurde sie herzlich betrübt über die Qual dieser vielen. Da gab es kein Aufhören der Pein, keine Ruhestatt für die verwundeten Füße, die über Eis eilten, das schneidend war wie geschliffener Stahl. Und wie sie froren, wie sie vor Kälte bebten und mit den Zähnen klapperten! Die versteinert waren und die sich rühren konnten – alle froren sie in der schneidenden, brennenden, unerträglichen Kälte.

Da waren viele Knaben und Mädchen. Aber es war keine Jugend in ihren blau gefrorenen Gesichtern; es sah aus, als spielten sie, aber alle Freude war tot. Sie klapperten vor Kälte, sie schauerten und krochen in sich zusammen wie Greise, während ihre nackten Füße die scharfkantigsten Eisstücke zu suchen schienen, darauf zu treten.

Was die Alte am meisten rührte, war der Anblick derer, die in das harte Gletschereis gebettet dalagen, und derer, die als großer Eiszapfen von den Seiten des Felsens herabhingen.

Da zog der Mönch seine Hand weg, und die alte Agneta sah nur noch die leeren, nackten Schneefelder. Schwere Eismassen lagen hierhin und dorthin verstreut, aber sie umschlossen keine versteinerten Gespenster. Der blaue Glanz auf dem Gletscher kam nicht von erfrorenen Leibern. Der Wind jagte ein paar leichte Schneewehen vor sich hin, doch keine Geister.

Aber sie wusste doch bestimmt, dass sie recht gesehen hatte, und sie fragte den Mönch:

„Ist es erlaubt, etwas für diese Verdammten zu tun?“

Er antwortete: „Wann hätte Gott der Liebe je verboten, Gutes zu üben, oder der Barmherzigkeit, Trost zu spenden?“

Damit ging er, und die alte Agneta eilte in ihre Hütte und setzte sich nieder, um nachzudenken. Den ganzen Abend grübelte sie nach, wie sie den Unseligen helfen könnte, die über die Gletscher wanderten. Sie hatte nicht Zeit, an ihre Einsamkeit zu denken.

Am nächsten Morgen ging sie wieder zum Dorfe hinunter. Sie lächelte und schritt rüstig aus. Das Alter drückte sie nicht zu schwer. „Die Toten“, sagte sie zu sich selbst, „fragen nicht viel nach roten Wangen und nach leichten Füßen. Die verlangen bloß, dass man sich ihrer mit ein bisschen Wärme erinnere. Aber an so etwas denkt die Jugend nicht. Ja, ja; aber wie sollten sich die Dahingeschiedenen gegen die unermessliche Kälte des Todes schützen, wenn ihnen die Alten nicht ihre Herzen aufschlössen?“

Als sie in den Kramladen kam, kaufte sie dort ein großes Bündel Kerzen, und bei einem Bauer bestellte sie eine große Fuhre Holz; um das bezahlen zu können, musste sie freilich doppelt so viel Spinnarbeit annehmen, als gewöhnlich.

Gegen Abend, als sie wieder daheim war, sprach sie viele Gebete und suchte sich durch Singen frommer Lieder bei gutem Mute zu erhalten. Aber sie wurde immer verzagter. Dennoch tat sie, was zu tun sie sich vorgenommen hatte.

Sie machte sich ihr Bett in der innern Stube. In der äußern stapelte sie einen großen Stoß Holz in der Feuerstatt auf und entzündete ihn. Ins Fenster stellte sie zwei Kerzen und öffnete die Tür der Hütte sperrangelweit. Dann ging sie hinein und legte sich nieder.

Sie lag in der Dunkelheit und lauschte.

Ja, das waren Schritte. Es war, als käme jemand über das Gletschereis gefahren. Es kam schleppend und stöhnend heran. Es schlich sich um die Hütte, als wage es nicht hereinzukommen. Dicht an der Hausecke stand es und klapperte.

Die alte Agneta konnte das nicht ertragen. Sie fuhr aus dem Bette auf und eilte in die äußere Kammer; dort riss sie die Tür zu und verschloss sie. Das war zu viel; Fleisch und Blut konnten das nicht ertragen!

Vor der Hütte hörte sie schwere Seufzer und gleitende Schritte, wie von wunden, wehen Füßen. Sie schleppten sich immer weiter fort, hinauf zum Gletschereise. Hier und da vernahm sie auch ein Schluchzen, bald aber wurde es wieder ganz still.

Da geriet die alte Agneta vor Angst außer sich. „Du bist feig, du alte Hexe“, sagte sie. „Die Flamme brennt herunter und die teuren Kerzen auch. Soll alles vergeblich sein, nur um deiner elenden Feigheit willen?“ Und als sie dieses gesagt hatte, stand sie noch einmal auf, vor Furcht weinend, mit klappernden Zähnen und bebenden Gliedern, aber sie kam in die Kammer hinaus und sie brachte die Tür auf.

Wieder lag sie da und wartete. Nun hatte sie keine Angst mehr davor, dass sie kämen. Sie lag nur da und ängstigte sich, dass sie sie verscheucht hätte und dass sie nicht versuchen würden, wiederzukommen.

Da begann sie ins Dunkel zu rufen, wie in ihren Jugendtagen, als sie der Herde gefolgt war: „Meine kleinen weißen Lämmchen, meine Lämmchen in den Bergen, kommt, kommt! Kommt herunter von Klüften und Graten, meine kleinen weißen Lämmchen!“

Da war es, als sei ein heftiger Wind vom Felsen gekommen und in die Hütte gefahren. Sie hörte keine Schritte oder Seufzer, nur Windstöße brausten um die Hausecken und pfiffen in die Hütte. Und es klang, als warnte es unablässig: „Sch, sch, nicht erschrecken, nicht erschrecken!“

Sie hatte das Gefühl, das äußere Zimmer sei so übervoll, dass sich die Gespenster an die Wände drängten und sie beinahe sprengten. Zuweilen war es, als wollten sie dort draußen das Dach abheben, um Raum zu bekommen. Aber immer war da einer, der flüsterte: „Sch, sch, nicht erschrecken, nicht erschrecken!“

Da wurde die alte Agneta glückselig und ruhig. Sie faltete die Hände und schlief ein.

Am Morgen war es, als wäre alles ein Traum gewesen. In dem äußeren Zimmer war alles unverändert, die Flamme war ausgebrannt und die Lichter desgleichen. Nicht ein Tröpfchen Talg war in den Leuchtern geblieben.

Solange die alte Agneta lebte, fuhr sie fort, so für die Toten zu sorgen. Sie spann und mühte sich, sodass sie ihre Flamme brennend erhalten konnte jede Nacht. Und sie war glücklich, weil sie wusste, dass jemand ihrer bedurfte.

So kam ein Sonntag heran, an dem sie auf ihrem Platz in der Kirche nicht mehr gesehen wurde. Einige Bauern gingen in ihre Hütte hinauf, um zu sehen, ob ihr etwas fehle. Da war sie schon tot, und sie trugen die Leiche in das Dorf hinunter, sie zu begraben.

Als die alte Agneta am nächsten Sonntag in die Erde gesenkt wurde, gerade vor der Messe, da gaben ihr nur wenige Menschen das Geleite. Auch sah man in keiner Miene Trauer.

Aber plötzlich, gerade als der Sarg beigesetzt werden sollte, kam ein großer, ernster Mönch auf den Kirchhof, er trat heran und wies auf die schneebedeckte Alpe. Da sahen die Leute, die am Grabe standen, dass die ganze Alpe sich in das zarteste Rot gehüllt hatte, als leuchte sie vor Freude, und dass sich über ihre Mitte ein Zug von kleinen gelben Flammen schlängelte wie Flammen von brennenden Herzen. Und dieser Lichter waren ebenso viele wie die Lichter, die die Tote den Verdammten gegeben hatte.

Da sagten die Leute: „Gott sei gepriesen! Sie, um die hier unten niemand trauert, hat dafür dort oben in der großen Einsamkeit Freunde gefunden.“

## Der Fischerring

Um die Regierungszeit des Dogen Gradenigo lebte in Venedig ein alter Fischer namens Cecco. Er war sehr stark gewesen, und noch jetzt war er rüstig für sein Alter, aber in der letzten Zeit hatte er doch aufgehört zu arbeiten und ließ sich von seinen zwei Söhnen erhalten. Er war sehr stolz auf diese Söhne, und er liebte sie, o Signore, wie er sie liebte!

Aber er hatte sie auch fast allein auferzogen. Ihre Mutter war früh gestorben, und so hatte Cecco für alles sorgen müssen. Er hatte ihnen Kleider und Essen geschafft, er hatte mit Nadel und Faden im Boot gesessen und hatte genäht und geflickt und gar nicht danach gefragt, ob man ihn darum verlachte. Er allein hatte sie auch alles gelehrt, was ihnen zu wissen Not tat. Ein Paar tüchtige Fischer hatte er aus ihnen gemacht und sie dazu erzogen, Gott und San Marco zu ehren.

„Vergesst nicht", sagte er zu ihnen, „dass Venedig sich nie aus eigener Kraft aufrechterhalten könnte. Seht es an! Ist es nicht auf den Wellen erbaut? Seht euch die niedrigen Inseln auf der Landseite an, wo das Wasser sich zwischen dem Seegras auf und nieder schaukelt. Ihr würdet den Fuß nicht hinsetzen wollen, und doch ruht auf solchem schwanken Grunde die ganze Stadt. Und wisst ihr nicht, dass der Nordsturm die Macht hat, Kirchen und Paläste ins Meer zu stürzen. Und wisst ihr nicht, dass wir Feinde haben von so großer Gewalt, dass alle Fürsten der Christenheit sie nicht zu besiegen vermöchten? Darum sollt ihr allezeit zu San Marco beten, denn er ist es, der mit starker Hand die Ketten umspannt, die Venedig über den Meerestiefen schwebend erhalten."

Und abends, wenn das Mondlicht, das über Venedig fiel, grünlichblau war vom Meernebel, wenn sie sachte den Canal Grande hinaufglitten und die Gondeln, die sie trafen, voller Sänger waren, wenn die Paläste erblichen und tausend Lichtstreifen über dem dunkeln Wasser lagen, dann erinnerte er sie immer daran, dass sie für Leben und Glück San Marco zu preisen hätten.

Aber er vergaß seiner auch am Tage nicht. Wenn sie von einem Fischfang heimkamen und über das Lagunenwasser glitten, das lichtblau und goldglänzend dalag, wenn die Stadt sich vor ihnen auf den Wellen schwebend erhob, wenn die großen Schiffe hafenaus und hafenein glitten und der Dogenpalast ihnen entgegenleuchtete wie ein großer, verschlossener Schmuckschrein, in dem alle Schätze der Welt verwahrt lagen, dann vergaß er nie, ihnen einzuprägen, dass dies alles San Marcos Gaben wären und dass alles vergehen würde, wenn ein einziger Venezianer undankbar genug wäre, ihn nicht mehr zu verehren und zu ihm zu beten.

Nun geschah es, dass die Söhne sich eines Tages auf einen großen Fischzug in das offene Meer vor dem Lido begaben. Sie waren in Gesellschaft mehrerer andrer, hatten eine prächtige Schaluppe und dachten, einige Tage fortzubleiben. Das Wetter war schön und sie hofften einen guten Fang zu tun.

Eines Morgens zeitig stießen sie vom Rialto ab, der großen Insel, auf der die Stadt selbst liegt; und wie sie weiter durch die Lagune glitten, sahen sie alle die Inseln aus dem Morgennebel emportauchen, die gleich Festen Venedig gegen das Meer beschützen. Da waren La Giudecca und San Giorgio zur Rechten und San Michele, Murano und San Lazzaro zur Linken. Dann folgte Insel auf Insel in einem weiten Kreise, bis hinaus zum lang gestreckten Lido, der gerade gegenüber lag und gleichsam das Schloss der Perlenschnur bildete. Jenseits des Lido aber war das weite, grenzenlose Meer.

Als sie ganz draußen waren, stiegen einige von den Fischern in ein Boot und ruderten von der Schaluppe fort, um die Netze auszuwerfen. Immer noch war das Wetter gut, obgleich hier ein stärkerer Wellengang herrschte als innerhalb der Inselgruppe. Es war heller Sonnenschein, niemand dachte an eine Gefahr. Sie hatten ein gutes Boot und waren seetüchtige Leute.

Nach einer Weile jedoch merkten die, die auf der Schaluppe geblieben waren, dass sich das Meer und der Himmel im Norden rasch verdunkelten. Sie begriffen, dass der Nordwind im Anzug war, und begannen, nach den Kameraden zu rufen, aber diese waren schon zu weit entfernt, um die Warnung zu hören.

Der Wind kam zuerst an das Boot heran. Als die Fischer plötzlich die Wellen sich rings um sie erheben sahen, wie Herden, die auf einer weiten Ebene geruht haben, sich des Morgens erheben, da stellte sich einer von ihnen auf und winkte den Kameraden. Aber in demselben Augenblick taumelte er rücklings ins Meer. Gleich darauf kam eine Woge, die das Boot ganz auf die Spitze stellte, und man sah, wie die Leute gleichsam von den Ruderbänken abgeschüttelt und ins Meer geschleudert wurden. Alles war in einem Moment verschwunden. Dann kam das Boot mit umgekehrtem Kiel wieder zum Vorschein. Man versuchte nun, die Schaluppe zu der

Stelle zu bringen, aber man vermochte es nicht, sich gegen den Wind hinzuarbeiten.

Es war ein furchtbarer Sturm, der über das Meer gefahren kam, und die Fischer in der Schaluppe hatten bald genug mit ihrer eignen Bergung zu tun. Sie kehrten aber doch glücklich heim und erzählten das Unglück. Ceccos beide Söhne und drei andre waren umgekommen.

Lieber Gott, ja, wie sich doch alles fügen kann! Cecco war an demselben Morgen hinunter zur Rialtobrücke gegangen, um sich den Fischhandel anzusehen. Er ging zwischen den Fischständen hin und her und brüstete sich wie ein Rittersmann, weil er nicht zu arbeiten brauchte. Ja, er nahm sogar ein paar alte Lidofischer in eine Osteria mit und lud sie zu einem Becher ein.

Er setzte sich breit auf die Bank und prahlte mit sich selbst und mit seinen Söhnen. Er geriet sogar in so gute Laune, dass er die Zechine herausnahm, die er vom Dogen bekommen hatte, weil er ein Kind vor dem Ertrinken im Canal Grande gerettet hatte. Er hielt große Stücke auf die stattliche Goldmünze, er trug sie immer bei sich und zeigte sie, sobald sich eine Gelegenheit dazu bot.

Da kam ein Mann herein und begann von dem Unglück zu erzählen, ohne darauf zu achten, dass Cecco da saß. Aber er hatte nicht lange gesprochen, als der Fischer sich über ihn warf und ihn an der Kehle packte. „Du willst doch nicht sagen, dass sie tot sind“, schrie er ihn an, „nicht meine Söhne, hörst du, nicht meine Söhne!“

Der Mann riss sich von ihm los, aber Cecco gebärdete sich lange, als hätte er den Verstand verloren.

Die Vorübergehenden hörten ihn schreien und wehklagen, sie drängten sich in die Osteria, so viele, als Platz fanden, und standen in Kreise um ihn wie um einen Gaukler.

Cecco lag auf dem Boden und krümmte sich. Er schlug mit der Hand auf den harten Stein und rief einmal ums andre: „Das ist San Marco, San Marco, San Marco.“

„Ah, Cecco, du bist durch deinen Schmerz von Sinnen“, sagte man zu ihm.

„Ich wusste, es würde draußen auf dem Meere geschehen“, sagte Cecco, „hinter dem Lido und Malamocco, dort, wusste ich, würde es geschehen. San Marco würde sie dort ereilen. Er trug ihnen Groll nach. Ich habe es lange gefürchtet. Ja“, sagte er, ohne darauf zu hören, was die andern sagten, um ihn zu beruhigen, „sie haben ihn einmal verlacht, als wir draußen vor dem Lido lagen. Er hat es nicht vergessen. Er duldet es nicht, dass man ihn verlacht."

Cecco ließ seine verwirrten Blicke rings über die Umstehenden wandern, als suche er Hilfe. „Hörst du, Beppo von Malamocco", sagte er und reichte einem großen Fischer die Hand hin, „glaubst du nicht, dass es San Marco war?"

„Denke doch nur nicht so etwas, Cecco!"

„Du sollst hören, wie es war, Beppo. Siehst du, als meine Kinder noch klein waren, lagen wir einmal draußen auf dem Meere, und damit uns die Zeit nicht lang würde, erzählte ich Ihnen, wie San Marco nach Venedig gekommen ist. San Marco, der Evangelist, sagte ich ihnen, lag zuerst in einem schönen Dome zu Alexandria in Ägypten begraben. Aber die Stadt kam in die Hände der Ungläubigen, und einmal befahl ihr Kalif, man möge einen prächtigen Palast in Alexandria erbauen und Säulen aus den Kirchen der Christen nehmen, um ihn zu schmücken. Aber gerade um diese Zeit weilten zwei venezianische Kaufleute im Hafen von Alexandria mit zehn reich beladenen Schiffen. Als diese Männer in die Kirche kamen, wo San Marco begraben lag, und von dem Befehle des Kalifen vernahmen, sagten sie zu den betrübten Priestern: ‚Die kostbare Leiche, die ihr in eurer Kirche habt, ist in Gefahr, von den Sarazenen entweiht zu werden. Gebt sie uns! Wir wollen sie ehren, denn San Marco war der Erste, der das Christentum auf den Lagunen predigte, und der Doge wird euch belohnen.' Da gaben die Priester ihre Zustimmung, und damit die Christen Alexandrias sich dem Vorhaben nicht widersetzten, legten sie die Leiche eines anderen heiligen Mannes in den Sarg des Evangelisten. Aber damit die Sarazenen auch nicht erführen, dass sie die Leiche fortbrachten, legten sie sie auf den Boden einer großen Kiste und bedeckten sie mit Schinken und Rauchfleisch, dessen Geruch die Sarazenen nicht vertragen können, sodass die Zollwächter, als sie den Deckel der Kiste geöffnet hatten, so rasch wie möglich davon wegeilten. Aber die beiden Kaufleute brachten San Marco unversehrt nach Venedig. Du weißt ja, Beppo, dass die Erzählung so lautet."

„Ja gewiss, Cecco."

„Ja, aber nun sollst du hören", und Cecco richtete sich halb auf und sprach in seiner Beklemmung mit dumpfer Stimme: „Siehst du, das ist das Schreckliche. Als ich erzählte, dass der Heilige unter dem Speck gelegen hatte, begannen die Jungen aus vollem Halse zu lachen. Ich hieß sie schweigen, aber sie lachten nur um so mehr. Giacomo lag flach im Vordersteven und Pietro ließ die Beine über den Bootsrand hängen, und sie lachten so, dass man es weit übers Meer hinaus hörte."

„Nun, aber Cecco, zwei Kinder werden doch wohl lachen dürfen."

„Aber begreifst du denn nicht, dass sie heute dort gestorben sind. An derselben Stelle! Könntest du sonst begreifen, warum sie gerade dort sterben mussten?"

Nun begannen sie alle zu sprechen und ihn zu trösten. Es sei sein Schmerz, der ihn irreleite. San Marco sei nicht so. Er nehme nicht Rache an zwei Kindern. Es sei ja natürlich, dass, wenn ein Boot in den Sturm gerate, dies sich auf offenem Meer zutrage und nicht im Hafen.

Nein, seine Söhne hätten nicht in Feindschaft mit San Marco gelebt. Sie hätten sie ebenso eifrig jeden anderen *„Evviva San Marco"* rufen hören. Und er hätte sie auch beschützt bis zum heutigen Tage, ihnen nie Unmut gezeigt in den Jahren, die vergangen seien.

„Aber du, Cecco", sagten sie, „du bringst Unglück über uns mit deinen Reden über San Marco. Du bist doch ein alter und weiser Mann, du solltest es besser wissen und ihn nicht gegen die Venezianer aufreizen. Was sind wir ohne ihn?"

Cecco saß da und sah sie mit verwirrten Blicken an. „Ihr glaubt es also nicht?", fragte er.

„Kein vernünftiger Mensch kann so etwas glauben."

Es sah aus, als wäre es ihnen geglückt, ihn zu beruhigen.

„Ich will auch versuchen, es nicht zu glauben", sagte er. Er stand auf und ging auf die Tür zu. „Es wäre zu grausam, nicht wahr?", sagte er. „Sie waren zu schön und zu frisch, als dass jemand sie hätte hassen können. Ich will es nicht glauben."

Er ging heim, und in dem Gässchen vor seiner Tür traf er eine Nachbarsfrau. „Sie lesen jetzt eben im Dom die Seelenmesse", sagte sie zu Cecco und eilte fort. Sie hatte Furcht vor ihm: So sah er aus.

Da nahm Cecco das Boot und steuerte durch die kleinen Kanäle hinab zur Riva degli Schiavoni. Dort, wo der Ausblick frei war, sah er fürs Erste nach dem Lido und dem Meere hinaus. Ach, es war ein tüchtiger Wind, aber wahrlich kein Sturm. Das Wasser erhob sich kaum zu Wellen. Und in solchem Wetter hatten seine Söhne ihr Leben eingebüßt. Es war unbegreiflich.

Er machte das Boot fest und ging über die Piazetta in die Markuskirche hinein. Dort war viel Volk, und alle lagen auf den Knien und beteten in großer Herzensangst. Denn die Venezianer empfanden es ja viel furchtbarer als andre Völker, wenn ein Unglück auf dem Meere geschah. Sie hatten keinen Rückhalt an Weingärten oder Kornfeldern, sondern ein jeder hing vom Meere ab. Sobald sich dieses gegen einen von ihnen erhob, wurden alle von Furcht ergriffen und eilten zu San Marco, ihn um Schutz anzuflehen.

Cecco fiel nicht auf die Knie, sondern er blieb stehen. Er erinnerte sich, wie er mit seinen kleinen Söhnen hierher gekommen war und sie gelehrt hatte, zu San Marco zu beten. „Er ist es, der uns über die Meere führt; er ist es, der uns die Pforten von Byzanz geöffnet und uns die Herrschaft über die Inseln des Ostens geschenkt hat", hatte er zu ihnen gesagt. Aber zum Danke dafür hatten die Venezianer San Marco auch den schönsten Tempel der Welt erbaut, und nie kehrte ein Schiff von einem ausländischen Hafen heim, ohne eine Gabe für die Kirche mitzubringen.

Dann hatten sie sich alle drei an den roten Marmorwänden des Domes erfreut und an der goldnen, mosaikgezierten Decke. Und er hatte ihnen gesagt, dass kein Unglück eine Stadt treffen könnte, die ihrem Schutzherrn eine solche Burg errichtet hätte.

Cecco sank in aller Hast auf die Knie und begann Paternoster um Paternoster zu beten.

Es kam wieder, das fühlte er. Er wollte es mit Gebeten von sich weisen. Er wollte nichts Böses von San Marco glauben.

Aber es war ja heute Morgen gar kein Sturm gewesen. Und das stand fest: Wenn der Heilige nicht selbst das Unglück hervorgerufen hatte, so hatte er auch nichts getan, um seinen Söhnen beizustehen, sondern er hatte sie verderben lassen, zur Kurzweil gleichsam. Sobald er sich auf solchen Gedanken ertappte, vertiefte er sich aufs Neue ins Gebet, aber die Gedanken wollten sich nicht verscheuchen lassen. Und dabei zu denken, dass San Marco hier im Dom eine Schatzkammer hatte, mit Märchenherrlichkeit gefüllt, zu denken, dass er selbst sein ganzes Leben lang zu ihm gebetet hatte und selten an der Piazetta vorbeigerudert war, ohne hineinzugehen und ihn anzurufen.

Es musste wohl seinen Grund haben, dass die Söhne gerade dort draußen ihr Leben eingebüßt hatten. Ah, es war ein Elend für die Venezianer, nichts Besseres zu haben, worauf sie bauen konnten! Man denke nur, ein Heiliger, der Rache an zwei Kindern nahm, ein Schutzherr, der einen nicht vor einem Küstenwind zu retten vermochte!

Er hatte sich erhoben, und er zuckte die Achsel und ließ die Arme sinken, als er zu dem Heiligengrab im Chore hinsah.

Ein Kirchendiener ging mit einem großen, vergoldeten und getriebenen Silberteller umher und sammelte Gaben für San Marco ein. Er ging von Mann zu Mann und kam auch zu Cecco.

Cecco prallte zurück, als wäre es der böse Feind, der ihm den Teller reichte. Begehrte San Marco Gaben von ihm? Meinte er, Gaben von ihm verdient zu haben? Doch plötzlich griff er nach der großen, goldnen Zechine, die er im Gürtel trug, und schleuderte sie mit solcher Gewalt auf den Teller, dass man den Klang durch die ganze Kirche hörte. Die Betenden wendeten aufgestört die Köpfe. Und jeden, der Ceccos Antlitz sah, erfasste Entsetzen. Er sah aus, als hätten die Dämonen Macht über ihn bekommen.

Gleich nachher ging Cecco aus der Kirche, und anfangs deuchte es ihn eine große Erleichterung, dass er sich an dem Heiligen gerächt hatte. Er war mit ihm verfahren wie mit einem Wucherer, der einem mehr entreißen will, als worauf er ein Anrecht hat. „Nimm auch das“, sagt man und schleudert ihm das letzte Goldstück an den Kopf, dass ihm das Blut über die Augen strömt. Aber der Wucherer schlägt nicht zurück, er bückt sich nur und hebt die Zechine auf. So hätte es auch San Marco gemacht.

Er hätte Ceccos Zechine angenommen, nachdem er ihm seine Söhne geraubt hätte. Er hätte eine Gabe angenommen, die mit solchem Hass gegeben wurde. Hätte ein ehrlicher Mann sich dazu herbeigelassen? Aber San Marco wäre ein jämmerlicher Patron, ebenso feige wie rachsüchtig.

Aber an Cecco würde er sich nicht rächen. Er wäre wohl froh und dankbar, weil er die Zechine bekommen hatte. Er striche sie nur ein und täte, als wäre sie ihm in aller Frömmigkeit gegeben.

Als Cecco in der Vorhalle von San Marco stand, kamen zwei Kirchendiener vorbeigeeilt. „Es steigt, es steigt ganz furchtbar“, sagte der eine.

„Was?“, fragte Cecco.

„Das Wasser in der Krypta. In diesen letzten Minuten ist es um einen Fuß gestiegen.“

Als Cecco auf die Kirchentreppe hinauskam, bemerkte er eine kleine Wasseransammlung auf dem Platze, gleich bei der untersten Stufe. Das war das Meerwasser, das von der Piazzetta heraufspritzte.

Es überraschte ihn, dass das Meer so hoch gestiegen war. Er eilte zur Riva hinunter, wo er sein Boot hatte. Dort war alles, wie er es verlassen hatte, nur dass das Wasser sich recht bedeutend erhoben hatte. Es kam in breiten Wellen herangerollt, aber der Wind war gelinde. Auf der Riva sammelten sich schon Pfützen von Meerwasser, und die Kanäle stiegen, sodass die Wassertore der Häuser geschlossen werden mussten. Der Himmel war gleichmäßig grau, ganz wie das Meer.

Es kam Cecco gar nicht in den Sinn, dass dies ein ernsthaftes Unwetter werden könnte. Er wollte an so etwas nicht glauben. San Marco hatte seine Söhne ohne Grund sterben lassen; dies war gewiss kein ernstlicher Sturm. Das wollte er doch sehen, ob daraus etwas werden könnte. Und er setzte sich neben sein Boot und wartete.

Da begann die glatte Wolkendecke, die den Himmel verhüllte, zu zerreißen. Die getrennten Wolken wurden beiseite geschleudert, und herauf jagten große Gewitterwolken, schwarz wie Kriegsschiffe, und aus ihnen rauschte peitschender Regen und Hagel auf die Stadt herunter.

Nun kam es auch wie ein ganz neues Meer vom Lido hereingerauscht. O Signore, das waren nicht die schwanenhalsigen Wellen, die sie dort draußen gesehen hatten den durchsichtigen Nacken krümmen, dem Lande zueilen und, von ihm unbarmherzig zurückgestoßen, wieder hinausgleiten, das weiße Schaumhaar über den Meeresspiegel zerstreut. Es waren dunkle Wogen, die einander in Raserei jagten, und auf deren Kämmen bitterer Salzschaum zu Nebel zerpeitscht wurde.

Der Wind war jetzt so stark, dass die Möwen ihr ruhiges Schweben nicht fortsetzen konnten, sondern kreischend aus ihren Bahnen geschleudert wurden. Bald sah Cecco sie mühsam dem Meere zustreben, um nicht vom Sturm ergriffen und gegen die Mauern der Häuser geworfen zu werden. Die vielen Hundert Tauben auf dem Markusplatz flogen auf und schlugen mit den Flügeln, dass es wie ein neuer Sturm dröhnte, und bargen sich in den Ecken und Winkeln des Kirchdachs.

Aber nicht nur die Vögel erschraken vor dem Unwetter. Schon hatten sich ein paar Gondeln losgerissen und wurden gegen den Strand geschleudert, dass sie dem Zerschellen nahe waren. Und nun kamen alle Gondolieri herangestürzt, um die Boote in den Bootshütten zu bergen oder in die kleinen Kanäle wegzuführen. Die Seeleute auf den Schiffen, die im Hafen lagen, arbeiteten an den Ankertauen, um die Schuten zu befestigen, damit sie nicht ans Land hinaufgetrieben würden. Sie nahmen die Wäsche herein, die auf der Brüstung trocknete, sie drückten die Mützen tief in die Stirne und sahen sich nach allem beweglichen Gute um, das unter Deck gebracht werden musste. Den Canal Grande herunter kam eine ganze Fischerflotte gestürmt. Alle Fischer vom Lido und von Malamocco, die ihre Waren am Rialto verkauften, waren auf der Flucht, um ihr Heim zu erreichen, bevor der Sturm übermächtig würde.

Cecco lachte, als er die Fischer über die Ruder gebeugt stehen sah, als flüchteten sie vor dem Tode. Sahen sie denn nicht, dass dies nur ein Windstoß war? Sie hätten in guter Ruhe bleiben und sich von den Venezianern alle ihre Tintenfische und Krabben abkaufen lassen können.

Er brachte sein Boot nicht in Sicherheit, obgleich der Sturm jetzt so heftig war, dass ein gewöhnlicher Mensch damit gerechnet hätte. Die Wäschestege wurden von den Wellen emporgehoben und aufs Land geworfen, indes die Wäscherinnen schreiend heimwärts flüchteten. Den Signori, die mit breitkrempigen Hüten einherwanderten, wurden diese vom Kopfe gerissen und in die Kanäle geschleudert, aus denen die Gassenjungen sie hocherfreut herausfischten. Segel wurden von den Masten gerissen und flatterten dröhnend durch die Luft, Kinder wurden umgeblasen, und die Wäschestücke, die in den schmalen Gässchen auf Leinen hingen, flogen auf und fielen weit entfernt zu Boden, ganz zerfetzt.

Cecco lachte über den Sturm, der da mit allerlei leichten Sächelchen sein Spiel trieb. Ein Sturm, der Vögel verscheuchte und Unfug in den Gassen anrichtete wie ein Junge. Nun zog er aber doch sein Boot unter eine Brückenwölbung, denn dies war ein Wind, von dem man nicht wissen konnte, gegen wen er seinen Übermut kehren würde.

Gegen Abend begann Cecco zu finden, dass es gut sein müsste, jetzt auf dem Meere zu sein. Bei einer so guten Brise müsste ein Boot prächtig gehen, auf dem Lande dagegen war es unheimlich. Hier barsten Schornsteine, die Dächer der Bootshütten stellten sich auf und flogen ans Ufer. Dachziegel regneten in die Kanäle hinunter. Der Wind schlug Türen und Fenster zu, er brauste in die offenen Loggien der Paläste und brach das verzierte Laubwerk los.

Cecco hielt sich noch tapfer, aber er ging nicht nach Hause, um sich niederzulegen. Er konnte das Boot nicht heimführen, und da war es besser, zu bleiben und es zu behüten. Aber als jemand an ihm vorüberging und sagte, dies sei ein erschreckliches Wetter, wollte er es nicht zugeben. Er hätte in seiner Jugend schon ganz andre Wetter durchgemacht.

„Ein Sturm“, sagte er zu sich selbst. „Sollte man dies wohl einen Sturm nennen können? Und man könnte vielleicht meinen, er hätte sich in demselben Augenblick erhoben, als ich San Marco die Zechine hinwarf. Als ob der über einen rechten Sturm gebieten könnte!“

Als die Nacht kam, stürmten Meer und Wind so gewaltig an, dass Venedig in seinen Grundfesten erzitterte. Der Doge Gradenigo und die Herren des hohen Rats begaben sich bei finstrer Nacht in die Markuskirche, um für die Stadt zu beten. Fackelträger gingen ihnen voraus, und die Flammen flatterten im Winde, dass sie flach wie Wimpel lagen. Der Wind zerrte so heftig an dem schweren Brokatgewand des Dogen, dass zwei Männer es halten mussten.

Cecco fand, dies sei das Wunderlichste, was er noch gesehen hätte. Doge Gradenigo selbst zog zum Dom, um solch eines unbedeutenden Lüftchens willen. Was würden die Menschen erst dann beginnen, wenn ein richtiger Sturm käme? Die Wellen schlugen unaufhörlich gegen den gepfählten Strand. Es war jetzt im nächtlichen Dunkel, als sprängen weißhäuptige Ungeheuer aus der Tiefe und klammerten sich mit Zähnen und Klauen an den Pfosten fest, um sie vom Strande loszureißen. Cecco vermeinte ihr erbostes Zischen zu hören, wenn sie hinabtaumelten. Aber ein Schauer begann ihn zu packen, als er sie unablässig wieder heraufkommen und an den Pfählen rütteln sah.

Jetzt bei Nacht deuchte der Sturm ihm viel furchtbarer. Er hörte Rufe die Luft durchschneiden, die nicht die Rufe des Windes waren, zuweilen kamen schwarze Wolken wie eine ganze Reihe schwerer Galeeren getrieben, und es war, als rückten sie zum Sturmlauf an.

Da hörte er deutlich, wie es aus ein paar zerrissenen Wolken sprach, die über seinem Haupte dahinglitten.

„Nun schlägt die Stunde für Venedig“, ertönte es aus der einen Wolke, „bald kommen unsre Brüder, die Dämonen, und stürzen die Stadt um.“

„Ich fürchte, San Marco lässt es nicht geschehen“, sprach es aus der andern Wolke.

„San Marco ist von einem Venezianer vor die Stirn geschlagen worden, sodass er machtlos daliegt und niemand helfen kann“, sagte die erste Stimme.

Die Worte kamen, vom Sturm getragen, hinunter zum alten Cecco, und von Stund an lag er auf den Knien und betete zu San Marco um Gnade und Vergebung.

Denn es war so, wie die Dämonen gesagt hatten. Die schöne Inselkönigin war ihrem Untergang nahe. Ein Venezianer hatte San Marco gelästert, und darum war Venedig im Begriff, vom Meere hinweggespült zu werden. Und es sollte keine Mondscheinfahrten mehr auf seinen Kanälen geben, keine Barkarolen sollten fürder aus seinen schwarzen Gondeln erklingen. Das Meer würde über die goldblonden Signoras, über die stolzen Paläste und den goldenen Markusdom dahingehen.

Wenn niemand diese Schlamminsel schützte, waren sie dem Verderben geweiht. Bevor San Marco nach Venedig gekommen war, war es oft geschehen, dass große Stücke der Inseln von den Wogen hinweggespült wurden.

Mit dem ersten Morgengrauen begannen die Glocken der Markuskirche zu läuten. Alles Volk strömte zur Kirche, während die Kleider ihnen fast vom Leibe gerissen wurden.

Die Priester hatten beschlossen, gegen das Meer und den Sturm auszuziehen. Sie öffneten die Hauptportale des Doms, und in einer langen Reihe ergoss sich die Prozession aus der Kirche. Voran wurde das Kreuz getragen, dann kamen die Fackelträger, am Ende führte man San Marcos Banner und die heilige Hostie. Aber der Sturm wurde nicht gebändigt, es war vielmehr, als hätte er kein besseres Spielzeug finden können. Er warf die Kreuzträger zu Boden, er löschte die Wachslichter und schleuderte den Baldachin, der über der Hostie gehalten wurde, auf das Dach des Dogenpalastes. Mit knapper Not retteten sie San Marcos Banner mit dem geflügelten Löwen davor, dass es durch die Luft entführt würde.

Cecco sah dies alles und schlich laut klagend zum Boote hinunter. Den ganzen Tag lag er am Strande, oft gingen die Wellen über ihn hin, und er war nahe daran, ins Meer gerissen zu werden. Den ganzen Tag war er in unablässige Gebete zu Gott und San Marco versunken. Er fühlte, dass von seinen Gebeten das Schicksal der ganzen Stadt abhing.

Viele Menschen waren an diesem Tage nicht im Freien, aber einige kamen doch wehklagend die Riva herunter. Alle sprachen sie von dem unermesslichen Schaden, den der Sturm anrichtete. Man konnte sehen, wie die Häuser drüben in Murano einstürzten, es war, als stünde die ganze Insel unter Wasser; aber auch hier auf dem Rialto waren ein paar Häuser zusammengebrochen.

Der Sturm dauerte den ganzen Tag mit der gleichen Heftigkeit fort. Gegen Abend versammelte sich eine große Menschenschar auf dem Markusplatze und der Piazzetta, obgleich diese beinahe unter Wasser waren. Sie wagten es nicht, in den Häusern zu bleiben, die in ihren Grundfesten erbebten.

Und in das Jammern derer, die das Unglück befürchteten, mischten sich die Schreie jener, die schon davon betroffen waren. Wohnstätten standen unter Wasser, Kinder waren in ihren Wiegen ertrunken, Greise und Kranke den einstürzenden Häusern in die Wellen gefolgt.

Cecco lag noch immer da und betete zu San Marco. Ah, das Vergehen eines geringen Fischers könnte doch nicht so hoch angeschlagen werden! Der Heilige könnte nicht ohnmächtig sein um seinetwillen. Mochte er doch ihn den Dämonen geben und sein Boot. Er verdiene es nicht besser. Aber nicht die ganze Stadt! Gott solle sich Erbarmen, nicht die ganze Stadt!

„Meine Söhne“, sagte Cecco zu San Marco, „was sind mir meine Söhne, wenn es Venedig gilt! Ich wollte einen Sohn hingeben für jeden Dachziegel, der in Gefahr ist, in den Kanal geweht zu werden, wenn ich ihn um diesen Preis festzuhalten vermöchte. O San Marco, jeder, auch der geringste Stein von Venedig ist so viel wert wie ein blühender Sohn.“

Zuweilen sah er entsetzliche Dinge. Da war eine große Galeere, die sich vom Anker losgerissen hatte und nun ans Land getrieben kam. Sie ging gerade gegen den gepfählten Strand los und stieß mit dem Widderkopfe, den sie am Vordersteven trug, zu, als sollte sie sich in ein feindliches Schiff bohren. Stoß um Stoß führte sie, und der Anlauf war so furchtbar, dass das Schiff sogleich aus den Fugen ging. Die Wellen spielten hinein, die Spalten weiteten sich und das stolze Fahrzeug wurde in Stücke gerissen. Aber die ganze Zeit über sah man, wie sich der Kapitän und ein paar Mann der Besatzung, die das Fahrzeug nicht verlassen wollten, an das Verdeck anklammerten und dem Tode entgegengingen, ohne einen Versuch zu machen, ihm zu entkommen.

So kam die zweite Nacht, und Ceccos Gebete ließen nicht ab, an die Himmelstür zu pochen. „Lass mich allein leiden“, sagte er. „San Marco, dies ist mehr, als ein Mann ertragen kann, wenn er andre so mit ins Unglück stürzen sieht. Sende doch einen Löwen und töte mich, ich will nicht von der Stelle weichen. Was ich für die Stadt dahingeben soll, sag es mir, ich opfere es gern.‘

Als er dies sagte, blickte er zur Piazzetta hinüber, und es war ihm, als könnte er den Markuslöwen auf der einen Granitsäule nicht mehr sehen.

Hatte San Marco zugelassen, dass sein Löwe zur Erde geweht wurde? Der alte Cecco weinte. Er war nahe daran, an Venedig zu verzweifeln.

Während er so dalag, sah er die ganze Zeit über Gesichter und hörte Stimmen. Die Dämonen sprachen und tobten rings um ihn. Er hörte sie, wie sie gleich wilden Tieren zischten, wenn sie sich gegen die Strandpfähle warfen. Er fragte nicht viel nach ihnen. Alles Sinnen und Trachten galt Venedig.

Da hörte er über sich starken Schwingenschlag, und das Herz sank ihm im Leibe, das war sicherlich San Marcos Löwe, der da geflogen kam. Es regte sich hier und dort in der Luft, er sah ihn und sah ihn nicht. Dann deuchte ihn, er stiege auf die Riva degli Schiavoni herab, wo er lag, und schliche dort umher. Ihm war, dass er vor Schrecken ins Meer springen wollte, aber er blieb auf seinem Platze. Er war wohl der, den der Löwe suchte. Könnte er nur Venedig retten, so wollte er gern San Marcos Rache über sich ergehen lassen.

Nun kam der Löwe über die Erde geschlichen wie eine Katze. Er sah, wie er sich zum Sprunge duckte. Er merkte, wie er die Flügel niederschlug und die großen Karfunkelaugen zu zwei schmalen, leuchtenden Ritzen zusammenzog.

Der alte Cecco dachte wohl daran, ins Boot hinunterzukriechen und sich unter die Brückenwölbung in Sicherheit zu bringen, aber er ermannte sich und blieb, wo er war.

In demselben Augenblick stand urplötzlich ein großer, ehrwürdiger Mann neben ihm.

„Guten Abend, Cecco", sagte der Mann, „nimm dein Boot und führe mich hinüber nach San Giorgio Maggiore."

„Ja", sagte der alte Fischer, „gleich, Herr."

Es war ihm, als erwache er aus einem Traum. Der Löwe war verschwunden, und der Mann hier war ja einer, der ihn kannte, obgleich Cecco sich nicht entsinnen konnte, wo er ihm zuvor begegnet wäre. Er war recht froh, dass er Gesellschaft fand. Die furchtbare Last und Beklemmung, die auf ihm gelegen hatten, seit er in Feindschaft mit dem Heiligen geraten war, waren auf einmal gänzlich verschwunden. Aber was nun die Überfahrt nach San Giorgio betraf, so glaubte er keinen Augenblick, dass das glücken könnte.

„Wir können ja nicht einmal das Boot herausbekommen", sagte er zu sich selbst. Aber der Mann neben ihm erschien ihm so, dass er alles

Erdenkliche tun wollte, um ihm zu dienen; und es glückte ihm auch, das Boot hervorzuziehen. Er half dem Fremdling einsteigen und ergriff das Ruder.

Cecco lachte über sich selbst. Was glaubst du denn? Stoße doch wenigstens nicht ab, dachte er. Hast du je solche Wellen gesehen? So sage ihm doch, dass das nicht in menschlicher Macht steht.

Aber es deuchte ihn, er könnte dem Fremdling nicht sagen, dass es unmöglich sei. Dieser saß so gelassen da, als sollte er an einem Sommerabend zum Lido fahren. Und Cecco begann nach San Giorgio Maggiore zu rudern. Es war unheimlich, einmal ums andre gingen die Wellen über sie hin.

„Ah, ruf doch einer den Kerl“, sagte Cecco halblaut zu sich selbst, „ruft doch den Kerl, der in solch einem Wetter ausfährt. Es ist ja sonst ein kluger, alte Fischer, ruft ihm nach.“

Nun stieg das Boot steile Anhöhen hinan und glitt hinab in tiefe Täler. Schaum sprühte auf Cecco von den Wellen, die gleich scheuen Pferden an ihm vorbeieilten, aber er arbeitete sich doch immer näher nach San Giorgio hin.

„Wer ist es, für den du all dies tust, für den du Boot und Leben wagst?“, sagte er. „Du weiß ja nicht einmal, ob er dich bezahlen kann. Er sieht nicht aus wie ein vornehmer Herr. Er ist nicht besser gekleidet als du selbst.“

Aber das sagte er nur, um guten Muts zu bleiben und sich seiner Nachgiebigkeit nicht schämen zu müssen. Er fühlte sich gezwungen, alles zu tun, was der Mann im Boote verlangte.

„Aber nicht bis San Giorgio wenigstens, du Narr“, sagte er, „da weht der Wind noch ärger als am Rialto.“

Aber er legte dort an und hielt das Boot fest, indes der Fremdling ans Land ging. Es deuchte ihn das Klügste, das Boot dazulassen und sich fortzuschleichen, aber er tat es nicht. Er hätte eher den Tod erleiden, als den Fremdling verraten mögen. Er sah diesen die Insel hinaufgehen und in die Kirche San Giorgio eintreten. Bald darauf kam er zurück, von einem eisengepanzerten Ritter bekleidet.

„Rudre uns jetzt hinaus nach San Niccolo am Lido“, sagte der Fremdling.

Ach ja, freilich, dachte Cecco, warum nicht auch zum Lido? Da es Todesqual war, das Stück nach San Giorgio zu rudern, warum sollten sie nicht auch die Fahrt zum Lido wagen? Und Cecco erschrak vor sich selbst, weil er dem Fremdling so bis in den Tod gehorsam war, denn nun ruderte er wirklich zum Lido hin.

Jetzt, da ihrer zwei im Boote waren, hatte er noch schwerere Arbeit. Er wusste gar nicht, wie er es ertragen sollte. „Du hattest doch noch viele Jahre zu leben", sagte er vorwurfsvoll zu sich selbst.

Aber das Wunderliche war, dass er dennoch nicht betrübt war. Er trauerte weder über die Söhne noch über irgendetwas anderes. Und wie stolz er war, dass er sich durcharbeiten konnte. „Er weiß sein Ruder zu führen, der alte Cecco", sagte er zu sich selbst.

Sie legten am Lido an und die beiden Fremdlinge gingen ans Land. Sie stiegen zu San Niccolo hinauf und kamen bald in Gesellschaft eines alten Bischofs zurück, der mit der Stola bekleidet war, den Stab in der Hand und die Mitra auf dem Haupte hatte.

„Rudere nun hinaus ins offene Meer", sagte der erste Fremdling. Der alte Cecco erbebte. Sollte er ins Meer hinausrudern, wo seine Söhne den Tod gefunden hatten? Nun sagte er kein Scherzwort mehr zu sich selbst. Er dachte auch nicht so sehr an den Sturm, als an das Grauen, das darin lag, zum Grabe der Söhne hinauszufahren.

Als er nun dorthin ruderte, fühlte er, dass er mehr als sein Leben für den Fremden hingab.

Die drei Männer saßen schweigend im Boote, als wären sie wohl auf ihrer Hut. Cecco sah, wie sie sich vorbeugten und in die Dunkelheit hinausspähten. Sie hatten die Meerespforte beim Lido erreicht, und das große, sturmdurchwühlte Meer lag vor ihnen.

In Cecco schluchzte es gleichsam auf. Er dachte daran, dass hier in diesen Wellen die zwei Leichen umherrollten. Er starrte ins Wasser hinab, nach ein paar wohl bekannten Gesichtern. Aber vorwärts ging es trotz alledem. Cecco ließ sich nicht unterducken.

Da erhoben sich plötzlich die drei Männer im Boote, und Cecco sank in die Knie, obgleich er noch immer das Ruder festhielt. Ein großes Schiff kam gerade auf sie zugesteuert.

Das heißt, es hielt schwer für Cecco, zu sehen, ob es ein Schiff wäre oder nur ein treibender Nebel. Die Segel waren groß, als wären sie zu den vier Enden des Himmels gespannt, und der Rumpf war gewaltig, aber gleichsam aus dem leichtesten Meeresdunst erbaut. Er vermeinte eine Besatzung von Dämonen an Bord zu sehen und ihre Rufe zu hören, aber die Dämonen waren wie eine geballte Dunkelheit und ihre Rufe wie das Brüllen des Sturmes.

Jedenfalls war es zu furchtbar, das Schiff gerade über sie herkommen zu sehen, und Cecco schloss die Augen.

Doch mussten die drei im Boote den Stoß abgewehrt haben, denn das Boot wurde nicht übersegelt. Als Cecco aufsah, war das Schiff auf der Flucht ins Meer hinaus begriffen, und laute Klageschreie drangen durch die Nacht.

Er richtete sich zitternd auf, um weiterzurudern. Er fühlte eine solche Müdigkeit, dass er kaum das Ruder führen konnte. Aber es war auch keine Gefahr mehr. Der Sturm hatte aufgehört und die Wellen legten sich rasch zur Ruhe.

„Führe uns nun heim nach Venedig“, sagte der Fremdling zum Fischer. Cecco brachte das Boot zum Lido, wo der Bischof ausstieg, und nach San Giorgio, wo der Ritter sie verließ. Der erste mächtige Fremdling begleitete ihn bis zum Rialto.

Als sie an der Riva degli Schiavoni ans Land gestiegen waren, sagte er zum Fischer: „Wenn es tagt, sollst du zum Dogen gehen und ihm sagen, was du heute Nacht geschaut hast. Sage ihm, dass San Marco, San Giorgio und San Niccolo in dieser Nacht mit den Dämonen gekämpft haben, die Venedig zerstören wollten, und sie vertrieben haben.“

„Ja, Herr“, sagte der Fischer, „ich will alles berichten. Aber wie werde ich so zu reden wissen, dass der Doge mir Glauben schenkt?“

Da reichte San Marco ihm einen Ring mit einem wundersam strahlenden Edelstein. „Zeige diesen Ring dem Dogen“, sagte er, „dann weiß er, dass er von mir Kunde bringt. Er kennt meinen Ring.“

Der Fischer nahm den Ring und küsste ihn ehrfurchtsvoll.

„Und weiter sollst du dem Dogen sagen“, fuhr der Heilige vor, „dass ich diesen Ring als ein Zeichen gebe, dass ich Venedig niemals verlassen werde. Selbst wenn der letzte Doge aus dem Palazzo ducale gezogen ist, werde ich Venedig aufrechterhalten. Selbst wenn Venedig die Inseln des Ostens verliert und die Herrschaft über das Meer und kein Doge mehr auf dem Bucentauro auszieht, werde ich die Stadt schön und strahlend bewahren. Stets wird sie reich und geliebt sein, stets besungen und gepriesen, stets wird es hold sein für die Menschen, in ihr zu weilen. Sage ihnen dieses, Cecco, und der Doge wird deiner in deinen alten Tagen nicht vergessen!“

Damit verschwand der Apostel, und kurz darauf stieg die Sonne über der Meerespforte bei Torcello empor. Mit den ersten herrlichen Strahlen warf sie einen Rosenschimmer über das weiße Venedig und das schillernde Meer. Rot erstrahlte San Giorgio und San Marco und der ganze palästegeschmückte Strand. Und in den schönen Morgen hinaus traten strahlende Venezianerinnen und lächelten von den Loggien dem Tage entgegen.

Wieder war Venedig die schöne Göttin, die in rosig glitzernder Muschel über den Wellen thront. Schön wie nie zuvor strählte sie ihr Goldhaar und hüllte sich in ihren Purpurmantel, um einem ihrer seligsten Tage entgegenzugehen. Denn ein Rausch des Glücks erfüllte sie, als der Fischer dem Dogen den Ring darbrachte und sie erfuhr, dass der Heilige heute und alle Zeit seine schützende Hand über sie halte.

## Santa Caterina di Siena

Es ist in dem alten Hause Santa Caterinas in Siena, an einem Tage Ende April, in der Woche, wo ihr Fest gefeiert wird. In dem alten Hause in der Färberstraße ist es, dem Hause mit der schönen Loggia und den vielen kleinen Kammern, die jetzt zu Kapellen und Betzimmern umgewandelt sind, in die die Menschen mit weißen Liliensträußen kommen und wo es nach Räucherwerk und Veilchen duftet.

Und wenn man da geht, denkt man: Es ist ganz so, als wäre die kleine Caterina gestern gestorben, als hätten alle, die heute in ihrem Hause aus und ein gehen, sie gesehen und gekannt.

Aber eigentlich kann doch niemand glauben, sie sei tot, denn da würde man mehr Schmerz und Tränen sehen und nicht bloß ein stilles Vermissen wie jetzt. Es ist eher, als ob eine geliebte Tochter eben geheiratet hätte und aus dem väterlichen Heime fortgezogen wäre.

Werft nur einen Blick auf die nächsten Häuser. Die alten Mauern sind festlich verkleidet. Und in ihrem eignen Heim hängen Blumengirlanden unter Pforten und Loggien, grünes Laub liegt auf den Treppen und Schwellen und in den Zimmern duftet es nach großen Blumensträußen.

Und man kann es gar nicht glauben, dass sie schon seit fünfhundert Jahren tot ist. Viel eher ist es, als hätte sie ihre Hochzeit gefeiert und wäre fortgezogen in ein Land, aus dem sie erst spät oder niemals wiederkehren kann. Sind es nicht lauter rote Tücher und rote Decken und rote Seidenfahnen, die die Häuser verkleiden, und sind nicht die größten, rotesten Papierrosen in die dunklen Steineichengirlanden gesteckt, und die Schabracken über Türen und Fenstern, sind sie nicht rot mit goldnen Fransen? Kann es etwas Fröhlicheres geben?

Und seht nun, wie können im Hause alte Frauen umhergehen und ihre kleinen Besitztümer betrachten. Es ist, als hätten sie sie gerade diesen Schleier, dieses Bußgewand tragen sehen. Sie besehen das Zimmer, wo sie gewohnt hat, und weisen auf die Lagerstadt und auf die Briefbündel. Und sie erzählen, wie sie erst gar nicht schreiben lernen konnte, aber dann kam es plötzlich über sie, dass sie es konnte – ganz ohne Unterricht. Und seht nur, was für eine gute, klare Handschrift! – Dann zeigen sie auch die kleine Flasche, die sie am Gürtel zu tragen pflegte, um immer ein paar Tropfen zur Hand zu haben, wenn sie einem Kranken begegnete; und sie lesen einen Segenspruch über der alten Nachtlampe, die sie in der Hand trug, wenn sie ging und die Kranken in den Nächten des Leidens aufsuchte. Es ist ganz, als wollten sie sagen: „O Gott, o Gott, dass sie nun fort ist, die kleine Caterina Benincasa, dass sie nie mehr kommen wird und nach uns Alten sehen!“

Und sie küssen ihr Bild und nehmen Blumen aus den Sträußen und bergen sie als Andenken.

Es sieht ganz so aus, als hätten die, die im Heim zurückgeblieben sind, sich lange auf die Trennung vorbereitet und versucht, alles Mögliche zu tun, um das Gedächtnis der Fortgezogenen so recht lebendig zu erhalten. Seht, dort an der Wand, da ist sie gemalt, da ist ihre ganze, kleine Geschichte Zug für Zug gesammelt. Da ist sie, wie sie sich das lange, schöne Haar abschnitt, damit kein Mann sie lieben könnte, denn sie wollte nicht heiraten! Oh, oh, welchen Schimpf sie darum leiden musste! Es ist schrecklich, daran zu denken, dass ihre Mutter sie quälte und sie wie eine Dienstmagd behandelte und sie auf dem Steinboden im Flur schlafen ließ und ihr nichts zu essen geben wollte, bloß weil sie standhaft blieb. Aber sie, die keinen andern Bräutigam haben wollte als Christus, was sollte sie tun, da sie stets versuchten, sie zu verehelichen? Und da ist sie, wie sie auf den Knien lag und betete, und wie ihr Vater in das Zimmer trat, ohne dass sie darum wusste, und eine schöne, weiße Taube über ihrem Haupte schweben sah, solange das Gebet währte.

Und da ist sie, in einer Weihnachtsnacht, als sie sich zum Altar der

Madonna geschlichen hatte, um sich so recht der Geburt des Gottessohnes zu freuen.

Und die schöne Madonna beugte sich aus dem Rahmen hinab und reichte ihr das Kind, damit sie es für einen Augenblick in ihren Armen halte. Ah, welche Seligkeit sie da empfand!

Du lieber Gott, ja, man muss ja auch nicht sagen, dass sie tot ist, die kleine Caterina Benincasa. Man kann ganz einfach sagen, sie sei fortgezogen mit ihrem Bräutigam.

Dort im Hause wird man ihr frommes Tun und Lassen nie vergessen. Da kommen alle Armen Sienas und klopfen an die Tür; denn sie wissen: Dies ist des kleinen Jungfräuleins Hochzeitstag. Und da liegen große Haufen Brot für sie bereit, ganz, als wäre sie noch daheim. Sie bekommen die Körbe und die Taschen voll. Sie hätte sie nicht schwerer beladen wegschicken können, wenn sie selbst noch da wäre.

Da ist ein solcher Kummer um die Dahingegangene, dass man kaum begreift, wie der Bräutigam es hat übers Herz bringen können, sie fortzuführen.

Drinnen in den kleinen Kapellen, die in jeder Ecke des Hauses eingerichtet sind, lesen sie Messe um Messe, den ganzen Tag, und sie rufen die Braut an und singen Hymnen an sie.

„Heilige Caterina“, sagen sie, „an deinem Todestage, der dein himmlischer Hochzeitstag ist: Bitte für uns!“

„Heilige Caterina, die du keine andre Liebe hattest als Christus, die du im Leben seine verlobte Braut warst und im Tode von ihm im Paradiese empfangen wurdest: Bitte für uns!“

„Heilige Caterina, du strahlende Himmelsbraut, du allerglücklichste Jungfrau, die die Gottesmutter zur Seite des Sohnes erhob, die an diesem Tage von Engeln in das Reich der Herrlichkeit getragen wurde: Bitte für uns!“ – – –

Es ist wunderlich, wie lieb man sie gewinnt; das Heim und die Bilder und die Liebe der Alten und Armen machen sie so lebendig. Und man beginnt nachzugrübeln, wie sie wirklich war, ob sie nur eine Heilige gewesen ist, nur eine Himmelsbraut, ob es wahr ist, dass sie es nicht vermochte, einen andern als Christus zu lieben. Und da kommt eine alte Erzählung, die einem vor langer Zeit das Herz erwärmt hat, aus der Erinnerung aufgetaucht, erst ganz unbestimmt und formlos; aber während man in dem festlich geschmückten Hause unter der Loggia sitzt und die

Armen mit ihren gefüllten Körben fortwandern sieht und das dumpfe Murmeln aus der Kapellen hört, wird das Schwebende immer deutlicher und steht mit einem Male ganz klar vor dem Gedanken.

Nicola Tungo war ein junger Edelmann aus Perugia, der oft nach Siena kam um der Wettrennen willen. Er merkte bald, was für eine schlechte Verwaltung Siena hatte, und sagte oft, bei den Gastmählern der Großen und wenn er im Wirtshause saß und trank, dass Siena sich gegen die Signoria erheben und sich andre Machthaber schaffen solle.

Die damalige Signoria war noch nicht länger als ein halbes Jahr am Ruder; sie war ihrer Stellung nicht sehr sicher und wollte es nicht dulden, dass der Perugier das Volk aufreizte. Um der Sache ein rasches Ende zu machen, ließ sie ihn gefangen nehmen, und nach einem kurzen Verhör wurde er zum Tode verurteilt. Man warf ihn in eine Gefängniszelle des Palazzo publico, indessen alles zur Hinrichtung vorbereitet wurde, die am nächsten Morgen auf dem Marktplatze stattfinden sollte.

Im Anfange deuchte es ihn wunderlich. Morgen sollte er also nicht mehr seinen grünen Samtmantel tragen und das schöne Wehrgehenk, sollte nicht mehr über die Straße gehen in seinem Straußfederbarett und die Blicke der jungen Mägdlein auf sich locken. Und es schwebte ihm vor wie eine schmerzliche Leere, dass er sein neues Pferd nicht würde reiten können, das er gestern gekauft und erst ein einziges Mal versucht hatte.

Plötzlich rief er dem Gefängniswächter und hieß ihn zu den Herren der Signoria gehen und ihnen sagen, dass er sich unmöglich töten lassen könnte, er hätte keine Zeit. Er hätte zu viel zu tun. Das Leben könnte ihn nicht entbehren. Sein Vater sei alt, und er sei ja der einzige Sohn, er sei es, der das Geschlecht fortsetzen solle. Er, der die Schwestern zu verheiraten hätte, der den neuen Palast bauen, den neuen Weingarten pflanzen müsste.

Er war ein stattlicher junger Mann, er wusste nicht, was Krankheit sei, nichts als Leben hatte er in den Adern. Sein Haar war dunkel und seine Wangen waren rosig. Er konnte es nicht fassen, dass er sterben sollte.

Wenn er daran dachte, dass man ihn wegriss von Spiel und Tanz und Karneval, vom Wettrennen des nächsten Sonntags, von der Serenade, die er der schönen Giuletta Lombardi bringen wollte, da wurde er rasend vor Zorn über die Ratsherren, so wie man über die Diebe und Räuber außer sich gerät. Die Schurken, die Schurken, das Leben wollten sie ihm nehmen!

Aber je mehr Zeit hinging, desto größer wurde seine Trauer. Er trauerte um Licht und Wasser, um Himmel und Erde. Er dachte, dass er gern ein

Bettler am Wege sein wollte, krank sein, hungern und frieren wollte er, wenn er nur leben dürfte.

Er wünschte, dass alles mit ihm stürbe, dass nichts nach ihm übrig bliebe. Das wäre ihm ein großer Trost gewesen.

Aber dass am nächsten Tag und alle Tage Leute auf den Markt kommen und handeln würden, dass Frauen Wasser vom Brunnen holen und Kinder über die Straße laufen würden und er es nicht sehen sollte, das konnte er nicht ertragen. Er beneidete nicht nur die Leute, die prunken und Feste feiern konnten und glücklich waren. Er beneidete ebenso sehr den elendesten Krüppel. Was er wollte, war nichts als das Leben.

Da kamen Priester und Mönche zu ihm.

Er wurde beinahe froh, denn nun hatte er jemand, gegen den er seinen Zorn kehren konnte. Er ließ sie erst ein wenig reden, er war begierig, zu hören, was sie einem so zu Unrecht verurteilten Manne sagen würden; aber als sie ihm sagten, er möge sich freuen, dass es ihm vergönnt sei, in seiner blühenden Jugend aus dem Leben zu scheiden und die himmlische Seligkeit zu gewinnen, da fuhr er auf und ergoss seinen Zorn über sie. Er höhnte Gott und die Himmelsfreuden, er bedürfe ihrer nicht. Das Leben wolle er und die Erde, Luft und Tand. Er bereue jeden Tag, an dem er sich nicht in irdischen Freuden gewälzt hätte. Er bereue jede Versuchung, der er widerstanden hätte. Was brauche Gott sich um ihn zu bekümmern? Er trage kein Verlangen nach seinem Himmel.

Und als die Priester fortfuhren zu sprechen, packte er einen von ihnen an der Brust und hätte ihn getötet, wenn sich nicht der Kerkermeister dazwischengeworfen hätte. Da ließen sie ihn binden und knebelten seinen Mund und predigten ihm; aber sobald er wieder reden konnte, raste er wie zuvor. Sie blieben stundenlang bei ihm, aber sie sahen, dass es nichts fruchtete.

Als sie sich gar keinen andern Rat mehr wussten, da schlug einer von ihnen vor, man möge die junge Caterina Benincasa zu ihm senden, der eine große Macht eigen war, trotzige Herzen zu beugen.

Wie der Perugier diesen Namen hörte, hielt er mitten in seinem Redestrom inne. Fürwahr, das behagte ihm. Das war ganz etwas anderes, es mit einem jungen, schönen Mägdlein zu tun zu haben.

„Schickt mir die Jungfrau her“, sagte er.

Er wusste, dass sie eine junge Färberstochter war, die allein in Straßen und Gässchen umherzog und predigte. Manche hielten sie für wahnsinnig, andere erzählten, dass sie Visionen hätte. Für ihn war sie immerhin eine bessere Gesellschaft als diese schmutzigen Mönche, die ihn ganz von Sinnen brachten.

So gingen die Mönche ihrer Wege, und er blieb allein. Kurz darauf öffnete sich die Tür aufs Neue; aber wenn die Geholte jetzt hereingekommen war, musste sie mit sehr leichten Schritten gegangen sein, denn er hörte nichts. Er lag auf dem Boden, wo er sich in seinem großen Unmut hingeworfen hatte, und war zu müde, um sich zu erheben oder eine Bewegung zu machen oder auch nur aufzublicken. Seine Arme waren mit Stricken zusammengeschnürt, die tief ins Fleisch schnitten.

Da fühlte er, wie jemand begann, diese Stricke zu lösen, eine warme Hand streifte seinen Arm, und er sah auf. Neben ihm lag ein kleines Wesen in weißer Dominikanertracht, Kopf und Hals so dicht in weiße Schleier eingehüllt, dass von ihrem Gesicht gerade so viel sichtbar wurde wie von dem eines Ritters, wenn er einen Helm mit heraufgeschlagenem Visier trägt.

Sie sah gar nicht so fromm aus, sie war wohl ein wenig aufgebracht. Er hörte, wie sie etwas murmelte von den Gefängnisknechten, die die Strecke zugezogen hatten. Es schien, als sei sie zu keinem andern Zwecke gekommen, als sich um die Knoten zu mühen. Sie war ganz davon erfüllt, sie zu lösen, ohne ihm wehe zu tun. Endlich musste sie die Zähne zu Hilfe nehmen, und da ging es. Sie schnürte den Strick mit leichten Bewegungen auf, nahm dann die kleine Flasche, die sie am Gürtel trug, und goss ein paar Tropfen daraus auf die zerschnittene Haut.

Er lag da und blickte sie immerfort an, aber sie begegnete seinem Blick nicht und schien nur auf das bedacht, was sie unter den Händen hatte. Es war, als läge ihr nichts so fern, als dass sie hier weilte, um ihn zum Tode vorzubereiten.

Er war jetzt so ermüdet von seiner Aufwallung und gleichzeitig so beruhigt durch ihre Gegenwart, dass er bloß sagte:

„Ich glaube, ich möchte schlafen."

„Es ist eine wahre Schmach, dass sie hier kein Stroh gebracht haben", sagte sie.

Sie sah sich einen Augenblick unschlüssig um, dann kam sie und ließ sich hinter ihm auf dem Boden nieder und legte seinen Kopf auf ihre Knie.

„Ich dir jetzt besser?", fragte sie.

Nie in seinem Leben hatte er sich so ruhevoll gefühlt.

Aber schlafen konnte er doch nicht, sondern er lag da und blickte zu ihrem Antlitz empor, das gelblich weiß und durchsichtig war. Solchen Augen war er nie zuvor begegnet. Sie blickten immer weit, weit fort, sie sahen in eine andre Welt hinein, indessen sie unbeweglich dasaß, um seinen Schlummer nicht zu stören.

„Du schläfst nicht, Nicola Tungo", sagte sie und sah unruhig aus.

„Ich kann nicht schlafen", erwiderte er, „denn ich liege da und denke nach, wer du sein magst."

„Ich bin die Tochter Luca Benincasas, des Färbers, und seiner Ehefrau Lapa. Unser Haus liegt in der Talsohle unter dem Dominikanerkloster."

„Ich weiß", sagte er, „und ich weiß auch, dass du in den Straßen umhergehst und predigst. Und dass du die Nonnentracht genommen und das Gelübde der Keuschheit abgelegt hast, weiß ich auch. Aber dennoch weiß ich nicht, wer du bist."

Sie wendete den Kopf ein wenig ab. Dann sagte sie flüsternd, wie eine, die ihre erste Liebe bekennt: „Ich bin die Braut Christi."

Er lachte nicht; aber er fühlte einen Stich im Herzen, wie vor Eifersucht. „Ah, Christus!", sagte er, als hätte sie sich weggeworfen.

Sie hörte, dass Verachtung in seinem Tone lag, aber sie verstand das so, als meine er, sie wäre vermessen.

„Ich begreife es selbst nicht", sagte sie, „aber es ist so."

„Das ist eine Einbildung oder ein Traum", erwiderte er.

Sie wendete ihm ihr Gesicht zu. Es leuchtete rosig von dem Blute, das unter der durchsichtigen Haut aufgestiegen war. Es deuchte ihn mit einem Male, dass sie schön sei wie eine Blume, und er wurde ihr gut. Sie regte die Lippen, als wolle sie sprechen, doch es kam kein Laut hervor.

„Wie soll ich das glauben können?", beharrte er.

„Ist es dir nicht genug, dass ich hier bei dir im Kerker bin?", fragte sie mit erhobner Stimme. „Ist es eine Freude für ein junges Mädchen, wie ich es bin, zu dir und zu andern Verbrechern in ihre trüben Gefängnishöhlen zu gehen, eine Zielscheibe allen Hohns? Brauche ich nicht Schlaf wie andre, und doch muss ich jede Nacht aufstehen und zu den Kranken des Hospitals gehen? Habe ich nicht Furcht wie andre, und doch muss ich zu den vornehmen Herren wandern auf ihre Schlösser und ihnen ins Gewissen reden? Zu den Pestkranken muss ich gehen, alle Laster, alle Sünden muss ich schauen. Wann sahst du je eine Jungfrau all dies tun? Und ich muss es doch."

„Ach, du Arme", sagte er und strich sacht über ihre Hand. „Du Arme."

„Denn ich bin nicht kühner oder klüger oder stärker als irgendeine andre“, sagte sie. „Es fällt mir ebenso schwer, solches zu tun, wie allen andern Jungfrauen. Du siehst es ja. Bin ich nicht hergekommen, um mit dir von deiner Seele zu reden, und doch habe ich gar nicht gewusst, was ich dir sagen soll.“

Es war wunderlich, wie ungern er sich überzeugen ließ. „Du magst dich dennoch irren“, sagte er. „Woher weißt du, dass du dich Christi Braut nennen darfst?“

Ihre Stimme begann zu beben, und es war, als müsste sie sich das Herz aus der Brust reißen, da sie antwortete:

„Es fing früh bei mir an, ich war nicht mehr als sechs Jahre alt. Da ging ich eines Abends mit meinem Bruder über die Wiese unter der Dominikanerkirche, und gerade wie ich meine Augen zur Kirche erhob, sah ich Christus auf seinem Thron sitzen, umgeben von aller Macht und Herrlichkeit. Er war in leuchtende Gewänder gekleidet wie der Heilige Vater in Rom, sein Haupt war von paradiesischem Lichte umgeben, und um ihn her standen Pietro, Paolo und Giovanni der Evangelist. Und wie ich ihn betrachtete, da drang in mein Herz eine solche Liebe und solche heilige Wollust ein, dass ich es kaum zu ertragen vermochte. Er erhob die Hand und segnete mich, und ich sank zu Boden und war so berückt von Seligkeit, dass mein Bruder mich am Arme ergriff und schüttelte. Seither, Nicola Tungo, habe ich Jesus geliebt wie meinen Bräutigam.“

Doch er wendete wieder ein: „Du warst ein Kind damals. Du bist auf der Wiese eingeschlafen und hast geträumt.“

„Geträumt“, wiederholte sie, „sollte ich wohl alle die Male geträumt haben, da ich ihn gesehen habe? Sollte es ein Traum gewesen sein, dass er in der Kirche zu mir kam in Gestalt eines Bettlers und mich um ein Almosen bat? Da war ich doch ganz wach. Und hätte ich um eines bloßen Traumes willen durch so viel Leiden gehen können, wie mir jungem Mägdlein widerfuhr, weil ich keine Ehe schließen wollte?“

Doch Nicola blieb hartnäckig, denn er konnte es nicht ertragen, dass sie eine andre Liebe im Herzen trug. „Aber wenn du auch Christus liebst, o Jungfrau, woher weißt du, dass er dich wiederliebt?“

Sie lächelte ihr fröhliches Lächeln und schlug die Hände zusammen wie ein Kind. „Das sollst du hören, das sollst du hören“, sagte sie. „Nun will ich dir das Allerwichtigste sagen. Es war eine Nacht in den Fasten. Ich hatte Frieden mit den Eltern geschlossen und ihre Erlaubnis erwirkt, das Gelübde der Keuschheit abzulegen und die Nonnentracht zu nehmen, obgleich ich immer noch in ihrem Hause wohnte. Und es war Nacht, wie ich dir gesagt habe, aber es war die letzte Nacht des Karnevals, sodass alle die Nacht zum Tage machten. Es war ein Fest auf allen Gassen, die Balkone hingen wie Vogelbauer an den Mauern der großen Paläste und waren ganz mit seidenen Tüchern und Fahnen verkleidet und mit edlen Damen besetzt. Ich sah ihre Schönheit im Schimmer der roten, rauchenden Fackeln, die in Bronzeleuchtern staken, Reihe um Reihe, bis zum Dachfirst hinauf. Und über die bunten Gassen kamen sie in Wagen gefahren, und alle Götter und Göttinnen und alle Tugenden und Schönheiten wallten in langen Zügen dahin. Und dazwischen gab es ein Spiel der Masken und solch eine Lustigkeit, dass du, o Herr, nie bei etwas Fröhlicherem warst. Und ich floh in meine Kammer, aber ich hörte doch das Gelächter von der Straße, und nie habe ich Menschen so lachen hören, es war so lieblich und klingend, dass die ganze Welt mitlachen musste, und sie sangen Weisen, die sicherlich böse waren, aber sie klangen so unschuldig und brachten solche Freude mit sich, dass das Herz erzitterte, sodass ich mich mitten im Gebete fragen musste, warum ich nicht mit dort draußen wäre, und es zog und lockte mich so unwiderstehlich, als wäre ich an ein scheues Pferd gebunden. Aber nie zuvor habe ich so zu Christus gebetet, dass er mir zeigen möge, was sein Wille mit mir sei. Und da hörte plötzlich aller Lärm auf. Eine große, wunderbare Stille war um mich, und ich sah eine grüne Wiese, wo die Gottesmutter unter Blumen saß, und in ihrem Schoße lag das Jesuskind und spielte mit Lilien. Und ich eilte mit großer Freude hinzu und sank vor dem Kinde auf die Knie und war plötzlich voll Frieden und Ruhe, und da schob das heilige Kind einen Ring auf meinen Finger und sagte zu mir: ‚Wisse es, Caterina, dass ich heute mein Verlobungsfest mit dir feiere und dich an mich binde mit der stärksten Treue!'"

„O Caterina!"

Der jungen Perugier hatte sich auf den Boden umgedreht, sodass er sein Gesicht in ihrem Schoß vergraben konnte. Es war, als ertrüge er es nicht, zu sehen, wie sie strahlte, während sie sprach, und wie ihre Augen gleich klar schimmernden Sternen wurden. Es gingen Schmerzensschauer durch seinen Körper.

Aber indessen sie sprach, war ein großer Kummer in ihm aufgekeimt. Das kleine Jungfräulein, das weiße, kleine Jungfräulein – das sollte er niemals gewinnen. Ihre Liebe gehörte einem andern, sie konnte nie sein werden. Es lohnte nicht einmal, ihr zu sagen, dass er ihr gut war. Aber er litt, sein ganzes Wesen zitterte in Liebesqual. Wie sollte er leben können ohne sie? Da war es ihm beinahe ein Trost, zu denken, dass er zum Tode verurteilt war. So brauchte er nicht zu leben und sie zu entbehren.

Da stieß das Mägdlein hinter ihm einen tiefen Seufzer aus und kehrte von den Himmelsfreuden zurück, um an die armen Menschen zu denken. „Ich vergesse ganz, mit dir von deiner Seele zu sprechen", sagte sie. Da dachte er: Sieh, diese Bürde kann ich ihr doch erleichtern.

„Schwester Caterina", sagte er, „ich weiß nicht, welcher himmlische Trost sich auf mich gesenkt hat. In Gottesnamen, ich will mich auf den Tod vorbereiten. Du kannst Priester und Mönche rufen und ich werde ihnen beichten. Aber eines muss du mir geloben, bevor du gehst. Du wirst zu mir kommen, morgen, wenn ich sterben soll, und wirst meinen Kopf zwischen deinen Händen halten, so wie du jetzt tust."

Als er dies sagte, begann sie zu weinen, und eine unsägliche Freude erfüllte sie. „Nicola Tungo, wie glücklich bist du!", sagte sie, „du kommst vor mir ins Paradies." Und sie begann leise sein Haar zu streichen.

Und er sagte wieder: „Du kommst zu mir, morgen, auf den Marktplatz. Vielleicht werde ich sonst bange. Vielleicht kann ich sonst nicht in Standhaftigkeit sterben. Aber wenn du da bist, werde ich nur Freude empfinden, und alle Furcht wird von mir weichen."

„Ich sehe dich nicht mehr als ein armes Menschenkind", sagte sie, „als ein Einwohner des Himmels erscheinst du mir. Mir ist, als strahltest du Licht aus, als umschwebte dich Weihrauch. Es strömt Seligkeit über von dir auf mich, der du so bald dem geliebten Bräutigam begegnen wirst. Sei getrost, ich werde kommen und dich sterben sehen." Hierauf führte sie ihn zur Beichte und zum Abendmahl. Er tat alles wie ein Schlummernder, Todesfurcht und Lebenssehnsucht hatten ihn verlassen. Er wünschte den Morgen herbei, an dem er sie wieder sehen sollte, er dachte nur an sie und an die Liebe für sie, die ihn erfasst hatte. Der Tod deuchte ihn jetzt etwas ganz Geringes gegen den Schmerz, dass sie ihn niemals lieben würde.

Die Jungfrau schlief nicht viel in dieser Nacht, und frühmorgens war sie auf dem Richtplatz, um seiner zu harren. Sie rief unablässig Jesu Mutter an, Maria, und die heilige Katharina von Ägypten, die Jungfrau und Märtyrerin, dass sie seine Seele retteten. Und unablässig sagte sie: „Ich will, dass er erlöst werde, ich will, ich will."

Aber sie hatte Angst, dass ihre Gebete fruchtlos sein würden, denn sie empfand nicht mehr jene Begeisterung, die am Abend vorher über ihr gewesen war, nur ein unsägliches Mitleid fühlte sie mit ihm, der sterben sollte. Nur Kummer und Schmerz waren über ihr.

Langsam füllte sich der Marktplatz mit Menschen. Die Henkersknechte marschierten auf, die Büttel kamen, Lärm und Geplauder herrschten ringsum, aber sie merkte nichts und hörte nichts. Ihr war, als wäre sie ganz allein. Als er kam, ging es ihm ebenso. Er hatte keine Gedanken an alle die andern, er sah nur sie. Aber als er beim ersten Blicke auf sie sah, wie ihr Gesicht in Schmerz aufgelöst war, da leuchtete er auf und wurde beinahe froh. Und laut rief er ihr zu: „Heute Nacht hast du nicht geschlafen, Jungfrau."

„Nein", sagte sie, „ich habe im Gebete für dich gewacht, aber jetzt bin ich in Verzweiflung, denn meine Gebete haben keine Kraft."

Er ließ sich auf den Richtblock nieder, und sie lag auf den Knien davor, um seinen Kopf zwischen ihren Händen halten zu können.

„Nun ziehe ich aus, deinem Bräutigam zu begegnen, Caterina."

Sie schluchzte immer heftiger. „Ich kann dich so schlecht trösten", sagte sie.

Er sah sie mit einem wunderbaren Lächeln an. „Deine Tränen sind mein bester Trost."

Der Scharfrichter stand mit gezogenem Schwert neben ihnen, aber sie winkte ihm, er solle zurücktreten, sie wolle noch einige Worte mit dem Verurteilten sprechen.

„Bevor du kamst", sagte sie, „habe ich mich hier auf diesen Richtblock gelegt, um zu versuchen, ob ich es ertragen könnte. Und da fühlte ich, dass ich noch Grauen vor dem Tode hatte, dass ich Jesus nicht genug liebe, um in dieser Stunde sterben zu wollen. Und ich will auch nicht, dass du sterbest, und meine Gebete haben keine Kraft."

Als sie dieses gesagt hatte, dachte er: Wenn es mir vergönnt gewesen wäre, zu leben, hätte ich sie dennoch gewonnen. Und er war froh, dass er sterben sollte, bevor es ihm gelungen war, die strahlende Himmelsbraut zur Erde herunterzuziehen.

Als er aber seinen Kopf in ihre Hände gelegt hatte, da kamen über sie beide ein großer Trost. „Nicola Tungo", sagte sie, „ich sehe den Himmel sich auftun. Engel schweben herab, um deine Seele zu empfangen." Ein verwundertes Lächeln zog über sein Gesicht. Sollte das, was er um ihretwillen getan hatte, ihm das Himmelreich verdient haben? Er erhob seine Augen, um zu sehen, was sie sah, da fiel die Axt des Büttels.

Aber sie sah die Engel immer tiefer und tiefer herniederschweben, sah sie seine Seele emporheben und sie gen Himmel tragen.

Dass sie alle diese fünfhundert Jahre weitergelebt hat, erscheint mir mit einem Male so natürlich. Wie sollte man sie vergessen können, das sanfte, kleine Jungfräulein, das große, liebende Herz? Wieder und wieder muss man zu ihrem Preise singen, was jetzt in den kleinen Kapellen gesungen wird –:

*Pia Mater et humilis,*
*Naturae memor fragilis,*
*In huius vitae fluctibus*
*Nos rege tuis precibus.*
*Ora pro nobis,*
*Ut digni efficiamur promissionibus Christi.*
*Santa Caternia, ora pro nobis!*

## Die sieben Todsünden

Einmal wollte der böse Feind seinen Spott und Hohn mit einem weisen Mönche treiben. Er vermummte sich deshalb mit einem weiten Mantel und einem mächtigen Schlapphut, damit ihn niemand erkenne, und begab sich zu dem Alten, der in dem Beichtstuhl der Domkirche saß und auf seine Beichtkinder wartete.

„Ehrwürdiger Vater“, sagte der Versucher, „ich bin ein Ackersmann und eines Ackersmannes Sohn. Ich stehe mit der Sonne auf und vergesse niemals mein Morgengebet zu sprechen, dann arbeite ich den ganzen Tag draußen auf dem Felde. Meine Nahrung ist Milch und Brot, und wenn ich mit meinen Freunden fröhlich sein will, bewirte ich sie mit Honig und Früchten. Ich bin meiner alten Eltern einzige Stütze. Ich habe keine Frau, und mein Sehnen steht nicht nach Weibern. Ich geh fleißig in die Kirche und gebe den Zehnten von dem, was ich besitze. Ehrwürdiger Vater, du hast meine Beichte gehört. Willst du mir nun Absolution erteilen?“

„Mein Sohn“, sagte der Mönch, „du bist der frömmste Mann, den ich noch gesehen habe. Gerne will ich dir den Ablass geben. Lass mich dir erst nur erzählen, was sich jüngst hier in diesem Orte zugetragen hat. Es wird dein Herz erfreuen, denn du wirst von manchen rühmlichen Taten hören, und doch kannst du dir sagen, dass die, die sie vollbracht haben, an deinem Maße gemessen, arme Sünder sind."

„Vater, du verleitest zum Hochmut", sagte der Mann.

„Gott schützte mich vor so großer Sünde", erwiderte der Mönch. „Wenn du meine Erzählung erst vernommen hast, wirst du anders denken."

Und er begann: „Der stolze Rittersmann, dem das große Bergschloss jenseits des Flusses gehört, beschloss eines Tages, seine Tochter einem reichen und mächtigen Manne zu vermählen, der ihr gar herzlich zugetan war. Aber das widerstrebte der Jungfrau sehr, denn sie hatte ihre Treue schon einem andern versprochen.

Da schrieb die Jungfrau einen Brief an ihren Herzallerliebsten und erzählte ihm, wie sie von ihrem Vater gezwungen würde, einem andern anzugehören. ‚Darum sage ich Dir viel tausendmal Lebewohl', schrieb sie ihm, ‚und bitte Dich, Dich um meinetwillen nicht zu betrüben, denn ich bin Dir treu in meinem Herzen.'

Aber der Ritter, ihr Vater, nahm dem Boten den Brief ab und verbrannte ihn insgeheim.

So kam ihr Hochzeitstag, und sie grüßte ihn mit vielen Tränen. Aber in der Kirche weinte sie nicht: Der Schmerz schlug seinen Wohnsitz in den Zügen ihres Gesichtes auf und versteinerte sie. Und alle Leute in der Kirche weinten über sie.

Der Ritter, ihr Vater, sah auch, wie der Kummer ihr Gesicht versteinert hatte. Da erschrak er über seine Tat. Und als sie von der Kirche heimkehrten, da rief er die Tochter in seine Turmkammer und sagte: ‚Liebe, ich habe Unrecht gegen dich gehandelt.' Und obgleich er ein stolzer Mann war, fiel er vor ihr auf die Knie und gestand, dass er eine schimpfliche Tat begangen und ihren Brief genommen hatte. Denn er hatte befürchtet, dass ihr Geliebter mit seinen Knappen herbeireiten und sie mit Gewalt entführen würde, wenn er um die Hochzeit wüsste.

Sie sagte zu ihm: ‚Es mag deine Rechtfertigung sein, Vater, dass du nicht weißt, welche Not du verursacht hast.' Und sie trat auf die Zugbrücke hinaus.

Da kam der Bräutigam zu ihr. ‚Liebste, warum steht ein solcher Schmerz auf deinem Gesicht geschrieben?', sagte er.

Da antwortete die Braut: ‚Darum, weil ich einen Herzallerliebsten habe, den ich niemals zu lassen geschworen habe.'

Aber er sagte: ‚Sei nicht betrübt um dessentwillen. Meine Liebe zu dir ist so groß, dass ich glaube, niemand kann dich glücklicher machen, als ich es tun werde.‘

‚So denken alle, die lieben‘, sagte sie nur.

‚Sage mir, was ich tun soll, um den Schmerz auf deinem Gesicht zu verscheuchen‘, sagte er, ‚und ich will dir zeigen, dass ich die Wahrheit spreche.‘ Da fasste die Braut Mut und dachte: Ich will es sagen, vielleicht, dass Gott sein Herz bewegt. Und sie erzählte ihm, dass sie und ihr Liebster einander den Eid geschworen hätten, dass, wer von seinem Feinslieb betrogen würde, sich an dessen Hochzeitstag töten würde. ‚Also tötet sich heute mein Geliebter‘, sagte die Braut. Und sie sank zu Boden in ihrem Jammer und lag flehend zu des Bräutigams Füßen. ‚Lass mich zu ihm gehen, bevor er es vollbringt.‘

Es lag eine solche Macht in dem Schmerz des Weibes, dass ihr Gemahl, obgleich er dachte: Lasse ich sie zu dem ziehen, der sie liebt, so sehe ich sie niemals wieder, sich doch überwand und sagte: ‚Du magst tun, was dich gut dünkt.‘ Da stand sie auf und dankte ihm unter Tränen. Dann ging sie in den Saal zu den Hochzeitsgästen, die an den gedeckten Tischen vor ihren Tellern standen und eifrig des Schmauses harrten, denn sie waren sehr hungrig nach dem langen Ritte und der langen Messe.

‚Vielliebe Herren und Frauen‘, sagte die Braut zu ihnen, ‚ich muss euch sagen, dass ich mit meines Gemahls Erlaubnis an diesem Abend fortgehe, zu meinem Liebsten. Denn er will sich heute töten, weil ich ihm untreu geworden bin. Nun gehe ich, ihm zu sagen, dass ich gezwungen wurde. Verwundert euch nicht, dass ich selbst gehe, denn zu solchem Auftrag kann man nicht Brief noch Boten finden, der sicher genug wäre. Aber euch bitte ich: Esset, trinket und seid fröhlich, dieweil ich fort bin. Denn ich komme wieder, wenn ich meinen Liebsten vom Tode errettet habe.‘

Aber alle Hochzeitsgäste weinten, als sie von dem Schmerze erzählte, der ihr drohte, und sie antworteten ihr: ‚Mitnichten wollen wir essen und trinken, solange solches Leid dich bedrückt. Gehe du, und wenn du wiederkehrst, werden wir mit dem Schmause beginnen.‘

Und sie verließen die Tische.

Als die Braut über den Burghof ging, ertönte ein großer Lärm aus der Küche. Denn ein kleiner Junge vom Gesinde war zum Küchenmeister geeilt und hatte ihm zugerufen, dass das Mahl um mehrere Stunden hinausgeschoben werden sollte. Und den Küchenmeister erfasste Betrübnis, als er an seine Braten und die andern Gerichte dachte, die nun verderben mussten. Ein Liespfund Butter warf er ins Feuer, und einen Korb Eier zerschellte er an den Steinfliesen, und den Jungen schleuderte er über die Schwelle und stand nun vor dem Liegenden, den großen Besen zum Schlage erhoben.

Als aber die Braut auf den Burghof hinaustrat, bat sie ihn, den kleinen Jungen loszulassen, und er konnte ihrer Bitte nicht widerstehen und hörte sogleich auf, ihn zu schlagen. Und er rief: ‚Gepriesen sei Gott, der dich so holdselig schuf. Ich will dich fürder nicht betrüben.' Und er verwahrte die Speisen viele Stunden, ohne einem ein erzürntes Wort zu sagen.

Die Braut ging nun allein durch den großen Wald, denn sie wollte zu Fuß zu dem Geliebten kommen und ohne Geleite, so wie man zur Muttergotteskapelle kommt in großer Not.

Aber im Walde wohnte ein friedloser Mann, der ein Räuber war. Aus seinem Schlupfwinkel sah er die Braut über den Weg schreiten. Sie hatte Ringe an den Fingern, ein Goldkrönlein auf dem Haupte, eine schwere Silberschärpe um den Leib und Perlen am Halse. Da sagte der Räuber zu sich selbst: ‚Dies ist nur ein schwaches Weib, der will ich ihre Kleinodien nehmen, und ich habe Reichtum genug. Ich kann dann in ein anderes Land ziehen, kann dieses schmähliche Leben im Walde lassen und ein ehrlicher Mann werden.'

Als aber die Braut näher kam und er in ihr Gesicht sah, da wurde er machtlos. Denn Gott hatte sie sehr hold geschaffen. Er dachte: Ich kann ihr nicht schaden. Sie ist eine Braut, und ich kann diese liebliche Jungfrau nicht geplündert ins Hochzeitshaus gehen lassen. Und er fürchtete Gott, der das Weib also geschaffen hatte, und ließ sie ziehen.

In demselben Walde wohnte ein alter Eremit, der seinen Körper damit kasteite, dass er volle sechs Tage wachte und immer nur am siebenten schlief. Er hatte sich das Gesetz auferlegt, wenn er nicht Muße fände, am siebenten Tage zu schlafen, müsse er sechs weitere Tage wachen. Denn er glaubte, dies sei Gott wohlgefällig. Nun war sein siebenter Tag beinahe vergangen, ohne dass er hätte schlafen können; denn viele Kranke und Bekümmerte hatten ihn aufgesucht. Aber als er sie alle abgefertigt hatte und sich zum Schlummer niederlegen wollte, erblickte er die Braut, die durch den dichten Wald herankam. Und er dachte bei sich selbst: Wie soll diese Pilgerin über den reißenden Fluss gelangen, der über Nacht angeschwollen ist und seine Brücke weggeschwemmt hat? Und er verließ seine Lagerstätte und geleitete sie zum Flusse und trug sie auf seinen Schultern über das Wasser. Und als er wieder zu seiner Höhle kam, war seine Zeit abgelaufen, und er musste noch sechs Tage wachen, um dieses fremden Weibes willen. Aber er bereute es nicht, denn über ihr lag ein solcher Liebreiz, dass alle, die ihrer ansichtig wurden, froh waren, um ihretwillen auf etwas zu verzichten.

So kam die Braut zum Hause des Geliebten. Der war in sein Kämmerlein gegangen und hatte die Tür mit schweren Schlössern versperrt. Und als sie klopfte, mochte er nicht öffnen. Denn er hatte das Schwert gezogen und wollte sich töten.

Da vermochte sie weder zu rufen noch zu bitten, denn die Angst erstickte ihre Stimme. Aber ihre heißen Tränen fielen auf die steinernen Fliesen, und er hörte durch die Eichentüre, wie sie schluchzte. Er konnte sich nicht töten, solange er darauf lauschte, und er schloss ihr auf.

Da stand sie mit gefalteten Händen vor ihm und sagte ihm, wie sie gezwungen worden war. Und als er sah, dass er ihre Liebe noch hatte, versprach er ihr, sich nicht den Tod zu geben. Da schmiegte sie sich an ihn, und er küsste sie, und sie fühlten zu gleicher Zeit alle Freude und allen Kummer, den ein Herz bergen kann.

Er sprach zu ihr: ‚Du musst jetzt gehen, denn du gehörst einem andern an.‘ Und sie erwiderte: ‚Wie kann ich?‘

Aber der Rittersmann, der sie liebte, riss sich aus ihren Armen und sagte: ‚Ich will ihn nicht kränken, ihn, der dich zu mir ziehen ließ.‘ Und er ließ zwei Pferde satteln und ritt heim mit ihr zu ihres Vaters Hof.“ – –

Dies alles erzählte der Mönch dem bösen Feinde und wusste noch nicht, mit wem er sprach. Und dann fragte er ihn, wer von diesen, von denen er berichtet hatte, ihm das größte Opfer gebracht zu haben schiene. Denn der Mönch war ein weiser Mann und wusste genugsam, dass kein Mensch so ohne Sünde sein kann, wie dieser Fremde von sich sagte. Und durch diese Erzählung gedachte er zu erfahren, welche der sieben Todsünden die seine wäre, denn je nachdem er erwidern würde, dass der Vater oder der Bräutigam oder die Hochzeitgäste oder der Küchenmeister oder der Räuber oder der Eremit oder der Liebste am meisten geopfert hätte, würde der Mönch erfahren, ob Hochmut oder Eifersucht oder Völlerei oder Zorn oder Geiz oder Faulheit oder Wollust die Sünde wäre, die seine Seele beherrschte. Denn was er am höchsten bei andern bewunderte, das müsste ihm selbst zu vollbringen am schwersten fallen.

Aber der böse Feind war so sehr von seinem eignen Spiel gefangen, dass er die List des Mönches gar nicht merkte. „Wahrlich“, sagte er, „es fällt mir nicht leicht, deine Frage zu beantworten. Es dünkt mich, dass der Mann nicht weniger geopfert hat als der Geliebte, und die Hochzeitgäste keine geringere Entsagung geübt haben als der Räuber. Sie verdienen alle das größte Lob.“ Und er vermeinte, so geantwortet zu haben, wie der Mönch es wünschte.

„Um Gottes Barmherzigkeit willen“, rief da der fromme Mann und war sehr erschrocken, „sage doch, dass du eine Tat der andern vorziehst, oder sage, dass du keiner sonderlichen Wert beimissest!“

„Keineswegs, ehrwürdiger Vater“, antwortete der Versucher, „nichts von dem, was diese Männer getan haben, halte ich für leicht. Auch kann ich nicht eines über das andere setzen.“

Der Mönch aber neigte die Lippen zu seinem Ohr hinab und sagte mit keuchender Stimme: „Ich beschwöre dich, sage mir, dass eine Tat die beste ist.“

Aber der böse Feind weigerte sich und bat um Absolution.

„Dann bist du aller sieben Todsünden schuldig“, rief der Mönch entsetzt, „und du musst der Teufel selbst sein und kein Mensch.“

Als er dieses gesagt hatte, stürzte er aus dem Beichtstuhle und flüchtete zum Altar. Und dort begann er die Beschwörung zu sprechen: *Vade retro. Satanas!* Als der böse Feind sah, dass er sich verraten hatte, breitete er seinen Mantel gleich einem Paar Flügel aus und fuhr durch die dämmerige Wölbung der Kirche wie eine große schwarze Fledermaus.

Und es hatte nicht sein Bewenden damit, dass er seine böse Absicht verfehlt hatte, sondern durch Gottes Gnade geschah es, dass sie zum Segen ausschlug: Die Erzählung des Mönches wird seit langer Zeit dazu verwendet, das zu erforschen, was im Herzen des Menschen liegt. Wenn man sich ihrer recht bedient, ist sie gleich einem Netze in des Fischers Hand. So wie dieses ins Meer geworfen wird und seine Fische auffängt, so taucht sie hinab ins Menschenherz und zieht die Sünden herauf ans Licht, auf dass sie bekämpft und unterjocht werden mögen.

## Das Schatzkästlein der Kaiserin

Der Bischof hatte Pater Berneau zu sich bescheiden lassen. Es handelte sich um eine höchst peinliche Angelegenheit. Pater Berneau war ausgesandt worden, um in einem Fabrikdistrikt in der Gegend von Charleroi zu predigen. Er war gerade mitten in eine große Arbeitseinstellung geraten, bei der die Arbeiter ziemlich wild und zügellos gewesen waren. Er berichtete dem Bischof, dass er gleich bei seiner Ankunft auf der „schwarzen Erde“ einen Brief von einem Arbeiterführer erhalten hatte, des Inhalts, dass es ihm freistünde, zu reden; wenn er sich aber erlaube, in seiner Predigt Gott zu nennen – geradeheraus oder auf Schleichwegen –, dann solle ein Spektakel in der Kirche losgehen. „Und als ich auf die Kanzel trat und die Versammlung sah“, sagte der Pater, „zweifelte ich nicht daran, dass sie ihre Drohung ausführen würden.“

Pater Berneau war ein kleiner, vertrockneter Mönch. Der Bischof sah auf ihn hinunter wie auf ein Wesen niedrigerer Art. Solch ein unrasierter, ein bisschen schmutziger Mönch mit dem allerunbedeutendsten Gesicht müsste ja wohl feig sein. Er hätte ja sogar Angst vor ihm, dem Bischof.

„Es ist mir auch vermeldet worden“, sagte der Bischof, „dass Sie den Wunsch der Arbeiter erfüllt haben. Aber ich brauche wohl nicht erst hervorzuheben ...“

„Monseigneur“, unterbrach ihn Pater Berneau in aller Demut. „Ich glaubte, dass die Kirche, wenn möglich, störenden Auftritten aus dem Wege gehen solle.“

„Aber eine Kirche, die es nicht wagt, Gottes Namen zu nennen ...“

„Haben Monseigneur meine Predigt gehört?“

Der Bischof ging im Zimmer auf und ab, um sich zu beruhigen.

„Sie wissen sie natürlich auswendig?“, sagte er.

„Natürlich, Monseigneur.“

„Lassen Sie mich also hören, wie sie gehalten wurde, Pater Berneau, Wort für Wort, ganz wie sie gehalten wurde.“

Der Bischof setzte sich in seinen Lehnstuhl. Pater Berneau blieb stehen.

„Mitbürger und Mitbürgerinnen“, begann er, augenblicklich in seinen Vortragston verfallend.

Der Bischof zuckte zusammen.

„Sie lieben es, so angeredet zu werden, Monseigneur.“

„Tut nichts, Pater Berneau“, sagte der Bischof. „Fahren Sie fort!“

Den Bischof durchfuhr ein leiser Schauer; diese beiden Worte hatten ihn auf eine wundersame Art in die Situation versetzt. Er sah diese Versammlung von Kindern der „schwarzen Erde“ vor sich, zu der Pater Berneau gesprochen hatte. Er sah viele rohe Gesichter, viele Lumpen, viel wilde Lustigkeit. Er sah das Volk, für das nichts geschehen war.

„Mitbürger und Mitbürgerinnen", begann Pater Berneau aufs Neue, „es gibt hier im Lande eine Kaiserin namens Maria Theresia. Sie ist eine ausgezeichnete Regentin. Sie ist die weiseste und vortrefflichste Herrscherin, die es in Belgien jemals gegeben hat.

Andre Regenten, Mitbürger, andre Regenten bekommen nach ihrem Tode Nachfolger und verlieren alle Macht über ihr Volk. Nicht so die große Kaiserin Maria Theresia. Vielleicht hat sie den Thron in Österreich und Ungarn verloren; vielleicht sind Brabant und Limburg an andre Herren übergegangen, mitnichten aber ihre gute Grafschaft Westflandern. In Westflandern, wo ich diese letzten Jahre gelebt habe, kennt man heute noch keinen andern Herrscher als Maria Theresia. Wir wissen, dass König Leopold in Brüssel wohnt, aber er kümmert uns nicht. Maria Theresia ist es, die noch immer am Meere regiert.

Und vor allem in den Fischerdörfern. Je weiter man zum Meere hinauskommt, desto allmächtiger regiert sie.

Nicht die große Revolution und nicht das Kaiserreich und nicht die Holländer haben Macht genug gehabt, sie zu stürzen. Wie sollten sie auch? Sie haben für die Kinder des Meeres nichts getan, was sich mit ihrer Wirksamkeit vergleichen ließe. Was hat sie dem Volke auf den Dünen nicht alles geschenkt! Es ist unschätzbar, Mitbürger!

Vor ungefähr hundertfünfzig Jahren, im Anfang ihrer Regierungszeit, machte sie eine Reise durch Belgien. Da kam sie nach Brüssel und Brügge, sie kam nach Lüttich und Louvain, aber als sie endlich genug große Städte und bildergeschmückte Rathäuser geschaut hatte, zog sie an die Küste hinaus, um das Meer und die Dünen zu sehen.

Es war kein froher Anblick für sie. Sie sah das Meer größer und allmächtiger, als dass ein Mensch dagegen streiten könnte. Sie sah die Küste hilflos und unbeschützt. Da waren die Dünen, aber das Meer war einst über sie hinweggegangen und konnte es immer wieder tun. Da lagen auch einige Dämme, aber sie waren verfallen und eingesunken. Da sah sie versandete Häfen, da sah sie Marschland, so versumpft, dass nur Schilf und Binsen darin wachsen wollten. Da sah sie vom Sturm zerrissene Fischerhütten, unter den Dünen erbaut, gleichsam ins Meer hinausgeschleudert, und da sah sie armselige, alte Kirchen, die vom Meere weit hinaus in Flugsand und Strandhafer, in unzugängliche Wildnis getrieben waren.

Einen ganzen Tag weilte die große Kaiserin draußen am Meere; sie ließ sich von Überschwemmungen erzählen und von fortgespülten Dörfern.

Sie ließ sich den Ort zeigen, wo ein ganzes Stück Land ins Meer versunken war. Sie ließ sich dorthin rudern, wo auf dem Meeresgrunde eine alte Kirchen stehen sollte. Und sie ließ sich die Menschen aufzählen, die ertrunken waren, und das Vieh, das zu Grunde gegangen war, als das Meer zum letzten Male die Dünen überschritten hatte.

Den ganzen Tag lang dachte die Kaiserin in ihrem stillen Sinn: Wie sollte ich diesem armen Volke auf den Dünen helfen? Ich kann dem Meere doch nicht verbieten, zu steigen und zu sinken, ich kann ihm nicht untersagen, den Strand zu untergraben. Auch kann ich den Wind nicht binden, noch ihm verwehren, die Boote der Fischer umzustürzen. Und ebenso wenig vermag ich Fische in ihre Netze zu führen oder den Strandhafer in nahrhaften Weizen zu verwandeln. Kein Monarch der Welt ist so stark, dass er dieses arme Volk aus seinem Unglück zu erlösen vermöchte.

Der nächste Tag war ein Sonntag, und die Kaiserin hörte in Blankenberghe die Messe. Da war alles Küstenvolk von Dunkerque bis Sluis herbeigeströmt, um sie zu sehen. Aber vor der Messe ging die Kaiserin umher und sprach mit dem Volke.

Der Erste, der ihr begegnete, war der Hafenvogt von Nieuport. ‚Was gibt es Neues in deiner Stadt?', fragte die Kaiserin. ‚Nichts Neues', sagte der Hafenvogt, ‚außer dass Cornelius Ärtsens Boot gestern Nacht vom Wind umgestürzt wurde und man ihn heute Morgen an unsere Küste fand, auf dem Bootskiel reitend.' ‚Noch ein Glück, dass er mit dem Leben davongekommen ist', sagte die Kaiserin. ‚Das kann niemand wissen', sagte der Hafenvogt, ‚denn er war wahnsinnig, als man ihn ans Land brachte.' ‚Wohl vor Schrecken?', sagte die Kaiserin. ‚Ja', sagte der Hafenvogt, ‚das kam daher, weil wir in Nieuport nichts haben, worauf wir in der Stunde der Not vertrauen können. Cornelius wusste, dass seine Frau und die kleinen Kinder Hungers sterben müssten, wenn er umkäme, und dieser Gedanke brachte ihn wohl von Sinnen.' ‚Das ist es also, was euch hier draußen auf den Dünen not tut', sagte die Kaiserin, ‚etwas, worauf ihr vertrauen könnt.' ‚Das ist es', sagte der Hafenvogt, ‚das Meer ist unsicher, der Boden ist unsicher, Fischfang und Verdienst sind unsicher. Etwas, worauf wir vertrauen können, das brauchen wir.' Die Kaiserin ging weiter, bis sie zum Pfarrer von Heyst kam. ‚Was gibt es Neues in Heyst?', sagte sie zu ihm. ‚Nichts Neues', antwortete er, ‚es sei denn, dass Jakob van Ravesteyn aufgehört hat, das Marschland einzudeichen, am Hafen zu graben, einen Leuchtturm zu errichten, und dass er überhaupt alle nützliche Arbeit aufgegeben hat, die er unter den Händen hatte.' ‚Aber wie kommt das nur?' sagte die Kaiserin. ‚Er hat eine Erbschaft gemacht', sagte der Pfarrer, ‚und jetzt erscheint sie ihm geringer, als er erwartet hatte.' ‚Aber da hat er doch etwas Sicheres', sagte die Kaiserin. ‚Ja, gewiss', erwiderte der Pfarrer. ‚Aber nun, da er das Geld in der Hand hat, wagt er sich an kein großes Werk mehr, aus Furcht, dass es nicht hinreiche.' ‚Also wäre etwas grenzenlos Großes vonnöten, um euch in Heyst zu helfen', sagte die Kaiserin. ‚So ist es', pflichtete ihr der Pfarrer bei, ‚es ist unendlich viel zu tun, und nichts kann geschehen, bevor man nicht weiß, dass unendlich viel da ist, um daraus zu schöpfen.'

Die Kaiserin schritt weiter, bis sie zu dem Lotsenältesten von Middelkerke kam und ihn nach Neuigkeiten aus seiner Stadt fragen konnte. ‚Nichts Neues weiß ich zu berichten', sagte der Lotsenälteste, ‚nichts, als dass Jan van der Meer in Streit mit Luka Neerwinden geraten ist.' ‚Wirklich?', sagte die Kaiserin. ‚Ja, sie haben diesen Dorschgrund gefunden, nach dem sie beide ihr Leben lang gesucht haben. Seit alters her hörten sie davon erzählen und streiften auf dem Meere umher, um ihn zu finden, und waren alle Zeit die besten Freunde; aber jetzt, seit sie ihn gefunden haben, sind sie Feinde geworden.' ‚So wäre es also besser gewesen, sie hätten ihn nie entdeckt', sagte die Kaiserin. ‚Ja', sagte der Lotsenälteste, ‚gewiss wäre es besser gewesen.' ‚So müsste wohl das, was euch in Middelkerke helfen könnte', sagte die Kaiserin, ‚so gut verborgen sein, dass niemand es fände.' ‚Freilich', stimmte der Lotsenälteste ihr bei, ‚gut verborgen müsste es sein, denn, wenn jemand es fände, gäbe es nur Zwist und Zank darüber, oder es würde auch gleich verbraucht, und da hätte es keinen Nutzen mehr.'

Die Kaiserin seufzte und fühlte, dass sie nichts vermochte. Sie ging dann in die Messe, und die ganze Zeit über lag sie auf den Knien und betete, dass sie dem Volke dennoch möge helfen können. Und, mit eurer Erlaubnis, Mitbürger, gegen Ende der Messe war es ihr klar geworden, dass es besser sei, wenig zu tun, als nichts zu tun. Als die Leute aus der Messe kamen, stellte sie sich auf die Kirchentreppe, um zu ihnen zu reden.

Keiner aus Westflandern wird je vergessen, wie sie damals aussah. Schön war sie wie eine Kaiserin und auch so angetan. Sie hatte sich Krone und Mantel reichen lassen und hielt das Zepter in der Hand. Sie hatte hoch gekämmtes, weiß gepudertes Haar, und eine Schnur großer echter

Perlen ringelte sich durch die Haarwellen. Sie war in rote, leuchtende Seide gekleidet, aber das ganze Gewand war mit flämischen Spitzen überzogen. Rote, hochhackige Schuhe trug sie, mit großen Juwelenspangen über dem Rist. So sieht sie noch heute aus, wenn sie Westflandern regiert.

Sie sprach zu den Küstenbewohnern und tat ihren Willen kund. Sie sagte ihnen, wie sie auf Hilfe gesonnen hätte. Sie sagte, sie wüsste wohl, dass sie das Meer nicht zur Stille zwingen, die Winde nicht festbinden könnte, dass es nicht in ihrer Macht stünde, den Fischstrom an die Küste zu leiten oder den Strandhafer in Weizen zu verwandeln. Aber was sie armes Menschenkind für sie tun könne, dass solle doch geschehen.

Sie lagen alle auf den Knien, indes sie sprach. Nie zuvor hatten sie ein so mildes und so mütterliches Herz für sich schlagen fühlen. Die Kaiserin sprach so mit ihnen von ihrem harten Leben, dass sie über ihr Mitleid zu weinen begannen.

Jetzt aber, sagte die Kaiserin, hätte sie beschlossen, ihnen ihr Schatzkästlein zurückzulassen mit allem, was es bergen könne. Das solle ihre Gabe für alle jene sein, die draußen auf den Dünen wohnten. Es sei die einzige Hilfe, die sie leisten könne; sie bat sie, zu verzeihen, dass sie so gering sei. Und sie hatte Tränen in den Augen, auch sie, als sie dieses sagte.

Sie fragte sie nun, ob sie versprechen und es beschwören wollten, dass sie den Schatz nicht gebrauchen wollten, bevor die Not unter ihnen so groß wäre, dass sie nicht mehr größer werden könnte. Und weiter, ob sie schwören wollten, dass sie ihn auf ihre Nachkommen vererben würden, wenn sie selbst seiner nicht bedürften. Und schließlich bat sie jeden einzelnen Mann, zu geloben, dass er nicht trachten würde, sich des Schatzes zu seinen eigenen Gunsten zu bemächtigen, sondern dass jeder zuerst die ganze Fischerbevölkerung hören wollte.

Ob sie das beschwören wollten? Das wollten alle. Und sie segneten die Kaiserin und weinten Tränen der Dankbarkeit. Und auch sie weinte und sagte ihnen, sie wüsste wohl, dass sie eine nie versagende Stütze brauchten, um darauf zu vertrauen, und unendliche Schätze und unsägliches Glück, aber das könne sie ihnen nicht geben. Sie sei nie so ohnmächtig gewesen wie hier draußen auf den Dünen.

Mitbürger, ohne dass sie es wusste, kraft jener Regentenweisheit, die diesem großen Weibe angeboren war, ist es ihr gelungen, mehr zu erreichen, als sie im Auge hatte, und darum kann man sagen, dass sie noch heutigentags Westflandern regiere.

Es muss euch eine Freude sein, von allen den Segnungen zu hören, die sich durch die Gabe der Kaiserin über Westflandern verbreitet haben. Die Leute dort draußen haben etwas, worauf sie vertrauen können, und das tut ihnen sehr Not wie uns allen. Wie groß das Elend auch sein mag, es ergreift sie keine Verzweiflung.

Sie haben mir dort draußen gesagt, wie das Schatzkästlein der Kaiserin aussieht. Wie der Schrein der heiligen Ursula in Brügge, nur noch viel schöner. Es ist eine Nachbildung der Domkirche in Wien und ist aus reinem Golde verfertigt, aber auf den Seitenfeldern sieht man die Schicksale der Kaiserin im klarsten Alabaster gebildet. Auf den vier Seitentürmchen leuchten die vier Diamanten, die die Kaiserin aus der Krone des türkischen Sultans genommen hat, und auf den Giebeln ist ihr Namenszug in Rubinen eingelegt. Aber wenn ich sie frage, ob sie den Schrein gesehen hätten, dann sagen sie, das schiffbrüchige Seeleute, die in Lebensgefahr sind, den Schrein stets vor sich auf den Wellen schwimmen sehen, zum Zeichen, dass sie nicht um Weib und Kind verzweifeln mögen, wenn es sich so fügte, dass sie sie lassen müssten.

Aber diese Leute sind die Einzigen, die den Schatz gesehen haben, sonst ist ihm niemand nahe genug gekommen, um ihn zu zählen. Und ihr wisst, Mitbürger, dass die Kaiserin zu niemand gesagt hat, wie viel er enthielt. Aber wenn ihr etwa daran zweifelt, wie segensreich er gewesen ist und noch heute ist, dann bitte ich euch: Gehet hinaus ans Meer und sehet es selbst. Da hat es seither ein Graben und Bauen gegeben, und das Meer liegt jetzt hinter Dämmen und Wellenbrechern gezähmt und gebändigt und tut keinen Schaden, und es gibt grüne Wiesen innerhalb der Dünen und Badeorte und wachsende Städte an der Meeresseite. Bei jedem Leuchtturm aber, der errichtet wurde, bei jedem Hafen, bei jedem Schiffe, die man zu bauen begann, bei jedem Damm, den man aufwarf – immer dachte man: Wenn die eignen Mittel nicht reichen, so hilft uns unsre gnädige Kaiserin Maria Theresia. Aber das ist stets nur ein Sporn gewesen, das eigne Geld hat immer gereicht.

Ihr wisst auch, dass die Kaiserin nicht gesagt hat, wo der Schatz sich befand. War das nicht wohl bedacht, Mitbürger? Einer hat ihn in Verwahrung, aber erst wenn alle sich entschlossen haben, ihn zu teilen, wird der Mann, der den Schatz jetzt verwahrt, hervortreten und erzählen, wo er sich befindet. Darum weiß man, dass er weder jetzt noch in Zukunft ungerecht verteilt werden wird. Er ist für alle gleich. Ein jeder weiß, dass die

Kaiserin ebenso gut an ihn denkt wie an seinen Nachbar. Es kann nicht, wie anderwärts, Zwist und Neid unter dem Volke draußen entstehen, denn sie haben das Beste gemeinsam."

Der Bischof fiel Pater Berneau in die Rede.

„Genug", sagte er, „wie haben Sie den Schluss gestaltet?"

„Ich sagte ihnen", erwiderte der Mönch, „es sei ein großes Unglück, dass die gute Kaiserin nicht auch nach Charleroi gekommen sei. Ich beklagte sie, weil sie das Schatzkästlein nicht besäßen. Bei den großen Dingen, die sie vollbringen wollten, könnte ihnen gewiss nichts nötiger sein, sagte ich."

„Nun", fragte der Bischof.

„Ein paar Kohlrüben, Euer Hochwürden, und ein paar Pfiffe, aber da war ich schon von der Kanzel herunter. Weiter nichts."

„Sie hatten verstanden", sagte der Bischof, „dass Sie zu ihnen von Gottes Vorsehung sprachen."

Der Mönch verneigte sich.

„Sie hatten verstanden, dass Sie ihnen zeigen wollten, dass diese Macht, die sie verhöhnen, weil sie sie nicht sehen, sich fernhalten muss. Dass sie in demselben Augenblick missbraucht werden würde, in dem sie sich in vernehmbarer Form offenbarte. Ich beglückwünsche Sie."

Der Mönch verneigte sich und schritt auf die Tür zu. Der Bischof kam ihm nach; er strahlte vor Wohlwollen.

„Aber das Schatzkästlein ...? Sie glauben noch daran, die Leute dort ...?"

„Ob sie daran glauben! Gewiss, Monseigneur!"

„Aber der Schatz – war denn jemals ein Schatz da?"

„Mit Ihrer Erlaubnis, Monseigneur, ich habe geschworen ..."

„Nun, nun, mir ...", sagte der Bischof.

„Der Pfarrer von Blankenberghe hat ihn in Verwahrung. Er ließ ihn nicht sehen. Es ist eine kleine Holzkiste mit Eisenbeschlägen."

„Nun?"

„Und auf ihrem Boden liegen zwanzig blanke Mariatheresientaler."

Der Bischof lächelte, er wurde aber sogleich wieder ernsthaft. „Kann man solch eine Holzkiste mit der Vorsehung vergleichen?"

„Alle Vergleiche hinken, Monseigneur. Alle Menschengedanken sind eitel."

Pater Berneau verneigte sich noch einmal und glitt aus dem Empfangszimmer.

## Zu den Bildern

Die vorliegende, mit Bildern geschmückte Ausgabe der „Christuslegenden" bedarf einiger erklärender Worte. So vereinzelt diese legendäre Dichtung in der Literatur unserer Tage zu stehen scheint, so überraschend ist die Tatsache, dass sie jeder neuen Generation gleich teuer geworden ist und dass der Kreis ihrer Leser von Jahr zu Jahr wächst. Die schlichte Weisheit, Wärme und Natürlichkeit und die gemüthafte Fantasie der nordischen Dichterin, die die im Morgenlande und in Italien gesammelten Geschichten vom Leben Jesu neu beseelt haben, besitzen eine werbende Kraft.

Einige der Erzählungen sind bekanntes Legendengut. „Der Brunnen der weisen Männer" ist eine Sage aus Palästina. „Das Rotkehlchen" und „Der Herr und der heilige Petrus" sind Volkserzählungen, die aus Sizilien stammen. Eine florentinische Legende von der Familie Pazzi gab den Stoff für „Die Lichtflamme".

Literarisch lässt sich das Werk schwer einordnen. Um so augenfälliger wirkt seine Verwandtschaft mit großen Werken christlicher Malerei. Von Giotto und Fra Angelico bis zu Menzel und Uhde lässt sich durchgehend eine ganz bestimmte, wesensähnliche Art in der Darstellung derselben legendären Stoffe verfolgen. Der Ehrfurcht gesellt sich Heiterkeit hier wie dort, um wahre Andacht spielt eine herbe Anmut, und auch dem erschütternden Gehalt bleibt eine naiv-symbolische Form. Dieser Stil fand seine eigentliche Heimat in Italien und Deutschland. Süden und Norden haben auch an der Dichtung gleichen Anteil. Aus dem Süden stammen die alten Legendenstoffe, im Norden sind sie zu neuem Leben erwacht.

Für diese Buchausgabe wurden nur Werke gewählt, die bleibenden Wert und eine allgemeingültige, ohne weiteres verständliche Form besitzen. Jeder der neun ersten Legenden ist eine Gruppe von Bildern des gleichen Themas beigefügt. Innerhalb der einzelnen Gruppen sind die Abbildungen in zeitlicher Reihenfolge geordnet.

EBERHARD BEHEIM-SCHWARZBACH

# Verzeichnis der Bilder

Die Titel-Vignette stammt aus der Holzschnitt-Folge „Das Marienleben" von ALBRECHT DÜRER.

Das Titelbild ist ein Ausschnitt aus dem Gemälde von ROGER VAN DER WEYDEN, Seite 44.

**Das Kindlein von Bethlehem**



**Die Flucht nach Ägypten**

**In Nazareth**



**Im Tempel**

**Das Schweißtuch der heiligen Veronika**



**Das Rotkehlchen**

*Seite*

188 Wolf Huber (*1490–1553, Passau*): Kreuzaufrichtung. Gemälde. Wien, Kunsthistorisches Museum.

189 Lucas Cranach der Ältere (*1472–1553, Wittenberg*): Christus am Kreuz. Gemälde. München, Alte Pinakothek.

190 Rembrandt van Rijn (*1606–1669, Amsterdam*): Kreuzabnahme. Radierung.

191 Meister Francke (*um 1400, Hamburg*): Leichnam Christi. Gemälde. Hamburg, Kunsthalle.

192 Aelbert Bouts (*1460–1549, Löwen*): Schmerzensmann. Gemälde. New York, Sammlung Friedsam.

**Unser Herr und der heilige Petrus**

201 Fra Giovanni Angelico da Fiesole, gen. Fra Angelico (*1387–1455, Florenz*): Christus als Weltenrichter am Jüngsten Tag. Ausschnitt aus dem Gemälde: Das Jüngste Gericht. Berlin, Kaiser-Friedrich-Museum.

202 Colijn de Coter (*um 1470, Antwerpen*): Selige. Ein Bruchstück von einem Gemälde: Das Jüngste Gericht. München, Alte Pinakothek.

203 Albrecht Dürer (*1471–1528, Nürnberg*): Johannes und Petrus. Gemälde, München.

204 und 205 Hans Memling (*1433–1494, Brügge*): Himmelspforte und Höllenabgrund. Linker und rechter Flügel von dem Altargemälde: Das Jüngste Gericht. Danzig, Marienkirche.

206 Leonardo da Vinci (*1452–1519, Florenz und Mailand*): Kopf des Petrus. Silberstift- und Federzeichnung. Wien, Albertina.

207 Pietro Vanucci gen. il Perugino (*1446–1523, Perugia*). – Schule: Segnender Heiland. Zeichnung. Wien, Albertina.

208 Albrecht Dürer (*1471–1528, Nürnberg*): Engel mit Laute. Silberstiftzeichnung. Berlin, Kupferstichkabinett.

## Verzeichnis der Künstler



---


Folgende Abbildungen sind wiedergegeben mit Genehmigung von:

Fratelli Alinari, Florenz 41, 46, 89, 137, 138, 140
F. Bruckmann, München 202
Franz Hanfstaengl, München 24, 144
Kösel & Pustet, Kempten 47
Kunstverlag Scherl, Berlin 141
Kunstverlag Wolfrum, Wien 67, 118, 188
Photograph. Gesellsch., Berlin 120
R. Wagner, Berlin 143


---